Rainer Kraft

Werner

2. Band aus

Jahrhundert -
Vier Generationen
in Deutschland

© Rainer Kraft
Verlag: tredition GmbH, Hamburg
ISBN: Paperback 978-3-7439-1503-9
ISBN: Hardcover 978-3-7439-1504-6
ISBN: e-Book   978-3-7439-1505-3

Bibliografische Informationen der Deutschen Nationalbibliothek: Die Deutsche Nationalbibliothek verzeichnet diese Publikation in der Deutschen Nationalbibliografie; detaillierte bibliografische Daten sind im Internet über http://dnb.d-nb.de abrufbar

Rückblick

Der erste Band der Familiengeschichte erzählt von Wilhelm, einem Bauernsohn aus Sachsen. Er schafft es, ganz sicher auch durch die Unterstützung seiner Familie, dem Kleinbauernmilieu den Rücken zuzudrehen, und in einem Industriebetrieb seine Fähigkeiten einzubringen. Sein Fleiß und die Freundschaft zur Industriellenfamilie Schreiter eröffnen ihm ungeahnte Entwicklungsmöglichkeiten. Die ihm anerzogene Geradlinigkeit und Ehrlichkeit, ein wesentliches Merkmal seiner Familie, setzen sich in Wilhelms Leben und der eigenen Familie fort. Mit Werner, seinem Sohn, werden nun neue Kapitel in der Familiengeschichte aufgeschlagen.

Für die Familie Starke überschlugen sich die Ereignisse im März. Inge hatte einen Sohn geboren und nun war die Taufe geplant. Aber ob es jetzt schon dieses Fest geben sollte? Ihr Schwiegervater lag schon seit dem letzten Dezember im Bett. Er hatte Fieberschübe und litt unter großer Atemnot. So oft es möglich war, ging sie der Schwiegermutter zur Hand, die ihren Mann liebevoll pflegte. Die gab ihm ein neues Kissen, wenn die Atemnot zu groß war, denn halb sitzend gelang es ihrem Ernst besser, Luft zu holen. Aber schon nach kurzer Zeit konnte er sich trotz des Kissens nicht mehr aufrecht halten. Also nahm es Anna wieder aus dem Bett. Mit einem feuchten Tuch strich sie über die schweißnasse Stirn ihres Ehemannes, um dann wieder seine Hand zu halten. Anna wusste, dass ihr Ernst bald sterben würde. Natürlich sträubte sie sich gegen diesen Gedanken, aber wenn sie ihn so schrecklich leiden sah, dann wünschte sie ganz im Innern ihrer Seele, dass er bald gehen könnte.

Abends, wenn Willi, der Sohn von Ernst und Anna, von seiner Arbeit nach Hause kam, schaute er zuerst nach dem Vater. Er umarmte seine Mutter und wandte sich dann dem Vater zu. „Papa, bekommst Du Luft? Soll ich dich etwas anheben? Möchtest Du etwas trinken?" Aber Ernst wehrte nur kopfschüttelnd ab. Mit einem kleinen Löffel gab ihm Anna ein paar kleine Schlucke Tee in den Mund. Dann schickte sie ihren Sohn nach oben, in seine Wohnung.

Willi ging durch die Küche ins Treppenhaus. Dort begegnete er Fritz, seinem jungen Onkel, der gegenüber der Wohnung der Eltern mit seiner Lina wohnte. „Guten Abend Fritz. Wie gut, dass Du hier bist. Kommst Du mit Lina und der vielen Arbeit klar? Ich weiß, ich bin dir keine Hilfe, und auch Inge muss sich so kurz nach der Geburt unseres Werners noch schonen und für den Kleinen sorgen."

„Lass nur, Willi, wir schaffen das gut. Es ist viel wichtiger, dass Inge beim Vater mithilft. Für deine Mutter wäre die Belastung allein nicht zu bewältigen. Unsere Arbeit auf dem Hof schaffen wir gut. Lina kann kräftig mit anpacken. Außerdem können wir die Kühe schon auf die Wiese treiben, da gibt es gute Gelegenheiten, den Stall zu entmisten, und bis zum Eintrieb alles herzurichten. Und für die Aussaat habe ich mich schon mit Heinz, unserem Nachbarn abgestimmt. Sein Sohn wird mir helfen, und ich bin im Gegenzug dann auch mit auf seinen Feldern."

Erleichtert stieg Willi die Treppe nach oben und trat in seine Wohnung. Inge hatte den Kleinen in den Armen und stand in Türnähe. Sie hatte Willis Stimme gehört und wollte ihn nun begrüßen. Er gab ihr einen langen Kuss, und nahm dann seinen Sohn in die Arme. Vorsichtig berührten seine Lippen die Stirn des Kindes. Inge hatte inzwischen Wasser in die Waschschüssel gegossen, dann nahm sie ihren Werner wieder aus Willis Händen. Der konnte seine Hände waschen und kurz darauf saßen sie am Tisch zum Abendessen. Inge hatte ihr Kleid aufgeknöpft und gab dem Kleinen die Brust. Er trank viel, so dass ihn die junge Frau auch an der anderen Brust anlegte. Aber schon nach wenigen Schlucken schlief er ein, mit seinen kleinen Fingerchen die Brust festhaltend.

Willi erzählte noch kurz von seinem Arbeitstag im Büro der Firmenzentrale. Er liebte seine Arbeit als Prokurist der „Sächsischen Tuchfabriken Schreiter". Sein Freund Aaron, nur drei Jahre älter als Willi, hatte die Verantwortung für die Werke übernommen. Der Seniorchef zog sich immer mehr aus dem Tagesgeschäft zurück, und war froh, dass sein Sohn alles so gut regelte. Aarons Familie sollte bald Zuwachs bekommen. Seine Frau Sarah war wieder schwanger. Ob es diesmal ein Junge würde? Eigentlich war das für die werdende Mutter ganz unwichtig, sie freute sich schon sehr auf das zweite Kind.

Der Sonntag versprach nicht nur sonnig zu werden, auch die Außentemperatur war schon morgens mehr als frühlingshaft. Es war kurz nach 9 Uhr, als Willi auf den Hof trat und aus der Scheune einen Tisch holte, den er mitten auf den gepflasterten Platz in der Nähe der Haustür aufstellte. Noch im letzten Jahr hatten sie gemeinsam auf dem Hof die Steinplatten verlegt. Dabei konnte Ernst, der Vater, auch noch mithelfen. Im Quergebäude befand sich gleich links das Waschhaus, was von allen Hausbewohnern auch als Badehaus genutzt wurde. Auch das Klo war separat in einer Ecke eingebaut. Durch die Steinplatten konnte man bei Regen einigermaßen trockenen Fußes das Waschhaus erreichen. Die Pfützen, die vorher auf dem Hof für Schlammschuhe sorgten, gab es nicht mehr.

Auf diesem festen steinernen Platz stand nun der Tisch, ergänzt von einigen alten Holzstühlen. Inge brachte ein Brot und Butter und legte alles ab, bevor sie wieder im Haus verschwand, um Werner zu holen. Gerade als sie wieder die Treppe herabkam, gingen auch Lina und die Mutter Anna nach draußen. Anna trug das Geschirr zum Tisch, und Lina hatte Wurst, Käse und einen großen Topf mit Pflaumenmus vom letzten Herbst dabei. Dann holte sie noch eine große Blechkanne mit Malzkaffee und einen Krug mit warmer Milch. Die Mutter Anna hatte ihren Mann schon versorgt. Er war eingeschlafen, und sein Atmen wurde gleichmäßig und ruhiger. Nun konnte sie sich mit zu den anderen setzten. Gemeinsam überlegten sie, wie sie dem Vater helfen könnten. Auch über Taufe wurde gesprochen. Inge wollte jetzt keine Feier im Haus haben, wenn es Papa so schlecht ging. Später wäre noch genügend Zeit... Sie sprach nicht weiter, aber alle dachten daran, was wohl später wäre. Niemand machte sich aber Hoffnung, dass Ernst noch einmal gesund werden könnte.

Der Sonntag war in früheren Zeiten immer ein Tag für den Kirchgang. Aber seit Ernsts Erkrankung ging Anna nicht mehr zum Gottesdienst. Auch Inge und Willi blieben zu Hause. Der kleine Werner forderte gerade an den Vormittagen energisch seine Milch. Für Inge war es immer eine besonders innige Zeit mit dem kleinen Jungen, wenn sie ihm die Brust gab. Das war eine Zeit der Träume, Wünsche und Hoffnungen. In Gedanken war sie immer wieder in lange zurückliegenden Zeiten eingetaucht. Ihre erste intime Begegnung mit Willi stand ihr vor Augen. Damals waren sie beide noch so jung, als sie sich mitten im Teich, oben am Park der Schreiters, gegenüber standen. Inge erinnerte sich ganz genau, wie sie sich küssten und das erste Mal berührten. Sie hatte unter der Wasseroberfläche gesehen, wie Willis Glied sich aufrichtete. Dann fasste sie einfach zu und hielt es fest. Willis Hände zitterten, als er vorsichtig über ihre Brüste strich. Inge musste wieder lächeln, als sie daran dachte, wie abrupt alles ein Ende hatte. Nahender Kinderlärm vertrieb sie aus dem Wasser, und schnell zogen sie die Kleidung wieder an. Diese ersten Berührungen hatten ein Band zwischen ihren Herzen geknüpft, was sich immer mehr festigte und nun im Sohn Werner einen sichtbaren Höhepunkt fand.

Ernst starb in der Folgewoche. Es war Donnerstagnachmittag, kurz nach drei Uhr. Willi und Inge standen am Fußende des Bettes, Anna saß seitlich auf dem Bettrand und hielt die Hand ihres sterbenden Mannes. Fritz und Lina standen schräg hinter der Mutter Anna. Lange lag der Todkranke schon mit geschlossenen Augen im Bett. Doch nun öffnete er sie und sah lange auf jeden einzelnen, der hier an seinem Lager stand. Dann drückte er fest Annas Hand, nickte ihr zu und starb. Sie beugte sich über ihn und legte eine Hand auf die Stirn. Sanft fuhr sie damit über das Gesicht und schloss dabei seine Augen. Dann küsste sie ihn auf den Mund und die Stirn, auf die rechte und linke Wange, und noch einmal lange auf den leicht geöffneten Mund. Anna stand auf und ging vom Bett weg zum Fenster, das sie weit öffnete. Inzwischen waren Willi und Inge links und rechts an das Bett getreten. Auch sie verabschiedeten sich mit Küssen, dann legte Willi noch die Hände des toten Vaters übereinander, bevor sie für Fritz und Lina zur Seite gingen. Als Fritz sich niederbeugte, sprach er: „Ernst, Du hast uns aufgenommen und Heimat gegeben. Du warst mir Freund und Partner. Du hattest nur viel zu wenig Zeit, und es tut uns allen weh, dass du gehen musstest. Aber ich glaube daran, dass du im Himmel einen Ehrenplatz hast. Wir werden hier in deinem Sinne weitermachen. Und wenn unsere Zeit da ist, dann kommen wir und sehen uns wieder. Mögen die Engel dich ins Paradies begleiten."

Willi war losgegangen und hatte die Heimbürgin * geholt. Gemeinsam mit Anna wusch die nun den Toten. Dann wurde er neu angekleidet. Über dem Hemd hatten ihm die Frauen die Hosenträger über die Schultern gelegt und an der Hose fest geknöpft. Es waren die breiten, schon ziemlich abgenutzten, die Willi ihm vor Jahren geschenkt hatte. Dann legten sie den Verstorbenen in das frisch bezogene Bett. Die Heimbürgin faltete seine Hände über der Brust, und Anna steckte noch einen frischen Myrtenzweig zwischen die Finger. Sie zündete eine Kerze auf der Fensterbank an, die nun nach draußen vom Tod in diesem Haus kündete. Nun wurde die Tür des Schlafzimmers geöffnet, um allen den Abschied von Ernst zu ermöglichen. In der Küche warteten Willi und Inge. Der kleine Werner schlief in seinem Korb, der auf der Ofenbank stand.

* Die Heimbürgin oder Totenfrau war eine Frau aus dem Dorf, die die verstorbene Person wusch und danach die Festtagskleidung anzog und so die Aufbahrung vorbereitete.

Sie betraten als erste das Schlafzimmer, wo der Vater lag. Fritz und Lina standen an der Küchentür zum Treppenhaus, traten aber einen Schritt zurück, als diese von außen geöffnet wurde. Aaron kam herein, hinter ihm seine Frau Sarah, die ihre Tochter Ruth an der Hand führte. Als Anna sie sah, ging sie ihnen entgegen und umarmte die beiden herzlich. Auf Ruth zeigend fragte sie: „Soll ich mich mit ihr auf die Bank setzen, damit ihr euch von Ernst verabschieden könnt?" Sarah schüttelte den Kopf: „Nein Anna, das Sterben ist der letzte Teil von unserem Leben. Auch wenn Ruth das noch nicht wirklich erfassen kann, wird sie die friedevollen Bilder ganz tief in sich behalten." Zu dritt gingen sie an das Bett, Sarah beugte sich über Ernst und küsste ihn auf die Stirn. Aaron tat es seiner Frau nach. Er hatte den Bauern als Freund von Anfang an ins Herz geschlossen. Nun verlangte auch die kleine Ruth, dass sie ebenfalls den liegenden Mann küssen wolle. Als die drei wieder das Zimmer verließen, drehte sich das kleine Mädchen noch einmal um. „Auf Wiedersehen, Onkel Ernst. Mama sagt, du bist in den Himmel gegangen."

Am Samstag kamen die Träger mit der Leichenkutsche. Der Sarg wurde heruntergehoben und in das Sterbezimmer gebracht. Die vorgespannten Pferde standen ganz ruhig im Hof, während die vier Männer Ernsts Leichnam in den Sarg legten. Dann trugen sie ihn zur Kutsche. Der Leichenwagen war ein flacher Pritschenwagen, der als Aufbau einen schwarzen Stoffbaldachin trug. Die vordere Seite, die zur Deichsel zeigte, war mit schwarzem Stoff verhangen. Die drei andern Seiten gaben, durch die seitlich gerafften Stoffbahnen, den Blick frei auf den offenen Sarg. Inzwischen hatten sich Willi und die Mutter hinter den Leichenwagen gestellt, hinter ihnen wartete Fritz mit den beiden Frauen Inge und Lina. Nachbarn kamen dazu, auch Aaron mit seiner Frau und Herr und Frau Schreiter, mit der jüngeren Tochter Miriam in der Mitte. Links und rechts am Wagen standen jeweils zwei der Leichenträger, die Hand auf dem Sargrand liegend, und warteten nun auf das Startzeichen für den Gang zur Kirche. Der Kutscher nickte ihnen zu, setzte seinen Zylinder auf und nahm die Zügel straffer in die Hand. Er schwang seine Peitsche leicht über dem Hinterteil der Pferde, und auf sein „Hü" gingen sie los. Der Zug setzte sich langsam in

Bewegung. Aus den Häusern links und rechts kamen noch mehr Trauerbegleiter, die sich dem Zug anschlossen.

An der Kirche stoppte der Leichenzug. Die Träger hoben den offenen Sarg von dem Leichenwagen und trugen ihn in die Kirche. Im Altarbereich, mit dem Kopf zum geschmückten Altar, wurde er abgesetzt. Zwei Frauen schoben die großen Kerzenleuchter neben den Sarg, je drei rechts und drei links. Der Pfarrer trat nun an den Sarg, hob die gefalteten Hände des Verstorbenen etwas an und schob ein schlichtes dunkles Holzkreuz darunter. Dann legte er die Hände zurück, die nun das Kreuz sanft umschlossen. Alle Teilnehmer des Trauermarsches traten noch einmal an den offenen Sarg. Die vielen Frauen waren sich einig: Ernst sei viel zu früh gestorben, aber er sähe ja so friedlich aus. So eine schöne Leiche hätten sie noch nie gesehen.

Als alle schon wieder nach Hause gegangen waren, verabschiedete sich auch der Pfarrer von der Familie. Zu Anna sagte er noch: „Anna, heute kommen noch die Kirchenblumenfrauen und werden am Abend alles schmücken. Morgen im Trauergottesdienst werden wir seiner gedenken und ihn auch anschließend beisetzen. Hast du schon für den Leichenschmaus gesorgt?" Willi schaltete sich daraufhin ein und sagte: „Wir haben alles vorbereitet. Die Blechkuchen kommen morgen ganz in der Frühe, noch vor dem Gottesdienst, auf den Hof. Der Bäcker hat seine Gesellen auch beauftragt, beim Austeilen und Kaffeeausschenken zu helfen."

„Gut Willi, dann bis morgen früh. Gottes Segen für euch alle."

Der Sonntag begann im Trauerhaus mit dem gemeinsamen Frühstück. Dann gingen alle zur Kirche. Die Nachbarsbäuerin hatte es übernommen, die Blechkuchen entgegenzunehmen. Auch die schon bereitgestellten Tische wollte sie eindecken und für den Leichenschmaus nach dem Gottesdienst vorbereiten. Auf einem seitlich stehenden kleineren Tisch standen Flaschen mit Wein, aber auch Pflaumenschnaps und der im Dorf allgemein beliebte und oft getrunkene Kartoffelbrand waren vorhanden.

Der Gottesdienst verlief viel ruhiger, als es sonst sonntags üblich war. Der viel zu frühe Tod des Starke-Bauern hatte alle tief betroffen gemacht. Ernst war im Dorf hoch geachtet, fand er doch immer für andere ein gutes Wort. Bei ihm war man sicher, dass sein gegebenes Wort auch Bestand hatte. Der Pfarrer sprach über den Psalm, der das Bild des Hirten zum Thema hatte. Er betonte, dass Ernst nun in der himmlischen Heimat sei, und Gott selbst ihn aufgenommen hätte. Ernst sei, so betonte der Pfarrer, ein besonders gutes Beispiel für alle, weil er sich immer auf Gott verlassen, und treu für seine Familie gesorgt hatte.

Nach der Trauerpredigt wurde der Sarg mit dem Deckel verschlossen. Danach trugen ihn die sechs Leichenträger vor die Kirche. Nur wenige Meter von der Kirchentür entfernt, direkt am Hauptweg, war die Grube ausgehoben, über die man nun den Sarg hob und auf zwei starken Holzbohlen absetzte. Dann traten die Männer seitlich an den Grubenrand, ergriffen die vorher bereitgelegten dicken Seile und hoben die Last etwas an. Links und rechts stand jeweils ein Dorfjunge. Sie ergriffen je einen der Balken und zogen ihn vom Grabesrand nach hinten weg. Langsam wurde der blumengeschmückte Sarg nach unten gelassen. Der Pfarrer stand nahe dabei, und als die Träger ihre Aufgabe erfüllt hatten, nahm er eine Hand voll Erde aus einer flachen, großen Schale, die auf einem Eisengestell stand. Mit den Worten „Es wird gesät verweslich, aber auferstehen unverweslich" ließ er die Erde auf den Sarg rieseln. Dann griff er noch einmal in die Schale und sagte." Es wird gesät in Unehre, aber auferstehen in Herrlichkeit." Wieder gab er die Erde in das Grab. Ein drittes Mal nahm er eine Hand voll Erde und sprach: Es wird gesät in Schwachheit, aber auferstehen in Kraft." Nachdem er seine Hand geleert hatte, wandte er sich der großen Traugemeinde zu und sprach den Segen: „Der Herr segne dich und behüte dich; der Herr lasse sein Angesicht leuchten über dir und sei dir gnädig; der Herr erhebe sein Angesicht auf dich und gebe dir Frieden." Mit einem Kreuzeszeichen beendete er die Trauerfeier. Nun konnten die Angehörigen, aber danach auch die Trauergemeinde, an das offene Grab treten, und sich still verabschieden. Es dauerte recht lange, bis alle vorbei gegangen waren. Anna war sichtlich erschöpft. Willi stützte seine Mutter auf der einen Seite, und Fritz nahm ihren anderen Arm. Inge und Lina luden noch einmal   persönlich zum Kaffeetrinken ein, und die meisten machten sich auch schon auf den Weg zum Hof.

Von all dem hatte Werner natürlich nichts mitbekommen. Während der Trauerfeier in der Kirche war Miriam bei ihm geblieben. Als Inge endlich nach Hause kam und schnell nach ihm sehen wollte, hielt das Mädchen ihn liebevoll im Arm. Er patschte mit seinen kleinen Händchen immer wieder in ihr Gesicht, oder er griff unvermittelt in ihr Haar und zog kräftig daran. Miriam lachte und fragte: „Tante Inge, darf ich wieder einmal auf Werner aufpassen?" „Natürlich, Miriam. Du kannst jederzeit kommen. Hab lieben Dank für deine Hilfe. Geh nach unten und iss ein Stück Kuchen."

Viele Nachbarn und Freunde waren nach dem Trauergottesdienst auf den Hof gekommen, so dass die Stühle bei weitem nicht ausreichten. Kuchen und Kaffee gab es genügend, aber die Männer standen lieber in einer Hofecke und prosteten sich mit dem Schnaps zu. Auf Kuchen verzichteten sie gern, aber als auf einem großen Brett in Scheiben geschnittene Wurst und Schinken gereicht wurden, langten sie kräftig zu. Der Bäcker hatte noch mehrere Brote von seinem Lehrjungen holen lassen, und so gab es fast für jeden Geschmack etwas zu essen. Für Anna war es schmerzlich, aber auch schön zugleich, als immer wieder

Trauergäste aufstanden und von ganz eigenen Erlebnissen mit Ernst erzählten. Sie zeichneten das Bild eines aufrechten Mannes, der ohne zu zögern half, wenn Hilfe nötig war. Er erwartete nie eine Gegenleistung, sondern konnte sich mit freuen, wenn es anderen gut ging. Als Herr Schreiter aufstand und eine eigene Erfahrung mit Ernst erzählte, waren alle besonders still. „Sie wissen alle, wie uns der Winter 1917 zusetzte. Der Hunger zwang uns, ungewöhnliche Maßnahmen zu ergreifen. Wir hatten in der Firma beschlossen, für unsere Arbeiter Lebensmittel zu besorgen. Damals gingen mein Sohn und Willi von Hof zu Hof und von Dorf zu Dorf. Wir bekamen so viel, dass keiner unserer Leute wirklich hungern musste. Auch Ernst gab großzügig ab. Wir holten hier vom Hof eine besonders große Menge Getreide und Kartoffeln. Er verlangte damals einen Preis, der einfach nicht stimmen konnte. Er hatte deutlich viel zu wenig berechnet, und außerdem den Vorkriegspreis zu Grunde gelegt. Ich besuchte ihn einige Tage später hier auf dem Hof. Er war gerade im Kuhstall, als ich nach ihm suchte. Dort wollte ich ihm den Fehlbetrag geben, aber er wehrte energisch ab. Herr Schreiter, sagte er, ich will keinen Nutzen aus der Not anderer haben.

Der Herrgott hat alles wachsen lassen, und ich konnte im Jahr zuvor eine große Menge Getreide einlagern, weil es nicht abgekauft wurde. Jetzt können wenigsten ein paar Menschen mehr satt werden. Ich konnte nicht anders, als diesen aufrechten Mann zu umarmen Wir sahen uns an und ich sagte zu ihm: Ernst, ich bin der Jonas. Ich bin in deiner Schuld, aber ich verspreche Dir, das werde ich nie vergessen. Es wird eine Gelegenheit geben, wo ich Dir meinen Dank ausdrücken kann. Und Ernst? Er sah mich mit seinen gütigen Augen an und sagte nur: Ist schon gut Jonas. Er drehte sich einfach um und hob mit der Gabel eine neue Ladung Mist auf den Schubkarren. Ich ging, tief beeindruckt, nach Hause. Und nun erlaube ich mir, Anna, dich als unsere beste Freundin zu umarmen. Ich bin Jonas, wie ich eben sagte, und meine Frau ist Debora. Und hier, heute übergebe ich dir eine Lederbörse. Es ist ein wenig Geld darin. Du sollst nicht mehr hart arbeiten müssen, sondern mehr Zeit für die Familie haben. Von Willi gibt es ja schon einen Enkelsohn, und wer weiß, was alles noch in den nächsten Jahren sein wird."

Kurz darauf verabschiedeten sich die Schreiters, aber vorher umarmten sie beide noch einmal die junge Witwe.

Am Ende des Tages waren Anna und die ganze Familie sehr erschöpft. Aber sie waren auch dankbar für die große Anteilnahme, die ihnen von allen entgegengebracht wurde. Alle hatten sich in ihre Wohnungen zurückgezogen, als es oben an Willis Tür klopfte. Er öffnete und sah erstaunt auf seine Mutter, dann bat er sie herein. Sie setzte sich auf einen Küchenstuhl, weinte und hielt ihm die Börse entgegen, die Jonas Schreiter ihr gegeben hatte. „Willi, hier sind 1.000 Goldmark drin. Das kann ich nicht nehmen. Nimm das morgen wieder mit in die Fabrik und gib es zurück." Willi schüttete die Börse auf dem Tisch aus und sortierte die goldenen 20-Mark-Stücke, es waren genau 50 Stück mit dem Bildnis des Kaisers Wilhelm II, und auf der Rückseite mit dem Reichsadlers mit kleinem Brustschild und dem Nennwert 20 Mark. Sorgsam legte er die Goldstücke wieder in die Lederbörse, gab sie der Mutter zurück und sagte: „Nein Mutter, Herr Schreiter würde das nicht verstehen können. Es gehört dir. Das ist sein besonderer Dank, auch für Papa und alles, was er getan hat."

Es war ein trüber Samstag, dieser 23. April, als das noch friedlich erscheinende Dorf Trona jäh aus der Ruhe geschreckt wurde. Die Kirchenglocken läuteten bereits eine viertel Stunde, und von überall her waren laute Rufe und das Schellen von kleinen Handglocken zu hören. Willi und Fritz traten aus dem Haus und sahen sich in der feuchten Morgenluft um. Es war nichts zu sehen, aber ein leichter Brandgeruch stieg in ihre Nasen. Irgendwo in der Nähe musste es brennen. Also stiegen die Männer schnell in ihre Stiefel, warfen sich die Jacken über die Schultern und gingen, jeweils mit einem Eimer in der rechten Hand, hinaus auf die Dorfstraße. Nach nur wenigen Schritten sahen sie ein großes Feuer auf dem Rinke-Hof. Fritz und Willi eilten zur Brandstelle und erst vor Ort sahen sie das ganze Ausmaß der Katastrophe. Der erst im letzten Jahr entstandene Scheunenneubau stand in hellen Flammen. Von allen Seiten kamen Helfer angerannt, um zu retten, was noch zu retten war. Die Flammen schlugen hoch zum Himmel und vernichteten den ganzen Heu- und Strohvorrat aus dem letzten Jahr. Die Scheune war gut gefüllt, denn trotz der Winterfütterung war noch eine große Menge Heu übrig geblieben. Das Stroh und vor allem eine große Anzahl gefüllter Kornsäcke, in den neben der Tenne liegenden Nischen, brannten laut knisternd und eine enorme Hitze verströmend. Etwas abseits des Brandherdes lagen unter Decken zwei Personen. Beim Näherkommen sah Willi, dass der Rinke-Bauer und sein Sohn zugedeckt auf dem Boden lagen. Die Bäuerin kniete weinend neben den beiden toten Männern. Willi und Fritz boten sich an, diese in das Wohnhaus zu tragen, aber die Frau schüttelte nur den Kopf und wies mit der ausgestreckten Hand auf das Haus. Die Feuerwehr war dabei, mit der Wasserspritze das Haus vor dem Übergreifen der Flammen zu schützen. Es war eine mühsame und kräftezehrende Sache, die Pumpvorrichtung auf dem Spritzenwagen zu betätigen. Nach nur wenigen Minuten wurden die erschöpften Feuerwehrmänner von anderen abgelöst, die nun ihrerseits wieder in schnellem Rhythmus für den nötigen Wasserdruck sorgten. Es war später Vormittag, als endlich der Brand unter Kontrolle und das ganze Ausmaß der Katastrophe im trüben Licht des Tages zu sehen war. Von der neu erbauten Scheune gab es nur noch wenige Mauerreste. Auch der nebenan liegende Kuhstall war schwer betroffen. Das Dach hatte, als es nach innen einstürzte, drei Kühe unter sich begraben. Im Innenhof lagen weitere vier verendete Tiere. Etwas abseits standen die restlichen dreizehn Kühe, darunter das erst neun Tage alte Kalb. Die Hühner konnten sich in die Umgebung flüchten, alle acht Schafe waren den Flammen dadurch entkommen, dass sie die Nacht im Freien verbracht hatten. Das Wohnhaus blieb weitestgehend verschont. Nur der Giebel, der zur Scheune zeigte, war von Rauch und Hitze schwarz geworden. Das Löschwasser allerdings hatte im Hausinneren Schäden hinterlassen, auch zwei Fenster waren infolge der großen Hitze geborsten. Schockierend für alle war aber der Tod des Bauern und seines Sohnes. Was war nur an diesem frühen Samstagmorgen geschehen?

Beim Aufräumen und Beseitigen der Trümmer packten fast alle alteingesessenen Dorfbewohner mit an. Auch aus den Arbeitersiedlungen kamen freiwillige Helfer, die nach ihren Kräften und Möglichkeiten der Rinke-Bäuerin halfen. Die Beerdigung, nur wenige Tage nach der Tragödie, vereinte das ganze Dorf. Während des Leichenschmauses, den richteten alle umliegenden Bauernfrauen aus, wurde gemeinsam beraten, wie es denn nun mit dem Rinke-Hof weitergehen sollte. Die Bäuerin erklärte, den Hof nicht mehr aufbauen und bewirtschaften zu wollen. Sie hatte ihren Mann und den Sohn verloren, und allein könne sie die viele Arbeit nie schaffen. Sie war mit einem ihrer Brüder übereingekommen, zu ihm auf seinen Bergbauernhof zu ziehen. Schon in absehbarer Zeit, wenn alles mit dem Verkauf geregelt sei, wollte sie von Trona weggehen. Die Kühe verkaufte sie noch am Tag der Beerdigung an Bauern im Dorf. Keiner nutzte ihre schlimme Lage aus, und so erhielt sie für die dreizehn Kühe einen mehr als fairen Preis.

Wenige Tage nach der Beisetzung der beiden Rinke-Männer berieten Aaron und Willi, ob sie einen Teil des Landes und vor allem das Wohnhaus des Rinke-Anwesens kaufen sollten. Aaron wollte die Firma vergrößern und brauchte dafür Bauland für größere Fabrikgebäude. Auch für neue Mitarbeiter sollte eine neue Wohnhaussiedlung mit kleinen Gärten entstehen. Der Anwalt der Schreiters klärte alle offenen Fragen mit dem Vertreter der Rinke-Bäuerin, und auch die Hausbank hatte einem Großkredit zugestimmt. Nur vier Monate später waren alle Verträge unterzeichnet.

Willi und Inge hatten in den letzten Wochen ausführlich mit der Mutter Anna gesprochen. Sie planten, das ehemalige Rinke-Wohnhaus oben auf dem kleinen Hügel zu kaufen. Aaron unterbreitete Willi ein entsprechendes Angebot. Er war der neue Eigentümer fast des gesamten Rinke-Grundbesitzes. Nur weiter entfernte Felder fanden andere Käufer. Der Neubau eines Fabrikgebäudes sollte noch in diesem Jahr beginnen, und für das Bauernhaus war ein Umbau zum modernen Wohnhaus geplant. Dort, so wünschte es sich Aaron, könnten Willi und seine Familie wohnen. Anna freute sich mit ihren Kindern über die neuen Möglichkeiten, ein eigenes Zuhause zu haben. Für Fritz und seine Lina wäre dann auch mehr Platz im Wohnhaus, denn Lina war wieder schwanger.

Karl, ein Neffe von Fritz lebte inzwischen mit auf dem Hof. Er hatte bei seinem Onkel nach Arbeit gefragt, und war als Knecht nach Trona gekommen.

Der Dezember begann kalt und nebelig. Die Felder waren für die Winterruhe gut vorbereitet, das Wintergetreide, Gerste und Roggen, wurden rechtzeitig ausgesät. Die Drescharbeiten des Herbstes waren längst abgeschlossen und so gab es hauptsächlich nur noch Arbeit mit dem Vieh in den Ställen. Nötige Reparaturen an Geräten und Werkzeugen waren fertiggestellt, und so blieb etwas mehr Zeit für Verbesserungen im Haus. Fritz hatte begonnen, seine Wohnung neu zu malern. Die Wände im Wohnzimmer bekamen einen hellblauen Anstrich, und darauf wurden mit dunkelblauer Farbe Muster mit einer Gummiwalze aufgerollt.

Inge war im siebten Monat schwanger. Auch diesmal bereitete ihr die letzte Zeit ihrer Schwangerschaft einige Mühe. Manchmal hätte sie sich am liebsten auf das Stubensofa gelegt und die Beine ausgestreckt. Aber es gab noch so viel zu tun, so kurz vor Weihnachten. Mutter Anna half überall im Haus mit, wenn sich alles zu überstürzen schien. Oft nahm sie Werner mit in ihre Küche, erzählte ihm Märchen und Geschichten und sang ihm all die Lieder vor, die sie von ihrer Großmutter gelernt hatte. Der Junge hörte dann besonders aufmerksam zu, dabei den Teddy fest umklammert im Arm haltend, den der Vater Willi vor vielen Jahren in Leipzig nach einem Messeauftritt gekauft hatte.

Die politische Lage in Deutschland war sehr angespannt. Ständig versuchten rechts- und linksextremistische Gruppen die junge Demokratie zu zerstören. Die Aufstände mündeten in bürgerkriegsähnliche Zustände. Dazu kam die ständig steigende Kostenflut, die den Finanzhaushalt immer stärker belastete. Der Staat reagierte darauf mit einer kontinuierlichen Erhöhung der Geldmenge. Durch den Versailler Vertrag verlor Deutschland ein Siebtel seines Staatsgebietes und dadurch ein Zehntel seiner Bevölkerung. Dadurch kam es zu einem Verlust von einem Drittel der Kohlevorkommen und drei Viertel der Erzvorkommen, die in der Wirtschaft nicht ausgeglichen werden konnten. Ein Großteil der Bevölkerung arbeitete bereits bis zur Erschöpfung, aber Millionen Andere lebten am Existenzminimum. Die galoppierende Inflation fraß die Ersparnisse immer schneller auf. Produkte und Lebensmittel erreichten Preise, die kaum noch zu bezahlen waren. Auch die Kapitalflucht aus Deutschland führte zu einer weiteren Abwertung der deutschen Währung. Im Januar kostete ein US-Dollar knapp 192 Mark. Es wurde immer mehr ungedecktes Papiergeld gedruckt, und so gab es Anfang 1922 die ersten 5.000 und 10.000 Markscheine. Ein Ende dieser Entwicklungsspirale war nicht in Sicht.

Im Januar, nur wenige Tage nach Willis Geburtstag, kam dieser an einem Dienstag aus der Firma nach Hause. Es gab Neuigkeiten im Hause Schreiter. Aaron und seine Frau Sarah waren am Vorabend, am 9. Januar, wieder Eltern geworden, und die Tochter Ruth bekam einen Bruder. Ein gesunder Junge war nun Mittelpunkt in der großen Villa der Schreiters. Die glücklichen Eltern gaben ihm den Namen Michael. Der Großvater Jonas und seine Frau Deborah planten schon die große Feier Brit Mila, und nur wenige Tage später wurde das Familienfest der Beschneidung gefeiert. Auch Willi und Inge kamen der Einladung gerne nach, und feierten das ausgelassene Fest mit all den anderen Gästen. Um Werner kümmerte sich zu Hause die Großmutter. Inge fühlte sich zu schwach, und so blieben sie nur bis zum Kaffeetrinken am Nachmittag. Am Abend musste Willi den Arzt holen, denn seiner Frau ging es zunehmend schlechter. Der alte Dorfarzt war schon viele Jahre in Trona, und so kannte er die Familien sehr genau. Als er Inge untersucht hatte, schickte er Willi los, um die Hebamme zu holen. Das Kind wollte wohl nicht mehr bis zum eigentlichen Ende der Schwangerschaft warten, sondern schon jetzt, knapp vier Wochen früher, auf die Welt kommen. Fritz hatte im Waschhaus den großen Wasserkessel angefeuert, gleich nachdem der Arzt auf den Hof gekommen war. Kaum war die Hebamme im Haus angekommen, ging alles ziemlich schnell. Nur wenige Minuten später hielt sie das Neugeborene in den Händen. Es war ein Mädchen, das nun nach einem kräftigen Klaps auf den kleinen Po kräftig zu schreien begann. „Inge, es ist alles in Ordnung", sagte die Hebamme, „deine Tochter ist gesund und munter. Sie ist noch etwas klein, aber sie hatte es ja auch zu eilig, zu dir zu kommen. Das wird sich aber alles noch geben. Wie soll sie den heißen, euer Mädchen?" „Ich muss noch mit Willi reden, denn das ging ja jetzt alles viel schneller, als wir gedacht hatten." Am Abend dieses Freitags, es war der 13. Januar 1922, waren sich Willi und Inge einig. Ihr zweites Kind sollte Renate heißen.

Den ersten Geburtstag von Werner feierten alle in der großen Küche von Großmutter Anna. Sie hatte einen großen Napfkuchen gebacken. Auch Lina saß mit am Tisch. Sie hatte erst vor sechs Tagen Zwillinge geboren, zwei gesunde Mädchen. Für Lina und ihren Fritz waren diese Geburten eine besonders große Freude und Erleichterung, nachdem die erste Schwangerschaft jäh durch eine Fehlgeburt beendet wurde. Die Zwillingsgeburt dauerte fast achtzehn Stunden, an diesem Samstag, den 11. März. Gemeinsam überlegten sie alle, wann denn Taufe sein könnte. Einig waren sich aber die beiden Väter Willi und Fritz, dass für alle drei Mädchen gemeinsam das Tauffest sein sollte, für Renate, aber auch für die Zwillinge Hilde und Gerti. Willi übernahm es, den Pfarrer aufzusuchen und um den 26. März als Tauftermin zu bitten.

Die Tauffeier Ende März wurde zu einem richtigen Dorffest in Trona. Erstens hatte es eine Dreifachtaufe noch nie gegeben, so sagten es zumindest die Alten im Ort. Dann gab es schon lange nicht mehr so ein ausgelassenes Fest. Auch das Wetter meinte es besonders gut, denn es war recht warm und sehr sonnig. Willi und Fritz hatten als Überraschung ein größeres Ferkel geschlachtet und im Freien über einem offenen Feuer gegart. Für die Dorfjungen war es ein Riesenvergnügen, immer wieder Holz herbeizutragen, um das Feuer nicht ausgehen zu lassen. Es gab für alle Gäste reichlich zu essen und zu trinken. Karl, der junge Knecht auf dem Hof, war vor wenigen Tagen in seinem Heimatort gewesen. Er hatte eine Kiste voller Apfelwein mit gebracht. Aron steuerte für das Fest noch sechzig Flaschen Wein bei, jeweils die Hälfte Rot- und Weißwein aus der Meißener Weinregion. Am Abend wurde es wieder sehr kühl, aber die Musiker, die zum Tanz aufspielten, heizten den jungen Leuten kräftig ein. Die älteren Dorfbewohner hatten sich schon verabschiedet und waren zu ihren Häusern und Höfen gegangen. Am Grillplatz des Ferkels brannten noch immer die dicken Holzbalken. Fast zwei Stunden später bedeckte noch eine dicke Glutschicht den Boden, als einer der Dorfjungen sein Mädchen an die Hand nahm, auf die Feuerreste zulief und mit ihr, Hand in Hand, den Platz übersprang. Nach ihnen sprangen noch einige andere Paare über die Glutreste, wohl wissend, dass sie sich damit im Geheimen das Versprechen gaben, noch in diesem Jahr um die Hand der Liebsten anzuhalten.

Inge stand lange am Fenster, ihre Renate im Arm haltend, der sie gerade die Brust gegeben hatte. Das kleine Mädchen war wieder eingeschlafen. Inge war glücklich und sah dem munteren Treiben zu. Was würden die nächsten Jahre bringen?

Nach langem Überlegen und Planen entschieden sich Willi und Inge, das Wohnhaus in der Nähe der Schreiter-Villa zu übernehmen. Inzwischen war es August. Es gab in der Folgezeit viele Veränderungen im über hundertjährigem Bauernhaus. Gleichzeitig zum Innenausbau wurde ein tiefer Graben zur Hauptstraße gegraben. Von dort erfolgte der Anschluss an die Wasserleitung, die nun im Haus selbst für neuen Komfort sorgte.
In der Nähe des Hauses errichteten die Arbeiter des Elektrizitätswerkes einen schlanken Holzmast, der die nötigen Kabel für die Stromversorgung heranführte. Im Haus selbst wurde auf der rechten Seite im Erdgeschoss ein Badezimmer mit Wanne und Badeofen eingebaut, ähnlich der Einrichtung, die es auch in der Schreiter-Villa gab. Auch die Toilette befand sich nun im Haus. Vom Treppenhaus aus, angrenzend an das Badezimmer, ging es durch eine Tür in einen schmalen Raum, durch dessen Außenwand ein großes Tonrohr in die Grube ragte. Gegenüber von Bad und Toilette war die Tür der großen Wohnküche, und von dort betrat man die

geräumige Wohnstube. Im Obergeschoss gab es vier große und helle Zimmer. Eines war als Elternschlafzimmer vorgesehen, ein anderes wurde für Werner eingerichtet. Auch Renate würde, wenn sie dafür groß genug wäre, ein eigenes Kinderzimmer bekommen.

Inge hatte lange mit der Mutter gesprochen. Sie wünschte es sich so sehr, dass Anna mit in das neue Zuhause ziehen würde. Ein eigenes Schlafzimmer gab es ja, und sonst würde man, wie vorher schon, zusammen wohnen. Anna lehnte immer wieder ab. Sie wollte dort bleiben, wo sie mit ihrem Ernst glücklich war. Außerdem gab es für sie immer wieder zu tun, und gerade zur Erntezeit wurde jede Hand gebraucht. Das Zusammenleben mit ihrem Halbbruder Fritz und seiner Lina waren so unkompliziert und liebevoll, dass Anna keinen Grund sah, ihren Lebensmittelpunkt zu verlassen. Außerdem hatte sie eine neue Aufgabe für sich entdeckt. Sie kümmerte sich umsichtig und liebevoll um alle Kinder, die zur Familie gehörten: da waren der 1 ½ jährige Werner, seine im Januar geborene Schwester Renate und die Zwillinge von Fritz und Lina, Hilde und Gerti. Anna ließ sich auch von lautem Kinderschreien nicht aus der Ruhe bringen. Sie schaffte es fast immer, mit ihrem

Singen der alten Lieder und Weisen für ausgleichende Ruhe zu sorgen. Inge, aber auch Lina, waren für die tatkräftige Unterstützung sehr dankbar. Vor allem für Inge war die Fürsorge von Anna besonders wertvoll.

Aaron hatte sie vor zwei Monaten zu sich in das Firmenbüro gebeten. Er zeigte auf, wie groß und umfangreich die Firma und alle damit verbundenen Aufgaben geworden waren. „Inge", sagte er, „ich bitte dich, in unsere Firma zu kommen. Ich denke, du könntest als Chefsekretärin die Arbeit der Frauen in unserer Verwaltung leiten. Bei dir könnten dann alle wichtigen Informationen zusammentreffen, die ich im Betriebsvorstand benötige." Inge überlegte nicht lange, sondern lehnte sofort entschieden ab. Eine solche verantwortungsvolle Aufgabe könne sie gar nicht erfüllen. Sie hätte nur die Volksschule besucht, aber überhaupt keine Ausbildung als Sekretärin absolviert. Aaron strich mit einer Handbewegung die durchaus richtigen Argumente von Inge weg. „Inge, ich kenne und schätze dich sehr. Du hast so viel gesunden Menschenverstand und vor allem eine ausgleichende und sehr wohltuende Art, mit Menschen umzugehen. Du bist sehr wohl für diese Aufgabe geeignet. Sprich mit Willi. Ihn habe ich schon über meine Pläne informiert. Er meinte zwar, diese Entscheidung kannst nur du treffen, aber ich hoffe sehr, dass du nicht ablehnst. Du bekommst ein Büro neben Willi, kannst ihn und auch mich jederzeit sprechen und fragen, wenn etwas unklar ist. Bitte Inge, ich brauche dich und deine Mitarbeit. Übrigens hat meine Sarah ganz spontan gesagt, das sei meine beste Idee seit vielen Jahren, als ich ihr berichtete, dass ich dich hier einstellen möchte."

Inzwischen waren zwei Monate vergangen. Inge hatte lange mit Willi, aber auch mit Anna, Fritz und Lina gesprochen. Alle rieten ihr zu, diese Arbeit anzunehmen. Anna versprach, für ihre beiden Kinder tagsüber zu sorgen. Auch Fritz und Lina beteuerten, sie kämen auch ohne Inges Hilfe auf dem Hof gut zurecht. Außerdem würden sie ja bald in das Haus oben auf dem Hügel ziehen. Dann gäbe es ohnehin neue Aufgaben für sie.

Wenige Tage später, es war an einem Freitagnachmittag, ging Inge zu Aaron in das große Büro. Sie sprachen lange über die neuen Aufgaben, über die vielen Ängste, die sie damit verband, aber auch über die Hoffnung, gemeinsam gut zusammen zu arbeiten.

Nun war es also entschieden. Inge würde in der Verwaltung der Firma mitarbeiten. Willi freute sich von Herzen, und als seine Inge ihm diese Entscheidung berichtete, fasste er sie um die Hüften, hob sie hoch und drehte sich wie wild um die eigene Achse. Beiden war etwas schwindelig, als er laut lachend seine Frau wieder auf dem Fußboden absetzte. Eine neue, sicher auch ungewisse, Zukunft stand vor ihnen.

Der Geburtstag von Willi fiel in diesem Jahr 1923 auf einen Dienstag. Nur wenige Tage später, am 8. Januar, fand der Umzug in das neue Zuhause statt. Die neue Wohnadresse lautete nun Hauptstraße 2. Die Nummern 1, 3 und 5 auf der anderen Straßenseite gehörten zur Schreiter-Villa und zum großen Firmenkomplex der Sächsischen Tuchfabriken. Die bebaute Hauptstraße ging kurz hinter dem Grundstück der Schreiters in die Landstraße nach Komau über. In der anderen Richtung endete sie an der Dorfkirche, um dann nach links in die Karlstraße und nach rechts in die Ludwigstraße zu münden.

Inge brachte Werner und seine Schwester Renate jeden Morgen auf den Bauernhof zur Großmutter der Beiden. Sie selbst begann dann ihre Arbeit ab neun Uhr in der Verwaltung der Fabrik. Mit Aaron hatte sie einen Vertrag geschlossen, der eine Arbeitszeit von täglich fünf Stunden beinhaltete. Nachmittags holte Inge ihre Kinder ab, aber bevor sie sich auf den Nachhauseweg machte, saß sie noch fast regelmäßig mit Anna bei einem Topf Kaffee am Küchentisch, um alle Neuigkeiten auszutauschen. Anna machte ihrer Schwiegertochter immer wieder Mut, wenn sie in den ersten Wochen von ihren Misserfolgen und Unkenntnissen in der Firma berichtete. Bald aber konnte sie von Erfolgen und guten Ergebnissen erzählen, und davon, wie gern sie ihre Arbeit tat.

Die politischen Verhältnisse in Deutschland boten wenig Anlass zu Optimismus. Unverändert und viel zu oft gab es Demonstrationen, und radikale Gruppierungen versuchten immer wieder, die Weimarer Republik zu stürzen oder wenigstens zu schwächen. Nach der Ruhrbesetzung durch den französisch-belgischen Einmarsch von Truppenverbänden rief die Regierung Cuno zum passiven

Widerstand auf. Jedoch diese Regierung scheiterte und eine große Koalition wurde gebildet. Am 13. August wählte das Parlament Gustav Stresemann zum Reichskanzler. Aber die wirtschaftliche Last durch den verlorenen Krieg und Reparationszahlungen wog zu schwer. Das Währungssystem brach zusammen und in der gesamten Wirtschaft herrschte Hochinflation. Auch in Trona zeigten sich die Auswirkungen dieser Krise. Es gab Entlassungen und Kurzarbeit, weil viele Handelsverträge storniert wurden. Aaron Schreiter, der Firmendirektor, war bemüht, soziale Härten zu vermeiden. Er beschäftigte vorrangig Familienväter oder versuchte Mitarbeiter in andere Fabriken zu vermitteln. Sorgen bereiteten ihm die zumeist jungen radikalen Parteimitglieder, die ganz links oder ganz rechts im Parteienspektrum angesiedelt waren. Eine Anweisung von ihm untersagte politische Arbeit im Firmenkomplex. So konnte ein relativer politischer und sozialer Friede aufrechterhalten werden. Bei Spannungen und Streitigkeiten war es immer mehr Inge, die mit ihrer ausgleichenden und ruhigen Art für Lösungen sorgte. Die junge Frau war allgemein angesehen und geachtet, und auf ihren Rat, wenn nötig auch Schiedsspruch, hörten alle Firmenangestellten.

Ende September hatte die bayrische Landesregierung dem Druck der rechten Kräfte nachgegeben und den Ausnahmezustand erklärt. Ziel war, die Regierung Stresemann zu stürzen und in ganz Deutschland rechtsnationalistische Kräfte zu stärken. Besonders aktiv in den Umsturzbestrebungen war die NSDAP, die in einem Putsch im November versuchte, die Regierungsmacht in München an sich zu reißen. Nach dem Scheitern dieses Umsturzversuches wurde die Partei, geführt vom Vorsitzenden Adolf Hitler, verboten und er selbst in einem Prozess vor dem Volksgerichtshof in München zu fünf Jahren Festungshaft verurteilt. Inhaftiert in der Festung Landsberg diktierte er seinen Mitgefangenen Emil Maurice und Rudolf Heß wesentliche Teile von „Mein Kampf". Aber schon nach neun Monaten Haft wurde er wegen guter Führung entlassen.

Es war inzwischen Ende 1924. In Trona gab es wieder Vollbeschäftigung, weil große Überseeaufträge zustande gekommen waren. Die Weltereignisse hinterließen wenig Spuren im inzwischen deutlich gewandelten Ort. Aus dem kleinen Bauerndorf war ein wichtiger sächsischer Industriestandort geworden. Zahlreiche Arbeiterinnen und Arbeiter hatten sich am ehemaligen Dorfrand angesiedelt. Nun gab es dort vorwiegend Siedlungen mit Einfamilienhäusern. Kleine Gärten hinter den Häusern versorgten die Bewohner mit Obst und Gemüse. Die alteingesessenen Bauern konzentrierten sich verstärkt auf die Rinderzucht und Milchwirtschaft, aber auch auf den Ackerbau mit Kartoffeln und Getreide. Erst Ende des letzten Jahres hatte sich eine Molkerei mit einem Zweigbetrieb in Trona angesiedelt. Hier wurde die Milch der Umgebung verarbeitet und Butter, Buttermilch, Sauermilchprodukte und Käse hergestellt.

Besonderes Interesse erregte im Dorf die Inbetriebnahme der Schwebebahn auf den Fichtelberg. Einige junge Leute hatten für den 28. Dezember eine Bahnfahrt nach Oberwiesenthal organisiert, um bei der Einweihung der ersten deutschen Luftseilbahn dabei zu sein.

Am Silvestertag 1924 fragten sich viele Menschen, was wohl im neuen Jahr 1925 kommen würde. Nur wenige Tage vor dem Jahreswechsel wurde ein Buch in Trona vor allem unter jüngeren Leuten weiter gegeben. Es war das „Leb wohl, Berlin" von

Christopher Isherwood, in dem er seine eigenen Erlebnisse in der Homosexuellenszene in Berlin beschrieb.* Mehr oder wenig offen wurde eine Zeit lang darüber diskutiert. Da fielen Namen wie das „Eldorado" in der Berliner Motzstraße, oder die vielen Treffpunkte im „Neuen Westen" in Berlin mit dem Kurfürstendamm, dem Breitscheidplatz und der Tauentzienstraße. Ein Einwohner aus Trona, ein 28jähriger Arbeiter aus der Schreiterfabrik, bekannte sich in der Dorfgaststätte zu dieser sexuellen Orientierung. Nicht lange danach wurde er gemieden, verlacht und regelmäßig offen angefeindet. Er sah nur einen Ausweg, überstürzt aus Trona weg zu ziehen.

* Das Buch war die Grundlage für das Musical und die Verfilmung von „Cabaret".

Am Freitag hatte die ganze Familie den 24. Geburtstag von Willi gefeiert. Alle kamen in das Haus in der Hauptstraße, in dem Inge mit ihrem Geschick ein gemütliches Zuhause eingerichtet hatte. Es gab viel zu erzählen und zu lachen. Auch Aaron war mit der Familie gekommen, um mit zu feiern. Die Kinder spielten auf einer ausgebreiteten Decke auf dem Fußboden der Stube mit vielen Bausteinen und drei Puppen. Karl hatte seine Freundin mitgebracht, die er bei dieser Gelegenheit allen vorstellte. Seine Gerda war eine junge Näherin aus der Schreiterfirma.

Werner war mit seinen knapp vier Jahren ein lebhafter und unternehmungslustiger Junge, auf den man immer gut aufpassen musste. Die Großmutter Anna war besonders achtsam, wenn er heimlich in der Scheune verschwinden wollte. Sie erzählte allen, wie er vor wenigen Wochen einmal in der Scheune verschwand. Als sie gleich nach ihm sah, hatte er schon die angelehnte Leiter zum Heuboden erklommen und sprang, als die Großmutter durch das Scheunentor eintrat, nach unten in den Heuhaufen, der auf der Tenne als Futter für die nächsten Tage lag. Erschrocken über so viel Wagemut nahm sie ihn an die Hand und ging zurück in das Wohnhaus. Ruhig erklärte sie dem kleinen Werner, wie gefährlich solche Sprünge sein könnten. Der Boden war ja viel zu hart, wenn ein solcher Sprung zu weit an den Rand geriet. Hatte er eigentlich seiner Großmutter zugehört, oder beschäftigten den lebhaften Kleinen nicht schon wieder ganz andere Sachen?

Der vierte Geburtstag von Werner wurde in seines Vaters Geburtshaus gefeiert. Die Großmutter hatte den Tisch gedeckt und einen großen Berg Kuchen, auf zwei Teller verteilt, in die Tischmitte gerückt. Das wohl schönste Geschenk war ein neuer Roller aus hellem Holz, der mit seinen roten Rädern die Blicke aller Kinder auf sich zog. Auch für die kleine Schwester Renate und die Cousinen Hilde und Gerti war er das Objekt der Begierde. Alle wollten gleichzeitig die Lenkergriffe festhalten und wenigstens mit einem Fuß auf das Trittbrett steigen. Das misslang gründlich, und die Kinder landeten unsanft auf dem Fußboden. Nun mussten erst einmal die Mütter trösten und Tränen abwischen.

Auf dem Nachhauseweg schob Willi seinen Sohn, der auf dem Roller stand, bergauf mit einiger Mühe. Zuhause bestand Werner darauf, sein Geburtstagsgeschenk mit in sein Zimmer zu nehmen und neben dem Bett zu parken. Er konnte lange nicht einschlafen, und immer wieder strich seine kleine Hand über das matt glänzende Holz. Einmal noch musste er das Bett verlassen und sich auf das Trittbrett stellen. Langsam bewegte er den Lenker ein wenig nach links, dann nach rechts – und da knallte er auch schon mit voller Wucht auf den Boden. Schmerzhaft musste er erkennen, dass Rollerräder viel zu schmal sind, und deshalb keine gute Standmöglichkeit bieten. Die Mutter kam in das Zimmer, hob ihren weinenden Werner vom Boden auf und legte ihn in sein Bett. Sie gab ihm noch einen Kuss auf die Stirn und wandte sich zur Tür, den Roller mit einer Hand ergreifend: „Jetzt schlaf aber, mein Junge. Dein Roller bleibt unten im Treppenhaus."

Alle Missgeschicke und Beinaheunfälle waren bisher für Werner immer ohne größere Probleme ausgegangen. Nach einigen heftigen Gewittergüssen war es wieder ein warmer Junitag geworden. Werner und seine Schwester spielten unter Großmutters Aufsicht im Hof. Lina war mit ihren Zwillingen zum Einkaufen gegangen. Das Scheunentor stand weit offen, denn auf der Tenne lag noch eine große Menge frisches Heu, was noch nicht auf dem Heuboden eingelagert war. Während des Einbringens des frisch getrockneten Grases hatte es heftig geregnet, und nun musste das frische Heu nachgetrocknet werden. Täglich wurde auf dem Dreschplatz der Scheune mit Gabel und Rechen das Unterste nach oben gewendet.

Es würde nicht mehr lange dauern, dann konnte das trockene Heu nach oben auf den Boden gebracht werden. Dazu spießten Fritz und Willi mit einer Gabel eine große Hucke auf, nahmen sie über die Schulter und stiegen vorsichtig eine Leiter hinauf. Sorgsam wurde alles dann so abgelegt, dass die große Menge gut verstaut war.

An der Giebelseite der Scheune verschloss eine Holztür die viereckige große Öffnung, durch die sonst immer das getrocknete Heu gleich vom Pferdefuhrwerk nach oben gezogen wurde. Dafür gab es sogar eine lange Schiene direkt unter dem Dach, an der ein Rad mit einer Hohlkehle entlang lief. Über das Rad war ein Seil gelegt, mit dessen Hilfe direkt vom Fuhrwerk Wagenladungen nach oben gezogen werden konnten. Es war ein einfacher Seilzug, der das Einlagern von Heu und Stroh sehr erleichterte. Die Holztür, die die Maueröffnung verschloss war aus Brettern zusammengenagelt, die noch Astlöcher und kleine Ritzen hatte. Werner hatte über großen Durst geklagt und seine Großmutter nach Apfelsaft mit frischem kalten Wasser gefragt. Sie war gerade in das Haus gegangen, um einen Krug mit dem köstlichen Getränk zusammen zu mischen. Das war die Gelegenheit für den

Jungen, in die „Verbotszone" Scheune zu laufen. Schnell kletterte er die Leiter hinauf auf
den Heuboden. Dann ging er zur Außentür an
der Giebelseite. Durch die Astlöcher konnte er
nun, vor der Tür stehend, nach draußen
sehen. Aus dieser erhöhten Perspektive ließ
sich so alles entdecken und beobachten, was
sich im Hof und auf dem Nachbargrundstück
tat. Interessiert beobachtete er den Streit der
Hühner um die frei gescharrten Würmer
unten am Gartenzaun. Er hielt dabei den Griff,
einen kreisrunden eisernen Ring, der neben
dem Riegel angeschraubt war und zum
Zuziehen der Luke diente, mit beiden Händen
fest umschlossen. Plötzlich öffnete sich die Tür
langsam nach außen. Offensichtlich war der
Riegel nicht richtig in der Wandverankerung
eingeschoben. Werner hing schon mit dem
Oberkörper im Freien. Er hielt den Griff fest
umklammert, seine kleinen Füße suchten
innen an der Hauswand nach Halt. Als er sich
seiner schwierigen Lage bewusst wurde, brüll-
te er laut los. Fritz war gerade in die Scheune
gekommen, als Werner laut jammernd schrie.
Schnell erklomm er die Leiter zum Heuboden,
lief zu dem nahezu im Freien hängenden
Jungen und riss ihn in seine Arme. Dann
schloss er die Tür, schob den Riegel in die

Verankerung und trug das kleine weinende Bündel Elend die Leiter hinab und in das Wohnhaus hinein. Mit wenigen Worten schilderte er der erschrockenen Großmutter das Geschehene, bevor er wieder an seine Arbeit ging.

Nur wenige Tage später, es war ein warmer und sonniger Sommertag, spielte Werner mit seinem bunten Stoffball, den ihm Tante Lina genäht und mit Schafwolle ausgestopft hatte. Er warf immer wieder in Richtung der Hühnerschar, die bei jedem Wurf laut gackernd auseinander lief. War das ein Vergnügen, so viel Unruhe zu verbreiten!

In einer Gartenecke wuchsen grüne Pflanzen dicht und hoch. Fritz schnitt von Zeit zu Zeit immer ein Bündel davon ab, stopfte alles in ein großes Fass und goss Wasser darauf. Sorgfältig abgedeckt entstand so eine eigenartig riechende Flüssigkeit, die Lina dann auf den Beeten verteilte. In genau dieses Grün fiel der Ball, und dummerweise auch noch in die hinterste Ecke. Werner lief los und kroch seinem Ball nach, als auf seinen Armen und Beinen ein unangenehmer Schmerz einsetzte. Vor Brennnesseln hatte ihn noch niemand gewarnt und der Schmerz an seinem Körper und im Gesicht überraschte und schockierte ihn. Schnell kroch er unter dem Gestrüpp hervor, den Ball ließ er einfach liegen. Sein Mordsgeschrei verhieß nichts Gutes, und so war die Großmutter schnell zur Stelle, um nach dem Grund des Weines zu sehen. Sie trug den Jungen zur Wasserpumpe im Hof, setzte ihn in den Wassertrog unter den Auslauf und begann frisches Wasser nach oben zu befördern. Das kalte Wasser ließ Werner verstummen, und wenig später saß er in der Küche auf einem Stuhl und knabberte an einem Stück Kuchen, dass ihn die Großmutter als Trost gegeben hatte. Als Inge und Willi am Spätnachmittag die beiden Kinder abholten, besahen sie sich die unzähligen kleinen Hautquaddeln auf dem kleinen Jungenkörper, die noch immer von der Brennkraft der Nesseln zeugten.

Kurz nach dem Jahreswechsel saßen Inge und ihre Freundin Sarah Schreiter im Wintergarten der Villa. Sie tranken Kaffee und besprachen eine gemeinsam geplante Fahrt nach Berlin. Sarah hatte Sehnsucht nach der Lebendigkeit der Stadt, wollte flanieren und einkaufen, aber auch ein Opernbesuch wurde angedacht. Der Anlass für die Reiseplanung war die Einladung einer ihrer Tanten, sie endlich zu besuchen. Außerdem gab es eine neue Messe für die Berliner. Die „Grüne Woche Berlin" öffnete zum ersten Mal ihre Pforten. Bisher gab es jährliche Wintertagungen der „Deutschen Landwirtschaftsgesellschaft Berlin", aber ab dem 20. Februar sollten nun auch die Berliner auf einer Verkaufsmesse Neues und Unbekanntes aus der Lebensmittelbranche aus aller Welt bestaunen und kaufen können. Inge und Sarah waren sich einig, diese neue Verkaufsausstellung müssten sie einfach gesehen und erlebt haben. Die Ehemänner der Frauen bestärkten sie in ihrem Vorhaben und hatten schon gute Lösungen für die Kinder gefunden. Aarons Eltern waren glücklich, endlich die Enkel ganz für sich zu haben. Auch Anna, Inges Schwiegermutter, freute sich schon sehr auf die Tage mit Werner und Renate.

Am Abend besprachen Inge und Sarah mit ihren Männern noch ein paar Details der Reise. Sie hatten sich für die Bahnfahrt eine Verbindung von Dresden nach Berlin aussuchen lassen. Der Fahrer der Schreiters würde sie an den Zug in die Dresdner Friedrichstadt fahren und dort das Gepäck im Wagon verstauen helfen. In Berlin erwarteten sie dann Sarahs Verwandte am Bahnhof, um sie mit zu sich nach Hause zu nehmen.

Der Reisetermin rückte näher. Natürlich freuten sich Sarah und Inge auf die Tage in Berlin, wenn nur das Wetter nicht so nasskalt gewesen wäre. Dann war es endlich so weit. Inge wurde von zu Hause abgeholt. Sie stieg in den Wagen der Schreiters und setzte sich neben Sarah auf den Rücksitz. Der Fahrer verstaute den Koffer, und bald darauf fuhren sie durch Trona, an der Kirche vorbei und aus dem Ort heraus. Der Reisetag, der 22. Februar, war noch trüber und windiger als die Tage der vergangenen Woche. Vielleicht war ja das Wetter in Berlin etwas besser? Schließlich lag die Hauptstadt 175 Kilometer von Dresden entfernt. Der freundliche Schaffner auf dem Bahnhof in Dresden-Friedrichstadt begleitete die beiden Frauen zu ihrem Abteil im Erste-Klasse-Wagen. Sie hatten Sitzplätze am Fenster vorbestellt und saßen nun auf den Polstersitzen und sahen, leicht nervös, aus dem Fenster auf das Treiben auf dem Bahn-steig. Dann endlich ging es los. Der Zug setzte sich in Bewegung und fuhr bald darauf aus dem Bahnhof hinaus in Richtung Berlin.

Nächster Halt des D-Zuges war im Bahnhof in Großenhain. Nach einem kurzen Stopp ging es weiter in Richtung Elsterwerda und von dort nach Doberlug. Sarah wusste von einem Besuch bei Verwandten zu berichten, die dort lebten. Sie besichtigte damals das Renaissanceschloss. Ansonsten hatte sie Doberlug nicht in bester Erinnerung, aber das lag wohl eher an der Verwandtschaft, als am beschaulichen Ort. In Zossen hielt der Zug etwas länger, bevor es weiter in Richtung Berlin ging. Die Frauen freuten sich auf das Ende der Bahnfahrt, denn das lange Sitzen fiel ihnen doch recht schwer. Außerdem war es durchgängig trüb und regnerisch, so dass man von der Landschaft nur wenige Eindrücke aus den Wagenfenstern sehen konnte. Berlin kam näher. Kleinere Siedlungsgebiete wurden von größeren Wohnhäusern abgelöst. Fasziniert schaute Inge aus dem Wagenfenster und erinnerte sich an die Reise nach Paris. Damals war sie mit ihrem Willi in diese faszinierende Stadt eingeladen worden und hatte das Ehepaar Karpow kennen gelernt. Von ihnen hatte sie schon länger nichts mehr gehört, nur, dass sie eine Schiffspassage nach New York gebucht hatten. Peter Karpow beschäftigten neue Geschäftspläne, und nun wollte er bei einem längeren Amerikaaufenthalt die Möglichkeiten und Chancen ausloten. Natürlich reiste er mit seiner Frau Olga, die er auf keinen Fall für mehrere Monate allein in Paris zurücklassen wollte. Ob sich alles so entwickelt hatte, wie der russische Freund sich das vorgestellt hatte? Inge nahm sich vor, unbedingt an die beiden zu schreiben, wenn sie wieder in Trona zurück sei.

Der Zug fuhr auf dem Dresdner Bahnhof in der Berliner Yorkstraße ein. Viele Männer liefen den Bahnsteig auf und ab, dabei immer wieder die Ankommenden musternd. Es waren Kofferträger, die ihre Dienste anboten. Alle hofften sehr, wieder ein paar Groschen zu verdienen. Sarah stieg die Stufen des D-Zugwagens hinab, zeigte auf einen älteren Mann, der sich suchend umschaute und winkte ihn heran. Inge wartete noch im Abteil bei den beiden Koffern. Nach einem kurzen Wortwechsel bestieg der Kofferträger das Abteil, nickte Inge kurz zu und ergriff beide Gepäckstücke. Dann wandte er sich nach draußen und ging vom Bahnstcig weg in Richtung der Bahnhofshalle, gefolgt von Sarah und Inge, die ihm nacheilten. In der Nähe der großen Eingangsportale des Bahnhofes stand ein junges Pärchen, etwa so alt wie Sarah und

Inge, die heftig den beiden Frauen zuwinkten. Es war die Cousine mit ihrem Ehemann, die beauftragt waren, die beiden Frauen abzuholen. Mit dem Auto ging es anschließend durch den quirligen Stadtverkehr.

Am Abend gab es viel zu erzählen, als endlich alle im Salon des Hauses zusammen saßen. Die Tante war eine resolute Frau, die viel von sich und der Familie erzählte, die aber auch unentwegt Fragen nach den sächsischen Verwandten stellte. Ihr Mann saß meist schweigend im Sessel, nur ab und zu an seiner dicken und langen Zigarre ziehend, die er mit der linken Hand hielt. Die Cousine und ihr Mann saßen auf einem Sofa, standen aber bald auf, um sich in die eigenen Zimmer zu verabschieden.

Es war viel später geworden, als sich das Sarah und Inge gewünscht hätten. Aber endlich wurden sie in das große Gästezimmer begleitet und konnten sich nach der anstrengenden Reise zur Ruhe legen. Vom Gästezimmer aus gab es einen Zugang zu einem großen Badezimmer und einer angrenzenden Toilette. Sarah und Inge bereiteten sich für die Nachtruhe vor und waren, kaum im Bett, schnell eingeschlafen. In den folgenden Tagen gab es viele Erlebnisse und Begegnungen. Der Besuch der „Grünen Woche Berlin" war überaus interessant, aber auch sehr anstrengend. Sarah hatte eine Kiste Wein aus Chile gekauft. Dazu erstand sie noch eine große Holzkiste voller Apfelsinen. Inge stand lange vor einem Ausstellungsstand aus Spanien. Die großen Wildschweinschinken erregten ihre Aufmerksamkeit. Ganz genau ließ sie sich erklären, wie diese hergestellt wurden, bevor sie ein mittelgroßes Exemplar erwarb. Mit einem hessischen Bauern ergab sich ein lebhaftes Gespräch. Er präsentierte Apfelwein, und nachdem Inge gekostet hatte, wollte sie über die Lagerfähigkeit Details erfahren. Der Wein schmeckte, im Gegensatz zu dem, der in Trona getrunken wurde, nicht so schrecklich sauer. Besonders angetan hatten es den beiden Frauen aber der Sauerkirsch- und der Gebirgskräuterlikör aus Österreich. Sie kosteten wohl doch etwas zu viel, denn beide mussten sich nach dem Besuch der Österreicher erst einmal etwas abseits des Trubels auf einer Bank ausruhen. Am Abend waren sie sehr müde und baten die Gastgeber um Nachsicht, dass sie sich gleich zur Ruhe begeben wollten.

Am nächsten Tag führten die Cousine und ihr Ehemann die beiden Gäste durch die lebhafte

Stadt. Es gab viel zu sehen und zu bestaunen. Die Fahrten mit dem Omnibus vermittelten einen kleinen Einblick in das Stadtleben. Besonders im Bereich des Kurfürstendamms war die Stadtszene schrill und bunt. Inge verglich in Gedanken mit den Eindrücken, die sie in Paris wahrgenommen hatte. In der französischen Hauptstadt hatte es ihr, abgesehen von wenigen unschönen Erlebnissen, um ein vielfaches besser gefallen.

Ein Abend war für einen Opernbesuch reserviert. In der „Staatsoper Unter den Linden", so hieß seit 1918 die ehemalige „Königliche Oper", sahen sie gemeinsam „Die Zauberflöte". Inge war von diesem Werk in zwei Aufzügen begeistert. Die Musik von Wolfgang Amadeus Mozart berührte sie tief, und als die Arie der Königin der Nacht erklang: „Der Hölle Rache kocht in meinem Herzen", konnte sie ihre Tränen nicht zurückhalten. Spät am Abend, nach dem Opernbesuch wurde noch „Unter den Linden" gegessen, saßen alle im Salon zusammen. Inge war besonders schweigsam, weil ihre Gedanken noch immer vom Opernbesuch beeindruckend gefangen waren. Wie gern hätte sie ihren Willi bei sich gehabt. Er wäre ganz sicher auch begeistert gewesen und mit ihm hätte sie noch einmal über das Gesehene und Gehörte sprechen können.

Die Tage in Berlin vergingen viel zu schnell. Am Tag der Rückreise zunächst nach Dresden, wurden noch alle gekauften Erzeugnisse, Geschenke und Erinnerungsstücke sorgsam verpackt. Drei große Holzkisten waren dafür nötig, die rechtzeitig von einer Lieferfirma abgeholt und zur Bahn gebracht wurden. Am Vorabend hatten Sarah und ihr Aaron noch telefoniert und die Rückfahrt besprochen. Der Zug würde sie nach Dresden bringen, und dort warteten dann ein Personen- und ein Lastkraftwagen auf sie. Nach dem Verladen der Frachtkisten sollte dann die gemeinsame Rückfahrt nach Trona erfolgen.
Die Abfahrt vom „Dresdner Bahnhof" wurde von einer tränenreichen Verabschiedung eingeleitet. Kurz darauf standen die beiden Frauen aus Sachsen am geöffneten Fenster des Abteiles und winkten ihren Gastgebern auf dem Bahnsteig zu.

Stunden später schlossen Aaron und Willi ihre Frauen wieder glücklich in die Arme. Die Kinder der beiden Familien freuten sich schon auf die Mama, aber besonders auch auf die

Überraschungen, die in Berlin für sie gekauft wurden.

Es war Sonntag, der letzte Februartag des Jahres 1926. Inge und Willi hatten alle mitgebrachten Einkäufe ausgepackt. Den spanischen Schinken nahmen sie am Nachmittag mit, als sie gemeinsam zu Großmutter Anna, Fritz und seiner Familie gingen. Während des Kaffeetrinkens sprachen Willi, Fritz und Karl über diese Köstlichkeit, die natürlich vorher von allen gekostet wurde. Der Dorfschlachter sollte um Rat gebeten werden, ob nicht Ähnliches hier in Trona gemacht werden könnte.

Inge berichtete inzwischen den Frauen von ihren Erlebnissen in der fernen Großstadt. Vor allem über den Opernbesuch erzählte sie ganz begeistert. Lina wusste zu berichten, dass man auch in Chemnitz und Dresden solche Opernaufführungen hatte. Ob es bald eine neue Gelegenheit geben würde, dass Inge, vielleicht mit ihrem Willi, wieder einer Aufführung beiwohnen konnte?

Werner war im März fünf Jahre alt geworden. Er hatte sich zu einem schönen, aber auch sehr eigenwilligen Jungen entwickelt. Wenn er in seiner Abenteuerlust etwas ausprobieren wollte, was ihm dann doch verwehrt wurde, konnte er besonders laut brüllen und weinen. Dabei flossen in der Regel keine Tränen. Wenn Mutter oder auch Oma Anna seinem fordernden Brüllen nachgaben, war alles in bester Ordnung. Werner wusste inzwischen schon ziemlich genau, wie er seinen Willen durchsetzen konnte.

Gemeinsame Treffen zwischen Aaron und Willi leiteten jeden Arbeitstag ein. Die Männer saßen in den Ledersesseln, die in einer Ecke des großen Direktionsbüros standen. Die Sekretärin von Aaron brachte frisch gebrühten Kaffe, und legte die Tageszeitungen auf den Tisch. Zunächst tranken die Beiden schweigend ihren Kaffee, dabei jeder in einer anderen Zeitung lesend. Dann wurde über die politische Lage gesprochen. Die Weltpolitik war dabei genau so interessant, pflegten doch die „Sächsischen Tuchfabriken" inzwischen viele weltweite Handelsbeziehungen. Aber die Innenpolitik bereitete den beiden Freunden inzwischen einige Sorge. Die ständigen politischen Unruhen, aber auch die Radikalisierung der rechten und linken Parteien bedrohten den sozialen Frieden, aber gaben auch Grund zu

Sorgen in der Wirtschaft. In den einzelnen Schreiter-Fabriken war es nach wie vor relativ ruhig. Die Stammmitarbeiter in den unterschiedlichen Arbeitsbereichen sorgten für Ausgleich und riefen zum Wohle aller Arbeiter zur Ruhe auf. Auch die Hilfsmaßnahmen während des Weltkrieges, vor allem aber im Hungerwinter 1917, die Aarons Vater veranlasst hatte, waren noch immer lebhaft in den Erinnerungen der Belegschaft.

Wollen wir den beiden Männern, bildlich gesprochen, über die Schultern schauen und sehen, was sie so interessierte und bewegte? In Düsseldorf fand am 18. April ein Fußballländerspiel zwischen Deutschland und den Niederlanden statt. Deutschland gewann das Spiel mit vier zu zwei Toren. Das war allerdings nicht das Besondere dieses Spieles, sondern an diesem Tag gab es die erste Hörfunkübertragung aus einem Fußballstadion.

Am 24. April unterzeichneten die Delegierten der „Union der Sozialistischen Sowjetrepubliken" (UdSSR) mit Deutschland einen Freundschaftsvertrag. Einen Tag später wurde in Persien Reza Pahlavi zum Schah gekrönt.

Am 3. September eröffnete in Berlin die dritte Funkausstellung. Höhepunkt dieses Tages war die Einweihung des Funkturmes.

Der deutsche Außenminister unterzeichnete in Genf am 8. September den Vertrag zur Aufnahme Deutschlands in den Völkerbund. Dieses Bündnis wurde auf der Grundlage des 14-Punkte-Programmes des US-Präsidenten Thomas Woodrow Wilson gegründet, um den Frieden dauerhaft zu sichern.

Drei Monate später, es war der 10. Dezember, erhielten der deutsche Außenminister Gustav Stresemann zusammen mit seinem französischen Amtskollegen Aristide Briand den Friedensnobelpreis.

Es war ein brütend heißer Julitag. Der kleine Werner spielte allein im Hof, denn seine Schwester und die Cousinen waren zum Mittagsschlaf in das Haus geholt wurden. Sein Lieblingsplatz an diesem Mittag war das kleine Steinbecken an der Pumpe. Onkel Fritz hatte unter den Wasserauslauf ein flaches steinernes Becken gestellt. Es war innen ungefähr zehn Zentimeter tief, und alles überschüssige Wasser nach jedem Pumpen floss oder tropfte hinein. In der großen Sommerwärme war das für die Hühner ein beliebter Platz, um den Durst zu stillen. Schnell verschwanden sie aber danach wieder auf dem Misthaufen, der ihnen noch andere Köstlichkeiten bot. Ganz anders benahmen sich die vier Gänse und ein Ganter. Sie tranken nicht nur an dieser Wasserstelle, sondern badeten so oft es ging, die Flügel weit auseinander geschwungen und wild bewegend. Aber auch Werner planschte gern in dem durch die Sonne aufgeheiztem Wasser. Er saß mitten im Becken, die Beine weit gegrätscht. Die Großmutter hatte ihm schon morgens die kurze Hose und die kleine Kittelschürze ausgezogen, und so konnte er ganz unbeschwert im Wasser sitzend plantschen. Mit großem Vergnügen spritzte er mit seinen kleinen Händen die nahenden Gänse nass. Die fanden es offenbar nicht lustig, denn sie richteten sich auf, streckten die Brust nach vorn und schlugen mit den Flügeln. Laute Geräusche verstärkten noch ihre Unmutsgesten. Das sah so lustig aus, dass Werner seine Aktion noch verstärkte. Aber leider war das kleine Becken fast leer, und Nachschub noch nicht in Sicht. Doch da kam Onkel Fritz. Er lachte über den kleinen nackten Jungen und fragte: „Na Werner, willst Du noch mehr Wasser haben?" Fritz wartete nicht ab, bis der Kleine etwas sagte, sondern nahm den Pumpenschwengel in die rechte Hand und begann das Brunnenwasser nach oben zu befördern. Kurz darauf ergoss sich ein großer Schwall empfindlich kalten Wassers über den im Becken sitzenden Nackedei. Das Wasser aus der Tiefe des Brunnens war natürlich nicht von der Sonne erwärmt, und so prustete Werner los, aber ausweichen konnte er dem Wasserstrahl nicht. Zum einen war er viel zu erschrocken, zum anderen saß er aber auch viel zu unglücklich genau unter dem Pumpenausfluss. Dazu kam, dass er genau in dem Augenblick des Schreckens seinen eigenen warmen Wasserstrahl nicht mehr zurückhalten konnte. Das Mischungsverhältnis von kaltem Brunnenwasser und warmer Leibesflüssigkeit sorgte aber nicht wirklich für eine allgemeine Erwärmung. Kurz darauf war alles vorbei. Fritz ging lachend in den Stall und Werner saß still und bewegungslos im Becken. Vorsichtig näherte sich der Ganter, richtete sich auf und hob den Kopf, dabei mit den Flügeln schlagend. Laute Geräusche kamen aus seinem Schnabel. Dann muss er wohl im Becken einen verlockend schönen Appetitshappen entdeckt haben. Blitzschnell fuhr der Ganterkopf mit dem Schnabel voraus zwischen Werners Beine und schon packte er den vermeintlichen Wurm. Aber der saß so fest, dass der Ganter, aber auch der Junge, zunächst erstaunt und stumm waren. Kurz darauf setzte ein ohrenbetäubendes Geschrei ein. Werner schrie so laut, dass alle Enten und Hühner schleunigst auseinander stoben und das Weite suchten. Fritz kam aus dem Stall gelaufen, hob den Jungen hoch und fragte, was denn geschehen sei. Es dauerte eine Weile, bis der Junge in der Lage war, und weinend von dem Ganterangriff auf seine noch unterentwickelte Männlichkeit berichten konnte. Die Großmutter war inzwischen aus der Wohnung ins Freie gekommen. Sie nahm ihren Enkel auf den Arm. Onkel Fritz drückte die Beine sanft zur Seite und besah sich den vermeintlichen Schaden. Zu Anna sagte er nur: „Na da ist nichts zu sehen, und bis er das Ding mal richtig nutzen wird, ist sowieso alles wieder in Ordnung.

Mit Sorge lasen Willi und Aaron von der Neugründung der NSDAP. Sie hatten gehofft, dass nach dem Putschversuch in Bayern, der Festungshaft des Parteivorsitzenden Adolf Hitler und des Verbotes dieser extremistischen Partei der ganze Spuk schnell vorbei sei. Aber Hitler hatte eine neue Bewegung ausgerufen und alle nationalistischen und antisemitischen Parteien in der „Großdeutschen Volksgemeinschaft" zusammengefasst. Allerdings besaß er zu wenig Autorität, um über alle diese Parteien zu bestimmen. Nach seiner Festungshaft, aus der er schon nach wenigen Monaten entlassen wurde, gründete er die NSDAP neu. Sein Ziel war, legal die Macht zu erlangen, um dann uneingeschränkt seine gefährlichen Ziele zu verwirklichen. Inzwischen gab es eine große Zahl Sympathisanten für diese antisemitisch-völkische Partei. Die Mitgliederzahlen wuchsen, und bewegten sich im Jahr 1926 deutlich über 27.000. Aaron achtete in der Firma auf parteienneutrale Positionen. Kein Vorarbeiter durfte Mitglied in einer radikalen Partei sein. Aber wohin ging die Entwicklung in der zweiten Hälfte der zwanziger Jahre?

Für die Propaganda der NSDAP war die Weltwirtschaftskrise der beste Nährboden. Die Massenverelendung nahm immer mehr zu, und so fanden die antikapitalistischen, antiliberalen und antisemitischen Programme gegen das „internationale Finanzjudentum" immer mehr Anhänger. Der in diesem Jahr zunächst parteiintern eingeführte Hitlergruß diente immer öfter als Erkennungszeichen der

Mitglieder und Anhänger. Hitler selbst wurde nun als Führer bezeichnet.

Werner ging das erste Jahr in die Schule. Es hatte eine große und schöne Familienfeier gegeben. Natürlich waren auch Aaron und seine Familie gekommen. Ihr Sohn Michael, ein Jahr jünger als der Erstklässler, war oft mit bei Großmutter Anna und Onkel Fritz auf dem Hof. Er mochte den Kuhstall und die ständig kauenden Tiere. Lina hatte ihm gezeigt, wie man melkt, ohne dabei die Milch zu verschütten. Auch das Ausmisten versuchte er, aber dafür reichten seine Kräfte noch nicht aus. Wenn Werner aus der Schule kam, wurde das Mittagessen auf den Tisch gestellt. Dann aber waren die Jungen nicht mehr zu halten. Sie stürmten in die Scheune und kletterten auf der Leiter nach oben auf den Heuboden. Als alle Neuigkeiten aus der Schule, vom Hof und aus der Fabrik ausgetauscht waren, sprangen sie nach unten auf die Tenne, auf der jeweils das Heu für den nächsten Tag lagerte.

Der September schien den Sommer nachzuholen, der im August ausgeblieben war. Die Temperaturen lagen deutlich über 25 Grad, und wenn Werner und Michael nachmittags zusammen spielten, sprangen sie mit großem Vergnügen in den mit Wasser gefüllten großen Holztrog, den Onkel Fritz im Garten aufgestellt und mit Wasser gefüllt hatte. Die Sonne hatte das kühle Nass so aufgeheizt, dass von Abkühlung keine Rede mehr sein konnte. Werner musste dringend auf die Toilette, und so rannte er, nackt, wie er gerade war, über den Hof in das Waschhaus. Die Toilette war dort in einer Ecke abgeteilt und bestand aus dem großen Tonrohr, welches vom Holzsitz aus schräg nach unten in die Grube führte. Vor wenigen Tagen hatte Werner die vielen Fliegenmaden entdeckt, die sich immer wieder nach oben an den Rand des Klosetts schoben. Oftmals fielen sie dann wieder zurück und begannen die Klettertour aufs Neue. Der nackte Junge kletterte auf den Holzsitz, dieses glatt gehobelte Brett über der Toilettengrube mit der kreisrunden Öffnung. Dann stellte er sich, die Beine weit gespreizt, genau über die Öffnung. Er nahm sein kleines Glied in die Hand und zielte auf die nach oben kriechenden Maden, bevor er seinen Strahl losschickte. Ein paar Tropfen spritzten zuerst auf den Holzrand, aber schnell korrigierte er den Strahl und traf nun auf die Fliegenmaden. Die konnten weder ausweichen noch sich fest halten, also spülte er sie ein ganzes Stück im Tonrohr hinunter. Werner war richtig stolz auf seinen Spritzerfolg, und so war es ganz klar, dass zukünftige Wasserspiele fest eingeplant wurden. Natürlich musste er nach seinem grandiosen Werk auch seinem Freund Michael von dem strahlenden Erfolg berichten. Am nächsten Nachmittag wiederholte er diese Spritzerei, als er genügend Druck in der Blase verspürte. Es war ganz klar, dass er auch am dritten Tag nach dieser Entdeckung auf den Sitz des Klosetts stieg. Wieder stand er mit gespreizten Beinen über der kreisrunden Öffnung. Diesmal aber versuchte er sich im Freistilpinkeln. Er schwang seinen Unterkörper mit kreisenden Bewegungen über dem Loch und beobachtete genau die runde Bahn, die der Urinstrahl nahm. Ein Geräusch draußen an der Waschhaustür ließ ihn zusammenzucken, sich dabei umsehend. Werner war einen Augenblick unachtsam, und so rutschte er mit dem linken Fuß vom Rand des Klositzes ab und verschwand mit dem ganzen Unterschenkel im übelriechenden und madenbesetzten Tonrohr. Der andere Fuß hing noch am Rand, aber Werner konnte sich nicht selbst aus dieser sehr bedrohlichen Lage befreien. Er schrie aus Leibeskräften um Hilfe. Michael, der das

Waschhaus betreten hatte und nach Werner sehen wollte, wo er denn bliebe, sah mit weit aufgerissenen Augen auf seinen Freund, der zu einem beträchtlichen Teil mit seinem Unterkörper immer tiefer im Rohr nach unten rutschte. Erschrocken schrie auch er auf und rannte zur Waschhaustür, die genau in diesem Augenblick aufgerissen wurde. Onkel Fritz hatte die beiden Jungen gehört und eilte zum Klo, weil er nichts Gutes ahnte. Noch rechtzeitig konnte er Werner um die Hüften fassen und nach oben reißen, bevor der im nach unten enger werdenden Rohr festgehangen wäre. Er trug den übel riechenden Jungen vor die Tür und stellte ihn vor die Wasserpumpe. Das linke Bein war nicht nur braunfleckig, sondern an ihm krochen auch noch Maden in die Höhe, die sich nicht hatten abschütteln lassen. Onkel Fritz pumpte frisches Brunnenwasser in einen Eimer und goss das kalte Wasser mit einem kräftigen Schwall auf das beschmutzte Bein. Inzwischen war Oma Anna mit einem Handtuch und einem Stück Kernseife aus dem Haus gekommen. Sie seifte den Enkel gründlich ab, bevor Onkel Fritz wieder einen Eimer Wasser über ihm ausleerte. Noch drei Mal musste die Großmutter aktiv werden, um nach dem Dreck auch den Geruch von

Werner einigermaßen zu entfernen. Weder Onkel Fritz noch die Großmutter sprachen mit dem nassen und frierenden Jungen. Tante Lina stand inzwischen auch auf dem Hof. Nachdem sie in wenigen Sätzen den Hergang der ganzen Sache erfahren hatte, schimpfte sie lautstark über so viel Leichtsinn und die Dummheit, beinahe sich selbst im Klosett zu versenken.

Werner war froh, als er die Reinigungsprozedur endlich hinter sich gebracht hatte. Schweigend zog er sich seine Kleidung an und winkte nur stumm seinem Freund zu. Dann verließen die beiden den Ort der Schmach und gingen nach Hause. Als die Mutter vom Arbeiten nach Hause kam, wusste sie schon alle Einzelheiten des missglückten Nachmittags. Sie hatte noch Renate abgeholt und natürlich von Anna einen genauen Bericht erhalten. Die beiden Frauen waren sich einig, dass es viel schlimmer hätte ausgehen können, und diese Aktion eine Strafe verdiente. Zu Hause eröffnete Inge dann ihrem bedrückten Sohn, dass er drei Tage lang nicht mit Michael spielen dürfe, und bei der Großmutter, aber auch hier zu Hause, das Haus nicht verlassen darf. „Auch auf das Klo bei Oma darfst du nicht allein gehen, sondern nur, wenn Oma, Tante

Lina oder Onkel Fritz dabei sind." Das war eine Strafe, die Werner richtig weh tat. Er, ein großer Schuljunge, musste sich drei Tage lang auf das Klo begleiten lassen! Er hoffte inständig, dass er bei der Großmutter nicht das Plumpsklosett aufsuchen musste. Zumindest würde er alles versuchen, entweder in der Schule oder am Abend zu Hause zu gehen.

Die Wirtschaft in Amerika erholte sich schnell nach den Wirren des Krieges. Bisher teure Luxusgüter wurden plötzlich für die breite Masse erschwinglich. Das T-Modell von Ford, eine Fließbandproduktion, wurde bis 1927 über 15 Millionen mal verkauft. Die Werbung dafür lautete: „Ein Tag – ein Dollar, ein Jahr – ein Ford".
Auch die Handelsbeziehungen mit den „Sächsischen Tuchfabriken" waren stabil und für beide Seiten ertragreich.

Bei dem Seniorchef Jonas Schreiter war seit wenigen Tagen ein Besucher aus Amerika zu Gast, es war ein langjähriger Freund von Roger Babson. Er hatte eine Reise nach Paris zum Anlass genommen, auch in das kleine sächsische Trona zu fahren. Während eines Abendempfanges, zu dem auch Willi und Inge

eingeladen waren, sprach er über die Wirt-
schaftsaussichten der endenden Zwanziger
Jahre. Er hatte enge Verbindungen zum Insti-
tut, dass Roger Babson führte, das sich mit
Wirtschaftsfragen beschäftigte. Der Statistiker,
Wirtschafts- und Börsenprognostiker beurteil-
te die Lage in Amerika sehr kritisch. Obwohl
noch immer euphorisch Aktien gekauft und
Kredite zu besonders günstigen Konditionen
vergeben wurden, warnte er vor einem wahr-
scheinlichen Crash, der Europa nicht verscho-
nen würde. Die ungewissen und bedrohlichen
Aussichten bewegten auch Aaron und Willi.
Was würde das für die sächsische Wirtschaft
bedeuten? Wie recht Babson haben würde,
zeigte sich allerdings erst ein paar Jahre später.

Werner war nun sieben Jahre alt. Zwei Wochen nach dem Geburtstag berichteten die
Zeitungen von einem Berliner Droschkenkut-
scher namens Gustav Hartmann. Der war am
2. April mit seiner Droschke und dem Wallach
Grasmus nach Paris aufgebrochen. Seine Fahrt
sollte auf die Überzahl der Autodroschken
hinweisen und die dadurch schlechteren wirt-
schaftlichen Bedingungen für die Pferdekut-
scher. Die Ankunft in Paris am 4. Juni war

triumphal, auch deshalb, weil ein Reporter die Tour begleitete und ständig darüber berichtet hatte. *

* Hans Fallada schrieb über diese Fahrt den Roman „Der Eiserne Gustav", der 1938 erschien.

Werner verfolgte die Berichte sehr interessiert, wenn abends der Vater aus der Zeitung vorlas. Aber eigentlich schlug sein Herz mehr für Autos als für Pferde.

Die Tage vergingen ohne größere Ereignisse. Die Schule bestimmte den Tagesablauf. Das Lernen fiel Werner leicht, und so hatte er eher die Schwierigkeit, aus Langeweile unaufmerksam zu sein. Er hatte schon mehrfach die Bekanntschaft mit dem Rohrstock des Lehrers gemacht. Wenn er seine Hände ausstrecken musste um die Strafe zu erhalten, verzog er keine Mine. Aber jeder Schlag verstärkte den Wunsch, es dem Lehrer einmal richtig heimzuzahlen.

In der Schule hatte sich Werner mit Günther angefreundet. Er war der Sohn einer Näherin und eines Arbeiters aus der Fabrik. Günther lebte erst seit einem Jahr in Trona. Die junge Familie war aus Siebenbürgen zugezogen, und hatte im Ort nicht nur Arbeit sondern auch eine recht große Wohnung bekommen. Nun lebten sie in komfortablen drei Zimmern mit Badezimmer. Für zwei Berufstätige war die Mietzahlung mehr als günstig.

Die beiden Jungen hatten sich gleich beim Kennenlernen gut verstanden. Werner hörte gern, wenn sein Schulkamerad sprach und dabei das „R" so eigenartig rollte. Fast alle anderen Mitschüler ignorierten den Neuankömmling, der ja auch überhaupt nicht zu ihnen gehörte.

Werner war schwer beeindruckt von den Fähigkeiten des Gleichaltrigen. Der konnte durch die Zähne in großem Bogen ausspucken. Auch seine Pfeifen auf zwei Fingern war eine Fähigkeit, die er nicht beherrschte und trotz intensivsten Übens auch nicht lernte. Außerdem hatte Günther viele Einfälle, wie er die Mitschüler ärgern konnte, und dabei fand er regelmäßig Unterstützung von Werner. Äußerlich unterschieden sich die beiden sehr. Günther war im Gegensatz zu Werner viel dicker und behäbiger. Im Schulsport rang er bei den kleinsten Anstrengungen nach Luft, und so wurde seine Leistung regelmäßig mit einer fünf bewertet, aber wenn es nötig wurde,

entwickelte er ein enormes Tempo beim Weg-
laufen.

An einem Montag nach der Lesestunde ent-
faltete er die Idee, den Lehrerstuhl an der
Vorderkante mit Pflaumenmuss zu bestrei-
chen und mit Ofenruß zu bestäuben. Das nötige Zubehör entnahm er seinem Schulranzen,
und so dauerte die Ausführung dieses Planes
nur wenige Minuten. Dann nahm das Schick-
sal seinen Lauf. Die Hosenbeine des Lehrers
waren auf der Rückseite nach diesem Streich
schwer in Mitleidenschaft gezogen. Die darauf
folgende ausführliche Befragung der Klasse,
heftig untermalt mit Drohungen an alle Kinder, ergab schließlich die Schuldigen: Werner
und Günther. Die Schläge mit dem Rohrstock
fielen besonders hart aus, und Werner schwor
tief im Inneren schlimme Rache. Am Abend
konnte er noch immer die Finger nicht richtig
bewegen, und auch die Verfärbungen der
Handoberflächen waren nicht zu übersehen.
Mutters Nachfragen blieben unbeantwortete,
aber die konnte sich schon einen Reim darauf
machen, dass der Anlass nicht gering gewesen
sein musste.

Im Frühjahr 1929 gab es erste Konjunktureinbrüche, die auf eine beginnende Rezession hinwiesen. In den zwanziger Jahren hatte Deutschland Kredite in Amerika aufgenommen, die ein Gesamtvolumen von fast 16 Milliarden Reichsmark betrugen. Nun forderten die amerikanischen Banken den Großteil der noch ausstehenden Kredite zurück. Weltweit herrschte Geldmangel mit verheerenden Folgen für Deutschland. Es kam zum massiven Kapitalabfluss und zur Abkehr amerikanischer Investoren. Zwei Großabnehmer der sächsischen Tuchfabriken zogen sich zurück, mit großen Auswirkungen auf die Handelsbilanz.

Die Nachmittage verbrachte Werner wie immer bei Großmutter Anna, die sich auch weiterhin um ihn, seine Schwester Renate und die Zwillinge Hilde und Gerti kümmerte. Obwohl der Altersunterschied zu den Mädchen nur ein Jahr betrug, vermied es Werner, mit ihnen zu spielen. Er war, so oft wie möglich, mit Michael zusammen, den alle auf dem Bauernhof gern sahen. Der Junge war freundlich und ausgeglichener, als Werner. Wutausbrüche oder mit den Füßen zu stampfen waren dem Schreitersohn fremd. Werner hingegen sorgte immer wieder für solche Gefühlsausbrüche. Oft gab die Großmutter seinen Forderungen nach, um den allgemeinen Frieden zwischen den Kindern aufrecht zu erhalten. Auch als Werner seiner Schwester die langen Zöpfe abschnitt, gab es nur eine Ermahnung ohne weitergehende Konsequenzen. Geschehen war alles folgendermaßen: Werner war nach der Schule und dem Mittagessen bei Großmutter Anna zu Michael gelaufen, um ihn zum Spielen abzuholen. In der Villa erfuhr er aber, dass die ganze Familie mit dem Auto zum Einkaufen in die Stadt gefahren sei. Auf dem Rückweg zum Hof überlegte er nun, wie er den Nachmittag verbringen könnte. Im Haus begegnete er seiner Schwester, die mit einer Puppe im Arm die Treppe nach oben gehen wollte, um mit Hilde und Gerti zu spielen. Werner hielt Renate zurück und flüsterte ihr zu: „Weißt du schon das Neueste, im Nachbardorf hat ein Mädchen aus Stroh Gold gemacht." Renate blieb stehen und sah ihren Bruder ungläubig an. Wie sollte das denn gehen, fragte sie sich. Außerdem wusste sie zu genau, dass sie ihrem älteren Bruder nicht trauen konnte. Er hatte sie viel zu oft beschwindelt und ausgenutzt. Werner nutzte das Zögern seiner Schwester und erzählte

weiter: „Also sie hat sich in die Scheune gestellt, mitten in einen großen Haufen Stroh.
Dann zupfte sie sich ein Haar vom Kopf und
legte es längs auf einen Strohhalm. Und
Schwups, siehe da, der Strohhalm war plötzlich ein langer Goldfaden. Also zog sie ein
weiteres Haar aus der Kopfhaut, legte es auf
einen anderen Strohhalm, und wieder ver-
wandelte sich das Stroh in Gold. Leider konnte
sie kein weiteres Gold machen, denn sie wurde von ihrer Mutter gerufen. Die zwei Gold-
fäden versteckte sie." Werners Stimme wurde
flüsternd leise und er kam nah an das linke
Ohr seiner Schwester, „aber ich habe es gesehen! Sie hat mir das Gold gezeigt!" Renate war
sich unsicher, ob das wirklich so stimmen
würde, und sie schaute ungläubig auf ihren
Bruder. „Weißt Du was, ich weiß genau, wie
Gold gemacht wird. Aber dafür muss ich
Mädchenhaare haben. Wir schneiden ein paar
von dir ab, und ich gehe in die Scheune und
mach das Gold. Ich verspreche dir auch, ge-
recht mit dir zu teilen." Renate überlegte kurz,
dann entschied sie, dass es wohl nicht auf ein
paar Haare mehr oder weniger auf ihrem Kopf
ankommen würde. Außerdem wäre der Besitz
von Gold schon etwas sehr Schönes. Viele
begehrte Sachen ließen sich ja auch damit

eintauschen. Werner war schon in Großmutters Wohnung verschwunden, hatte die Schere aus dem Nähkorb gegriffen und stand nun wieder neben seiner Schwester im Treppenhaus. Er erfasste ihre rechte Hand und zog sie mit sich in das nahe Waschhaus. Dort gab es für ihn kein Innehalten, und mit zwei kräftigen Schnitten hatte er die beiden geflochtenen Zöpfe ziemlich nahe an der Kopfhaut abgeschnitten. Jetzt erst wurde es Renate bewusst, wozu sie sich hatte hinreißen lassen. Die eben noch straff gekämmten und zu Zöpfen geflochtenen Haare waren plötzlich nur noch kurze, stufige Strähnen. Erschrocken hielt das Mädchen die Hände vor den Mund, um nicht laut aufzuschreien. Werner hatte die Zöpfe achtlos fallen gelassen und war schnell aus dem Waschhaus gelaufen und verschwunden. Weinend hob das arg gerupfte Kind die abgeschnittene Haarpracht auf und ging weinend zur Großmutter. Die brauchte erst einmal etwas Zeit, um das große Drama zu begutachten. Dann wollte sie genau wissen, was eigentlich geschehen sei. Renate berichtete tränenreich den Hergang des Zopfverlustes. Großmutter Anna schimpfte auf die unvernünftigen Kinder, besonders aber auf den frechen Jungen. Dann ging sie kurz aus dem Haus, rief nach Werner, aber der blieb aus gutem Grund verschwunden. Bevor sie wieder zu ihrer unglücklichen Enkelin ging, holte sie noch Lina als Verstärkung und Hilfe, um das Unglück wenigstens etwas abzumildern. Lina betätigte sich im Haarschneiden und sorgte für eine gleichmäßige Länge. Aber am Ende der Rettungsversuche für ihre Haarpracht, sah Renate eher wie ein Junge aus, so kurz musste Lina die stufigen Haare ausgleichend schneiden.

Den Jahreswechsel 1929 – 1930 feierten die Familien Starke und Schreiter gemeinsam in der großen Villa am Ortsrand. Es gab wohl-schmeckendes Essen und fruchtig-aromatischen Wein aus Italien.

Für den 29. Geburtstag von Willi, war ein Opernbesuch in Dresden geplant. Zu viert wollten sie vormittags mit dem Auto losfah-ren, um rechtzeitig in der Stadt zu sein. Im Hotel „Deutscher Hof" waren Zimmer reser-viert, und von dort gingen die vier Tronaer in das „Grüne Gewölbe" im Dresdner Residenz-schloss. Staunend betrachteten sie die kostba-ren Ausstellungsstücke aus der ehemaligen Schatzkammer der Wettiner Fürsten. Nach einem leichten Abendessen im Hotelrestaurant war es endlich so weit, und im Opernhaus am Theaterplatz begann die zauberhafte Vorstellung der Oper „Der Barbier von Sevilla" von Gioachino Rossini. Die beiden Frauen Sarah und Inge verfolgten tief versunken die einzelnen Szenen. Das anschließende Nachtessen im Hotel bot genug Gesprächsstoff, denn alle waren sich einig, dass die Aufführung ein besonderer Kunstgenuss war.

Währenddessen tobten Werner und Renate in den Betten der Großmutter, sprangen auf und ab und ließen sich auf die Matratze fallen. Oma Anna hatte schon wiederholt in das Schlafzimmer geschaut und Ruhe angemahnt. Plötzlich krachte es und Holz zersplitterte. Der Rahmen eines Bettes, auf dem die Matratze lag, hielt den ständigen Stößen nicht mehr stand und zerbrach. Unsanft landeten die beiden Kinder neben dem Bett auf dem Fußboden. Die Großmutter kam herbei, schimpfte über die Unvernunft der plötzlich ganz kleinlauten Kinder und legte sie gemeinsam in das noch intakte Bett. Dann bestimmte sie, dass ab sofort als ruhig sei und endlich geschlafen würde. Am Freitag sei ja auch Schule für die zwei und da müsse man ausgeschlafen haben.

Rücken an Rücken schliefen Renate und Werner ein.

Am folgenden Wochenende gab es besonders viel zu erzählen. Als am Sonntag alle am großen Tisch in Großmutters Küche zum Mittagessen saßen, berichtete Inge begeistert von der Dresdner Opernaufführung. Die Kinder verschwanden bald nach dem Essen in der oberen Wohnung, um gemeinsam zu spielen. Lina schaute regelmäßig nach dem rechten, um unvorhergesehene Katastrophen zu verhindern. Sie wusste zu genau, zu welchen Streichen Werner aufgelegt war, und wie nötig es war, die etwas jüngeren Mädchen vor seinen Attacken zu schützen. Lange blieb es ruhig im Haus. Großmutter Anna hatte gerade für jeden einen Topf mit Kaffee auf den Tisch gestellt, als ein lautes Schreien ertönte. Lina und Inge liefen schnell aus der Tür und eilten die Treppe nach oben. Als sie die obere Wohnung betraten, verharrten sie entsetzt an der Zimmertür. Auf dem ganzen Fußboden waren Betttücher verteilt. Den Küchentisch umhüllte auch ein Laken, und war nun offensichtlich als Zelt gedacht. Im Zimmer standen die drei Mädchen und Werner, die Gesichter mit Ofenruß geschwärzt. Sie spielten, so berichteten sie, orientalische Scheichs. Natürlich war Werner das Oberhaupt, während sich die Mädchen mit den Rollen von Haremsfrauen begnügen mussten. Sie sollten, so hatte es der Junge angeordnet, aus dem Speicher ein Glas mit Apfelmus holen und ihm servieren. Er würde dann, so hatte Werner beschlossen, gleich aus dem geöffneten Einweckglas löffeln und essen. Das erregte den Unmut von Gerti und Hilde, die daraufhin lautstark protestierten. Und genau dieses aufgeregte Geschrei war nach unten gedrungen und hatte die beiden Mütter alarmiert. Entsetzt sahen sie auf die arg beschmutzten Betttücher. Sie sahen nur die viele Mühe, die es bereitet hatte, diese Wäsche zu waschen, im oberen Wäscheboden zu trocknen und dann noch in der nahen Mangelstube zu glätten. Laut schimpfend schickten sie die Kinder nach unten. Lina rief nach Fritz, der an den Treppenaufgang trat und fragte, was denn los sei. Lina beauftragte ihn die Vier gründlich zu reinigen, und so griff er schließlich nach den Oberarmen seiner Mädchen und zog sie nach draußen in die Winterkälte und hieß sie, am Brunnen zu warten. Auch die beiden anderen Kinder wurden dort hin gestellt, bevor Fritz aus dem Haus ein Handtuch und ein großes Stück Kernseife holte.

Dann wusch er jedes Kind, den Protest über das zu kalte Wasser ignorierend, bis alle wieder sauber aber dafür mit hochrotem Gesicht in das Haus geschickt wurden. Nach dieser Reinigungsaktion gingen Willi und Inge mit ihren Kindern bald nach Hause. Unterwegs, die Kinder waren schon voraus gelaufen, fragte Inge: „Was soll das nur noch mit unserem Werner werden. Man kann sich ja vor nichts sicher sein. Er hat immer wieder neue Einfälle und versetzt alle in Angst und Schrecken." Willi wusste genauso wenig wie seine Frau eine Antwort auf diese Bedenken.

Die wirtschaftlich und politisch angespannte Lage in Deutschland führte dazu, dass Hindenburg den Reichstag am 18. Juli auflöste. Nun begann ein Wahlkampf, der in seiner Intensität alles Bisherige weit übertraf. Hitler bestimmte Joseph Goebbels zum Wahlkampfleiter, er selbst sprach auf über 20 Großkundgebungen bis Anfang September. Im Berliner Sportpalast in der Potsdamer Straße, es waren weit über 16.000 Tausend Zuhörer gekommen, begeisterte Hitler die Massen. Er sagte unter anderem: „Der Nationalsozialismus kämpft für den deutschen Arbeiter, indem er ihn aus den Händen seiner Betrüger nimmt. Was wir versprechen, ist nicht materielle Besserung für einen einzelnen Stand, sondern die Mehrung der Kraft der Nation, weil nur diese den Weg zur Macht und damit zur Befreiung des ganzen Volkes weist." Damit hatte Hitler den Nerv des Volkes getroffen. Mit ihm, so waren sich viele einige, könne es nur eine gute Zukunft geben. Antikommunistische und antijüdische Parolen blieben in diesem Wahlkampf weit im Hintergrund. Die Wahl am 14. September, nur vier Tage nach Hitlers Auftritt im Sportpalast, zeigte entsprechende Resultate. Nach dem schlechten Ergebnis der letzten Reichstagswahl errang die NSDAP nun mit 18,3 Prozent 107 Plätze im Parlament. Sie war damit die zweitstärkste Partei in Deutschland geworden. Nur die SPD kam auf 24,5 Prozent und erhielt damit 143 Sitze. Wesentlich schlechter schlossen die KPD mit 13,1 Prozent und 77 Sitzen und die Zentrumspartei mit 11,8 Prozent und 68 Sitzen ab. Über Deutschland lag eine gespannte Ruhe. Wie würde die Eröffnung des Reichstages ausgehen, und wer stand dem Kabinett vor? Heinrich Brüning, ein Zentrumspolitiker wurde neuer Reichskanzler. Allerdings unterstützten ihn nur rund 200 der 577 Abgeordneten aktiv. Die große Mehrzahl enthielt sich der Stimme.

Aaron war sehr in Sorge, als er mit Willi während eines gemeinsamen morgendlichen Zeitungslesens das Ergebnis der Reichstagswahl bewertete. Er konnte nicht verstehen, wie die ultrarechte Partei von Hitler von 2,6 Prozent der Stimmen im Jahr 1928 nun auf 18,3 Prozent anwachsen konnte. Auch der uniformierte Auftritt der 107 Abgeordneten im Reichstag im braunen Hemd und Hakenkreuzarmbinde machte ihn fassungslos. Aaron sah große Veränderungen auf Deutschland zukommen. Wer könnte noch die „braune Pest", wie er sich ausdrückte, aufhalten? Willi versuchte seinen Freund zu beruhigen. Aber der verwies auf die Zeitungsberichte, die von Krawallen in Berlin schrieben. Am Tag der Eröffnung des Reichstages hatten die Hitleranhänger randaliert. Es gab tätliche Übergriffe auf Juden und jüdische Geschäfte. Im großen Kaufhaus Wertheim wurden alle Schaufensterscheiben eingeworfen. Die politische Zukunft blieb ungewiss.

Werner war mit seinen neun Jahren ein quirliger Junge geworden. Still sitzen, oder sich eine längere Zeit mit etwas zu beschäftigen, waren für ihn keine Optionen. Er spielte noch immer gerne mit Michael, der war allerdings für seine Streiche und Ideen kaum zu haben. Aber da gab es ja auch noch Günther, den Klassenfreund. Mit ihm konnte er die abenteuerlichsten Pläne schmieden. Günthers Vater Kurt hatte die Firma verlassen und arbeitete in der nahen Kleinstadt im Parteibüro der NSDAP. Er war inzwischen Mitglied dieser Partei und hatte sich der Sturmabteilung angeschlossen. Natürlich hatte er sich auch eine entsprechende Uniform gekauft. Diese bestand aus einem braunen Hemd, einem braunen Binder, brauner Breecheshose und Stiefeln. Außerdem wurde am linken Oberarm eine Kampfbinde getragen, ein rotes Band mit schwarzem Hakenkreuz in weißem Kreis. So angezogen begann Günthers Vater seine Arbeitstage im Parteibüro. Er fühlte sich bedeutend, ganz anders, als es sein Status als Fabrikarbeiter in Trona war. Das Lesen fiel ihm zwar sehr schwer, aber für alle schriftlichen Dinge beschäftigte er eine junge Frau. Er war Arbeitgeber, Chef im Büro und Teil einer Bewegung, die immer mehr Zuspruch bekam. Anfang 1930 gab es schon mehr als 80.000 SA-Mitglieder, und die Zahl stieg ständig weiter.

Günther war oft bei seinem Vater im Büro, und manchmal konnte er Werner überreden, mit ihm mitzukommen. Die Jungen fuhren dann mit dem Fahrrad eine gute Stunde, bis sie ankamen. An einem Nachmittag wurden sie von der Ankündigung überrascht, dass bald eine Jugendgruppe gegründet würde. Dort konnten dann Kameradschaft und Wehrertüchtigung eingeübt werden. Außerdem sollten die Mitglieder der Jugendorganisation das Schießen lernen. Was für verlockende Aussichten kamen da auf Werner zu? Noch war es nicht so weit, und er ja ohnehin noch zu jung für die „Hitlerjugend - Bund Deutscher Arbeiterjugend". Erst mit 14 Jahren konnte man Mitglied werden. Aber ab 10 Jahren konnte man in das „Deutsche Jungvolk" aufgenommen werden. Allerdings war dafür die Erlaubnis der Eltern nötig, und ob er diese bekäme, war wohl ziemlich fraglich.

Immer öfter war Werner nun mit Günther in der Stadt. An einem Nachmittag kamen sie bei ihren Streifzügen an einem Friedhof vorbei. Alte und neue Grabsteine standen unter hohen Bäumen. Mehrere Wege verbanden die Gräberfelder. Werner war erstaunt, dass es nirgends Blumen auf den Gräbern gab, aber Günther wusste zu erklären, dass es sich hier um einen jüdischen Friedhof handelte. Die beiden streiften zwischen den Grabsteinen herum und versuchten, die Namen zu lesen. Überall lagen kleine Steine auf den oberen Kanten. Plötzlich blieb Günther stehen, sah sich aufmerksam um und öffnete seine kurze Hose. Dann fasste er in die offene Hose, ergriff sein Glied und begann, gegen einen Grabstein, genau auf das Schriftfeld, zu pinkeln. Kaum fertig, schloss er die Hose und rannte davon. Werner war erschrocken über das, was er da eben gesehen hatte. Irgendetwas in ihm sagte, dass das nicht in Ordnung war. Erklären konnte er sein Gefühl nicht, also rannte er Günther hinterher, bis sie beide vor dem Parteibüro der NSDAP ankamen. Günther betrat das ehemalige Ladengeschäft, gefolgt von Werner. „Wo wart ihr denn?", fragte Günthers Vater die beiden Jungen. Sein Sohn beschrieb kurz, was sie sich angesehen hätten, und was er an einem Grabstein getan hatte. Sein Vater lachte laut auf und sagte: „Gut gemacht, mein Junge! Wir müssen es diesem internationalen Finanzjudentum zeigen, wer jetzt endlich das Sagen in Deutschland hat. Aber lange können die uns nicht mehr unterdrücken. Unser Führer wird reinen Tisch machen, und das ganze Pack hinaustreiben."

Als Werner und Günther am Spätnachmittag mit ihren Rädern wieder nach Trona fuhren, war es seltsam still zwischen ihnen. An der Wegkreuzung, die auf der einen Seite in die Hauptstraße mündete und in der anderen Richtung zum Wohnhaus der Fabrikarbeiter führte, trennten sie sich wortlos. Werner hob nur kurz seine Hand zum Gruß, und radelte weiter zum Elternhaus.

Irgendetwas war am Nachmittag geschehen, was ihn in seinem tiefsten Inneren erschüttert hatte. Ob er darüber mit Mutter oder Vater reden sollte? Schnell verwarf er diesen Gedanken wieder und beruhigte sich selbst, indem er alles als völlig unbedeutend abwehrte.

Das Jahr 1931 begann mit einem Riesenheer an Arbeitslosen. Sechs Millionen waren ohne Arbeit und damit auch ohne Einkommen. Mit Notstandsküchen in den großen Städten versuchte man, das Elend und den Hunger etwas zu mildern. Die Zeit schien in Trona stehen geblieben zu sein. Werner wurde zehn Jahre alt. Der Wunsch, in die Kinderorganisation „Deutsches Jungvolk" einzutreten wurde vom Klassenkameraden Günther immer mehr geschürt. Der Vater achtete sehr auf die Treffen seines Sohnes mit Günther. Er war nicht einverstanden, dass das Verhältnis immer enger wurde, denn er kannte die politische Ausrichtung von Günthers Vater. Der war schon mehrfach mit seinen Männern in Versammlungen der Kommunisten eingedrungen und hatte handfeste Schlägereien begonnen. Er trug voller Stolz seine braune Uniform mit dem Rangabzeichen eines SA-Truppführers am linken Kragenspiegel, zwei versetzte Sterne, wenn er durch Trona ging. Alle sollten es sehen, dass er, den viele verlacht hatten und aufgrund seiner Herkunft nicht für voll nahmen, jetzt über einen Sturm die Befehlsgewalt hatte. Die Gliederung war folgende: kleinste Einheit war eine Rotte mit vier bis acht Mann. Dann kam die Schar mit ein bis zwei Rotten, gefolgt von dem Trupp, dem drei bis vier Scharen angehörten. Dann kam der Sturm, den Günthers Vater befehligte, mit drei bis vier Trupps.

Werners Vater unternahm alles, um die Freundschaft zwischen seinem Sohn und Aarons Jüngstem wieder zu aktivieren. Er hatte ein Exemplar von Agatha Christies erster Miss-Marple-Geschichte in der englischen Originalausgabe erstanden. Das war Anlass, nun einmal wöchentlich ein Familientreffen mit Aaron und Sarah und ihren Kindern und seiner eigenen Familie zu planen. Die Erwachsenen saßen mit einem Glas Wein zusammen und lauschten der Geschichte von Agatha Christie. Die Jungen Michael und Werner bauten aus richtigen kleinen gebrannten Ziegelsteinen ein großes Haus mit Türmen. Aaron hatte eine große Kiste voller Steine von einem Einzelhändler erstanden, der nach einem Überfall durch die SA sein Spielwarengeschäft aufgeben wollte, um in die Schweiz zu Verwandten überzusiedeln. Die ältere Tochter von Sarah und Aaron, Ruth, spielte mit Renate. Sie räumten gemeinsam ein großes Puppenhaus ein und waren gerade dabei, das Wohnzimmer zu gestalten. Dann setzten sich alle an den großen runden Tisch, und nach dem gemeinsamen Abendessen verabschiedete sich Willis Familie und ging nach Hause.

Schon mehrere Tage hatten Günther und Werner nach der Schule nichts gemeinsam unternommen. Aber an diesem Donnerstag war es anders. Das Wetter an diesem Junitag war sehr sonnig und heiß. In der Schule hatte Günther schon nachgefragt, ob sie beide nicht zum Schwimmen gehen sollten. Da war Werner natürlich gern dabei. Also verabredeten sich die Beiden, sich am Teich oben am

Schreiterpark um drei Uhr zu treffen. Werner kam schon früher am vereinbarten Treffpunkt an, und so hatte er noch die Gelegenheit, in der Schreitervilla vorbeizuschauen. Er begrüßte Michael und wollte sofort wieder losgehen. Michael hielt ihn aber an der Hose fest. Er wollte unbedingt mit Werner über dessen Treffen mit Günther befragen: war nun seine Freundschaft mit Werner zu Ende? „Natürlich bleiben wir Freunde", betonte Werner, „aber man kann ja auch nicht wie Kletten aneinander hängen." Michaels Frage, ob er mit zum Baden kommen könne, lehnte Werner aber ab.

Nur wenig später saß er auf seiner Decke direkt am Rand des Teiches. Günther kam und warf seinen Rucksack auf den freigehaltenen Platz neben Werners Oberkörper. Dann setzte er sich hin, und drehte den Rucksack mit der Vorderseite zu Werner. Der sah nun das aufgenähte Stoffstück, entstanden aus einer Armbinde: das schwarze Symbol der Nationalsozialisten im weißen Kreis auf rotem Untergrund. Günther schien mächtig stolz zu sein, als er seinen Rucksack präsentierte. Dann berichtete er, dass er nun endlich in das „Deutsche Jungvolk" aufgenommen war. „Werner, ich habe dir einen Aufnahmeantrag mitgebracht. Du wirst doch auch mitmachen, oder? Wenn deine Eltern das nicht unterschreiben, dann machen wir eben die Unterschriften nach. Wir werden gemeinsam noch ganz Tolles erleben. In den Sommerferien ist sogar ein Zeltlager im Erzgebirge geplant. Also was ist nun?" Viel zu gern hätte Werner den Antrag unterschrieben, denn er wollte unbedingt dabei sein. Aber irgendwie ahnte er, dass seine Eltern dazu nie ihre Einwilligung geben würden. Also wehrte er zunächst ab und versprach, noch einmal darüber nachzudenken. Der Nachmittag am Badesee verlief nicht so, wie die Jungen es sich erhofft hatten, und so verabschiedeten sie sich bald voneinander. Auf dem Nachhauseweg grübelte Werner, wie er sich die Unterschrift der Eltern auf den für ihn so wichtigen Antrag bekommen könnte. Auf eine Schulpflicht konnte er nicht verweisen, auch nicht auf ein besonders förderliches Jugendprogramm. Wieder schob er die Gedanken darüber weg, ohne einer Lösung näher gekommen zu sein.

Der Sommer verging viel zu schnell. Onkel Fritz hatte die Getreideernte eingebracht und das Korn schon gedroschen. Alles ging jetzt viel schneller, weil ein paar Bauern aus Trona gemeinsam eine Dreschmaschine angeschafft hatten, die nun reihum die Arbeit auf den Tennen beschleunigte. Die Kartoffelernte lief schon ein paar Tage, und Werner mit seiner Schwester Renate halfen beim Aufsammeln der Feldfrüchte mit. Für jeden Tragekorb, den sie gefüllt hatten und auf einem großen Anhänger ausleerten, bekamen sie eine Blechmarke, die dann am Abend in Geld umgetauscht wurden. Werner sparte das Geld in einem Zigarrenkistchen, das ihm Michael geschenkt hatte. Dessen Großvater rauchte genussvoll die langen Zigarren aus Übersee, die er in kleinen Holzkistchen geliefert bekam. Immer wieder nahm Werner abends, wenn er allein in seinem Zimmer war, die Zigarrenschachtel aus der Kommode und zählte den Inhalt auf seine Bettdecke, bevor er alles wieder sorgsam einsammelte. Er war inzwischen stolzer Besitzer von fast acht Mark, aufgeteilt in viele kleine Münzen. Er wusste genau, wofür er das Geld verwenden wollte. Im nächsten Jahr plante der Leiter des „Deutschen Jungvolkes" wieder ein Sommerlager im Erzgebirge. Dafür wurde jeden Monat von jedem Mitglied ein kleiner Geldbetrag erhoben, so dass zur geplanten Reisezeit für jeden Teilnehmer zehn Mark angespart waren. Werner war kein Mitglied, aber er hoffte noch immer auf eine Lösung für sein dringlichstes Problem. Das Geld für das Lager hätte er dann schon selbst gespart. Immer wieder malte er sich in Gedanken aus, welche Erlebnisse auf ihn und all die anderen Jungvolkmitglieder zukämen. Ob sich sein Traum erfüllen würde? Vielleicht sollte er einmal mit seiner Großmutter sprechen, aber ob sie ihn auch unterstützen würde?

Ob das Jahr 1932 grundlegende Reformen und Änderungen bringen würde? Die extrem hohen Arbeitslosenzahlen verhießen zum Jahresbeginn wenig Hoffnung. Politisch änderte sich nichts Wesentliches.

Für Werner begann das Jahr unspektakulär. Er hatte nur ein Ziel vor Augen, zum Jungvolk zu gehören. Ein erstes Gespräch darüber mit der Mutter verlief niederschmetternd. Sie lehnte diese Kinderorganisation ohne lange Überlegungen konsequent ab. Einen zweiten Versuch startete er bei seinem Vater. Der aber unterbrach ihn schon nach wenigen Sätzen und verbot unmissverständlich, sich weiter mit diesem Thema zu befassen. Bei der Großmutter Anna wollte Werner besonders behutsam auf das Thema Mitgliedschaft zu sprechen kommen. In schillerndsten Farben schilderte er die faszinierende Jugendarbeit, die interessanten Treffen und Aktionen für die Kinder. Aber die Großmutter schüttelte nur den Kopf. Dann sagte sie: „Mein Junge, das ist kein Umgang für dich. Die Führer der Kindergruppe wollen nur beeinflussen und zum Unfrieden anstiften. Du hältst dich denen gegenüber zurück. Du kannst nicht in dieser Organisation mittun." Es war enttäuschend, dass niemand das Anliegen des fast Elfjährigen verstand. Warum nur war die ganze Familie gegen das „Deutsche Jungvolk"? Hatte es vielleicht etwas damit zu tun, dass sie mit den Schreiters befreundet waren? Günther hatte erst kürzlich erklärt, dass das Finanzjudentum verantwortlich für den verlorenen Krieg sei. Sie hätten Deutschland verraten und verkauft, also praktisch einen Dolch heimtückisch in den Rücken des Volkes gerammt. Auch das Diktat der Versailler Verträge sei durch die Machenschaften der Juden entstanden. Werner hatte nicht genau verstanden, was das nun konkret bedeutete, aber er stellte sich schon immer wieder die Frage, ob Günther nicht doch recht hätte.

Kurz vor seinem Geburtstag fragten die Eltern, was für ein Geburtstagsgeschenk sich Werner wünschen würde. Spontan erbat er sich die Mitgliedschaft beim Jungvolk. Er hätte sonst keinen anderen Wunsch. Mit ernstem Gesicht erklärte der Vater dem enttäuschten Jungen, dass die Organisationen der extremistischen Parteien nur Unfrieden und Hass verbreiten würden. Er betonte mit Nachdruck, dass es auch in der Zukunft keine Erlaubnis für eine Mitgliedschaft geben würde. „Werner" sagte der Vater, „frag uns nie wieder, ob du im Jungvolk oder auch in der Hitlerjugend mitmachen kannst. Unsere Antwort ist und bleibt `Nein´." Damit war das Thema endgültig entschieden. Werner war traurig und zornig. Er fühlte sich unverstanden und bevormundet. Tief in seinem Inneren schwor er, alles besser zu machen, wenn er erst erwachsen wäre.

Werners Geburtstag fiel auf einen Donnerstag. Als er früh in die Küche zum Frühstücken kam, saßen Vater und Mutter schon am Tisch. Renate stand in Türnähe und begrüßte ihren Bruder mit einem Blumenstrauß aus Tulpen und Narzissen. Stürmisch umarmte sie ihn nach der Geburtstagsgratulation, aber Werner wehrte ihre Umarmung ab. Dann stand der

Vater von seinem Stuhl auf, ging auf seinen Sohn zu und gratulierte ihm. Er nahm ihn in die Arme und hielt ihn lange fest. Die Mutter tat es ihm gleich, aber zusätzlich küsste sie Werner auf beide Wangen. Ihm war das eigentlich unangenehm, aber er wagte es natürlich nicht, dagegen zu protestieren. Dann reichte ihm die Mutter einen Briefumschlag. Werner musste gleich sehen, was sich wohl darin verbarg. Er entnahm dem Umschlag einen Brief und las laut vor: „Lieber Werner, wir schenken Dir eine Reise nach Böhmen. Du wirst mit deiner Mutter und Deiner Schwester Renate für zwei Wochen in Karlsbad im Hotel wohnen. Auch Dein Freund Michael, seine Schwester Miriam und Tante Sarah begleiten Dich. Dein Geschenk ist aber eine Mitfahrt auf der Lokomotive von Johanngeorgenstadt nach Karlsbad. Du besteigst die Lok am Freitag, den 12. August, vormittags um 10:30 Uhr. Dann geht die Fahrt mit der Dampflok BNB II c, natürlich mit dem ganzen Zug im Schlepptau, über Neudeck nach Karlsbad. Die Fahrt auf dieser 47 Kilometer langen Strecke dauert mit allen Stopps und Zwischenaufenthalten knapp drei Stunden. Viel Spaß für Dich, mit lieben Wünschen für Dein neues Lebensjahr, Deine Eltern."

Werner konnte sich nicht wirklich vorstellen, was ihn im Sommer erwarten würde. Er verstand nur, dass er mittendrin in diesem Kraftpaket Lokomotive die unbekannten aber gebändigten Kräfte erleben würde.

Viele Tage nach seinem Geburtstag erfuhr Werner von Onkel Aaron Einzelheiten über sein besonderes Geburtstagsgeschenk. Die Tschechische Staatsbahn CSD betrieb in der täglichen Personenbeförderung Triebwagen auf der Strecke Karlsbad – Johanngeorgenstadt. Zum Einsatz kamen dabei fast immer die Tatra-Turmtriebwagen mit Anhängewagen. Der Mittelführerstand für den Zugführer befand sich in einer Kanzel auf dem Fahrzeugdach. Der Triebwagen wurde mit einem 65-PS-Benzinmotor angetrieben und erreichte eine Höchstgeschwindigkeit von maximal 75 Kilometern pro Stunde. Am 12. August aber fuhr anlässlich eines Jubiläums die erwähnte Dampflok auf dieser Strecke. Willi war mächtig stolz auf seine Eltern, die ihm so ein einmaliges Geschenk bereitet hatte.

Leider war es bis zum Reisetermin noch lange hin, und an manchen Tagen fiel ihm das Warten besonders schwer.

Im April wurden die SA und die SS der Nationalsozialisten von der Regierung Brüning verboten. Es gab gegen dieses Verbot massive Proteste, und nur wenig später wurde deshalb die Regierung zum Rücktritt gedrängt. Hindenburg, der Reichspräsident, ordnete nach dem Regierungsrücktritt Neuwahlen an.

Auch wenn Werner das nicht für möglich gehalten hatte, vergingen doch die Tage und Wochen viel schneller, als befürchtet. Er verbrachte zunehmend mehr Zeit mit Günther, als mit seinem Freund Michael. Auch die gemeinsamen Besuche in der Parteizentrale, die Günthers Vater leitete, wurden fester Bestandteil der gemeinsamen Nachmittage mit seinem Schulfreund. Werner war froh, dass er viel Freiraum nutzen konnte, und nicht ständig gefragt wurde, was er nachmittags gemacht hätte. Wenn er von den Treffen mit Günther berichtete, sprach er immer von dessen Zuhause, so dass die Eltern dachten, die beiden Jungen wären in der Wohnung und Umgebung in Trona. Heimlich fuhren sie aber mit den Rädern in die Stadt, um dort an den Treffen des Jungvolkes teilzunehmen. Günthers Vater hatte, als Werner sein Unbehagen über diese Heimlichkeiten ausdrückte, nur abgewehrt und gesagt: „Werner, hier geht es um eine große Sache. Manchmal sind die älteren Leute zu unwissend und können nicht gleich erfassen, wie grandios die Idee ist. Aber sie werden das schon noch verstehen und dann steht deiner Mitgliedschaft ganz bestimmt nichts mehr im Wege." Trotz dieser Versicherung fühlte der Junge immer ein unbestimmtes Unbehagen in sich. Und so war er froh, wenn es möglichst keine Fragen über das Zusammensein mit Günther gab.

Es war inzwischen Juli, also nur noch eine kurze Zeit bis zum Start in das Abenteuer Lokomotive. Am 31. Juli fanden die Wahlen zum Reichstag statt. Die NSDAP errang 37,3 % der Wählerstimmen und wurde die stärkste Fraktion im Reichstag mit 230 von 608 Sitzen. Zum Reichskanzler wurde Franz von Papen von der Zentrumspartei berufen.

Anfang August packte Karl seine Sachen auf dem Hof ein. Er beendete seine Zeit in Trona, weil er seine Freundin Gerda heiraten wollte, um danach im Erzgebirge ein Bahnwärterhaus zu übernehmen. Werner zählte inzwischen jeden Tag, und je näher die

Abreise kam, umso aufgeregter war er. Es waren Schulferien, und so blieben die Treffen mit Günther aus. Der war Anfang August zu einem Zeltlager gefahren, und Werner traf sich wieder täglich mit Michael.

Endlich wurden die Koffer gepackt. Mit zwei Autos fuhren Aaron und Willi ihre Frauen mit den Kindern nach Schwarzenberg an den Bahnhof. Die Koffer wurden im Abteil des Zuges verstaut, der sie nach Johanngeorgenstadt bringen würde. Dort auf dem Bahnhof warteten zwei Gepäckträger, die Willi rechtzeitig telefonisch vorbestellt hatte. Diese würden dann das Gepäck vom Zug aus Schwarzenberg abholen und im Gepäckwagen des Zuges nach Karlsbad verstauen. Nun konnte die Reise beginnen. Sarah und Inge dirigierten die vier Kinder in das vorbestellte Abteil. Zunächst gab es noch ein wenig Streit, wer die Fensterplätze belegen könne, aber dann warteten alle gespannt auf die Abfahrt. Ein Schaffner auf dem Bahnsteig hob bald darauf einen Stab mit grüner runder Scheibe, dann pfiff er mit seiner Trillerpfeife laut und lange, und der Zug setzte sich langsam in Bewegung. Aaron und Willi winkten ihren Familien nach und wandten sich dann ab, um mit den Autos wieder zurück nach Trona zu fahren.

Die Fahrzeit war nur kurz, denn es trennten nicht einmal 25 Kilometer die beiden Städte. In Johanngeorgenstadt angekommen, verlief alles genau so, wie es vorher geplant war. Zwei Gepäckträger mit einem zweirädrigen Pritschenwagen kümmerten sich um die Koffer und verstauten alles im Zug nach Karlsbad. Die beiden Frauen brachten ihre Kinder in das Wagenabteil, und dann ging Inge mit ihrem Ältesten den Bahnsteig entlang zur Lokomotive. Dort sprachen gerade der Schaffner und der Lokführer miteinander. Inge wandte sich an die beiden Männer und nannte ihren Namen. Nach der freundlichen Begrüßung fragte sie, ob ihr Sohn schon auf die Lokomotive steigen könne. Der Mann auf dem Führerstand zeigte auf Werner und sagte: „Na dann klettere nach oben." Zu Inge gewandt sagte er lachend: "Er hat hoffentlich nicht seine Sonntagshose an, denn bei uns hier oben ist es staubig." Inge schüttelte den Kopf, winkte ihrem Werner zu und verabschiedete sich. „Werner, ich bin in Karlsbad dann wieder an der Lokomotive und hole dich ab. Also viel Spaß", und zum Lokführer gewandt, „danke und gute Fahrt!" Kurze Zeit später saß sie im

Abteil neben Renate und Sarah, Michael und Ruth standen am Fenster und sahen interessiert den anderen Reisenden zu, wie sie umher eilten und ihre Wagenabteile suchten.

Nun stand Werner, nachdem er die eiserne Leiter erklommen hatte, im Führerstand der Lokomotive. Der Heizer warf noch einige Schaufeln voller Kohle in den Feuerraum, dann schloss er die große Klappe. Der Lokführer zeigte auf einen eisernen Sitzplatz rechts neben der Feuerung. Man konnte von dort am großen Kessel vorbei nach vorn auf die Schienen sehen. Über dem Sitz gab es Stangen und Hebel, mit denen die Lokomotive in Gang gesetzt wurde. Ein großes Handrad in greifbarer Nähe war die mechanische Bremse für den Koloss. Es vergingen noch gut zwanzig Minuten. Am Ende des Bahnsteiges stand auf einem Eisenmast ein Signal. Ein quadratisches Blechschild mit kreisrundem Ende zeigte rechtwinkelig auf die Lok. Unter dem Schild war eine rote Lampe zu erkennen. Mit einem klickenden Geräusch kippte das Schild schräg nach oben und gab dabei eine grüne Lampe frei. Der Lokführer wies auf das Signal und erklärte, dass die Bahnstrecke nach Karlsbad freigegeben wäre. Aber das Abfahrtssignal musste noch vom Schaffner auf dem Bahnsteig erfolgen. Da ertönte auch schon ein langer Pfiff aus einer Trillerpfeife. Der Lokführer sah aus dem Seitenfenster, die linke Hand an einem von der Decke herabgeführten Eisengriff. Als er die erhobene Kelle des Schaffners sah, zog er kräftig daran und ein langgezogener Pfiff der Dampfpfeife der Lokomotive verkündete die Abfahrt. Dann drehte er das Handrad nach links und löste so die Bremse. Ein Gestänge mit Handgriff, etwa in Brusthöhe des Sitzes, auf dem Werner Platz genommen hatte, wurde vom Lokführer betätigt. Die Räder bewegten sich langsam und der Zug setzte sich in Bewegung. Immer schneller wurden sie und zogen den Zug aus dem Bahnhof Johanngeorgenstadt. Der Junge sah staunend aus dem ovalen Fenster nach vorn, unfähig irgendetwas zu sagen. Es war alles so neu und faszinierend, er konnte gar nicht richtig erfassen, dass er wirklich auf einer Lokomotive die Fahrt nach Karlsbad erleben konnte.

Viel zu schnell war die Fahrt zu Ende. Es war immer wieder spannend, wenn der Zug in einen Bahnhof einfuhr. Die Handbremse wurde mittels des Handrades angezogen, nachdem vorher die Geschwindigkeit gedrosselt und dann ganz herunter gefahren wurde.

Dann sah der Lokführer dem Treiben auf dem Bahnsteig zu, bis der Schaffner das Signal für die Weiterfahrt gab. Von Bahnhof zu Bahnhof wiederholte sich die Reihenfolge der Hangriffe für die Abfahrt. Zuerst der langgezogene Pfiff, dann Handrad drehen und Bremse lösen, danach langsam anfahren und die Geschwindigkeit der Räder hoch fahren. Als die Fahrt in zirka 900 Meter Höhe den Erzgebirgskamm entlang ging, öffnete der Heizer in einer seiner Pausen eine Blechflasche und goss Kaffee in einen Becher. Den gab er Werner und ermunterte ihn, zu trinken. Der Bohnenkaffee schmeckte dem Jungen eigentlich zu bitter, aber er fühlte sich einfach großartig und schon irgendwie erwachsen, und so trank er in einem Zug den Becher leer. Dann hielt ihm der Heizer seine Brotdose hin, und er nahm sich ein Wurstbrot, bestrichen mit Butter und mit einer dicken Scheibe Blutwurst belegt. Werner wusste gar nicht, wann er jemals so etwas Leckeres gegessen hatte. Er fühlte sich unsagbar gut im Führerstand dieser Dampflok und umgeben von zwei kräftigen Männern, die mit einer Leichtigkeit über die Kräfte der Maschine herrschten.

In Karlsbad angekommen, beauftragte Sarah zwei Gepäckträger, die Koffer aus dem

Gepäckwagen zu holen und sie im Grandhotel Pupp abzuliefern. Dann bestiegen die zwei Frauen und vier Kinder eine Pferdekutsche und ließen sich zum Hotel fahren. Die für sie reservierten Suiten boten reichlich Platz für die fröhliche Reiseschar aus Trona. Werner ging mit Michael auf Erkundungstour durch das große Hotel. Alles wurde bestaunt, nur aus der großen Küche schickte ein Koch sie wieder weg. Nach einem gemeinsamen Essen am Abend waren vor allem die Kinder sehr müde. Werner schlief sofort ein. Ihn hatten die Tageserlebnisse sehr bewegt.

Die folgenden Tage waren angefüllt mit vielen Spaziergängen und kleineren Wanderungen. Außerdem gab es in der Kurstadt viel zu sehen und zu bestaunen. Allein die fünf Kolonaden mit all den Kurgästen erstaunten die zwei Frauen mit ihren Kindern. Oberhalb einer Heilquelle, die „Sprudel" hieß, besuchten sie die Kirche Maria Magdalena. Auch die russisch-orthodoxe Kirche Sankt Peter und Paul wurde bestaunt und aufgrund der goldenen Kuppeldächer bewundert. Die Kinder wollten ganz genau wissen, was das denn sei: russisch-orthodox. Am nächsten Tag fuhren sie gemeinsam mit der Standseilbahn zum

Aussichtsturm Diana und stiegen die 35 Meter in die Höhe. Der Blick auf die Stadt und die umliegenden Berge begeisterte alle. An manchen Tagen kamen die Kinder mit ihren Müttern ganz erschöpft im Hotel an, und wollten möglichst bald in die Betten. Ein solcher Tag war, als sie den Hirschsprung erkundet und bestiegen hatten. An anderen Tagen ging es eher beschaulich zu. Dann freuten sie sich in der Kurstadt auf die wohlschmeckenden Karlsbader Oblaten, zwei dünne, gebackene Teigplatten, die aus ungesäuertem Mehlteig hergestellt waren und mit einer Füllung aus Zucker und Mandelsplittern dazwischen verkauft wurden. Allen schmeckten diese knusprigen Köstlichkeiten. Sarah und Inge kauften noch je eine große Flasche des bekannten Karlsbader Becherbitter. Das war ein Kräuterlikör, den der Apotheker Josef Vitus Becher kreiert hatte. Karlsbad war ja ein Kurbad mit zwölf einzelnen Quellen, und von diesem Kräuterlikör sprach man augenzwinkernd von der dreizehnten Heilquelle. Natürlich gab es für die beiden Frauen auch Kuranwendungen, Massagen, Packungen und Bäder. Die Kinder begeisterten sich an den Wasserspielen im Schwimmbad.

In solch angenehmer und wohltuender Umgebung vergingen die Tage in Karlsbad viel zu schnell. Zwei Tagestouren hatten sie gemeinsam unternommen und waren mit dem Zug nach Franzensbad und Marienbad gefahren. Aber nun rückte der Abreisetag immer näher. Die Koffer wurden gepackt und am Samstag, den 27. August ging es mit dem Zug wieder zurück nach Johanngeorgenstadt, und von dort weiter nach Schwarzenberg. Diesmal wurde der Zug nicht von einer Dampflok gezogen, und Werner saß mit allen anderen im Anhängewagen des Tatra-Triebwagens. Der Zugwechsel in Johanngeorgenstadt verlief problemlos. Wieder waren hilfreiche Hände bereit, sich um das umfangreiche Gepäck zu kümmern. In Schwarzenberg angekommen, erwarteten die beiden Frauen mit ihren Kindern schon die Ehemänner. Nach der herzlichen Begrüßung ging es mit den Autos zurück nach Trona. Zu Hause gab es viel zu erzählen, und die mitgebrachten Andenken und Geschenke wurden angeschaut.

Die morgendlichen Gespräche zwischen Aaron und Willi während des Zeitungslesens wurden immer sorgenvoller. Die beiden Frauen mit den Kindern waren nun schon seit zwei Wochen wieder aus Karlsbad zurück. Am 12. September scheiterte der Reichskanzler von Papen an einem Misstrauensantrag im Reichstag. Erst am 30. August hatte die konstituierende Sitzung unter der Alterspräsidentin Clara Zetkin stattgefunden, und nur wenige Tage später löste Hindenburg das Parlament wieder auf und ordnete Neuwahlen an. Deutschland war heillos zerstritten und schien unregierbar. Extreme Kräfte bekämpften sich blutig. Immer wieder gab es Schießereien, wie Mitte Juli in Hamburg. Dieser „Altonaer Blutsonntag", es war eine Schießerei zwischen Kommunisten, Nationalsozialisten und Polizei, hinterließ 18 Todesopfer und 285 zum Teil schwer Verletzte. Nun sollte eine Neuwahl am 6. November mehr politische Stabilität bringen. Aaron hatte wenige Tage zuvor seine Eltern und Miriam nach Rotterdam begleitet. Sie waren dort an Bord eines Schiffes gegangen, das sie nach New York bringen sollte. Amerikanische Freunde hatten sie eingeladen und dringend gebeten, trotz der Weltwirtschaftskrise neue Geschäftsverbindungen zu knüpfen. Es gab aber noch einen anderen Grund, nach New York zu reisen. Vertreter des „American Jewish Congress" mit Sitz in New York, hatten Jonas Schreiter als deutschen Industriellen gebeten, an einer Sitzung teilzunehmen. Es wurden unter anderem auch Ignacy Schwarzbart und Nahum Goldmann erwartet. Letzterer war in Frankfurt am Main aufgewachsen, hatte aber nach Studium und Promotion Aufgaben beim Völkerbund in Genf übernommen. Er vertrat dort die „Jewish Agency". Gemeinsam wollte man eine weltweit agierende Vertretung der Juden aufbauen und etablieren. Es gab schon konkrete Vorschläge und Vorstellungen über einen „World Jewish Congress", aber noch keinen Zeitrahmen. Nun waren also die Senior-Schreiters unterwegs. Der Abschied in Rotterdam war eigenartig bedrückt. Es war so, als wüsste jeder, dass man sich sehr lange nicht mehr sehen würde. Aber natürlich gab es dafür keine konkreten Hinweise, denn die Rückpassage war schon für den April 1933 gebucht.

Zwei Tage nach der Reichstagswahl stand fest, dass die NSDAP zwar Stimmen verloren hatte, aber mit 33,1 % und 196 von 584 Sitzen die stärkste Fraktion im Reichstag blieb. Die weiteren Ergebnisse sahen folgendermaßen aus: SPD, 20,4 % und 121 Sitze; KPD 16,9 % und 100 Sitze; Zentrum 11,9 % und 70 Sitze.

Die anderen 5 Parteien kamen zusammen auf 17,7 % und 97 Sitze. Willi vermutete beim Lesen der genauen Wahlzahlen, dass die Hitler-Partei durch den Stimmenverlust an Ansehen verloren hatte und zukünftig politisch gesehen keine große Rolle mehr spielen würde. Das sah Aaron viel kritischer und sorgenvoller. Er vermutete in absehbarer Zeit ein Erstarken und damit große politische Einschränkungen für Deutschland. Einen knappen Monat nach der Wahl wurde der ehemalige Infanteriegeneral Kurt von Schleicher zum Reichskanzler berufen.

Der Weihnachtsmonat war, wie in den Vorjahren auch, angefüllt mit zahlreichen Zusatzaufgaben. Inge organisierte die Betriebsweihnachtsfeier. Aaron hatte einen langen Brief von seinem Vater aus Amerika bekommen. Darin kündigte er neue Geschäftsbeziehungen an, die er bald nach Deutschland übermitteln wollte. Außerdem wurden die Gespräche über die Gründung eines Jüdischen Weltkongresses zeitlich ausgeweitet. Die Entwicklung in Deutschland fand sehr starke Beachtung und war vielfach Anlass für große Besorgnis. Jonas Schreiter hatte in New York im Stadtteil Staten Island, einem Bereich mit Vorstadtcharakter, ein Haus gekauft. Er plante, in Amerika ein eigenes Handelszentrum zu gründen. Die Schreiterwerke sollten nach seinen Plänen den amerikanischen Markt besser erschließen, und eigene Vertriebswege und Strukturen eröffnen. Außerdem bot das Haus in New York eine Wohnmöglichkeit für einen zukünftigen Geschäftsführer. Das waren Neuigkeiten, die Aaron und Willi sehr beschäftigten. Bei der unsicheren politischen Lage im eigenen Land, versprachen internationale Beziehungen mehr Sicherheit und Gewinn.

Weihnachten war vorbei. Die Familie hatte wie jedes Jahr die Festtage gemeinsam auf dem Hof verbracht. Alle waren bei den Vorbereitungen irgendwo einbezogen. Inge hatte sich um all die Süßigkeiten gekümmert, die Weihnachtsstollen gebacken und für den Kartoffelkuchen gesorgt. Letzterer war eine beliebte Zugabe zum Kaffetrinken im Familienkreis, fast noch beliebter als Weihnachtsstollen und Plätzchen. Ein großer Topf Kartoffeln wurde dazu mit der Schale gekocht. Nach dem Pellen und durch die Kartoffelpresse geben, musste die Kartoffelmasse kalt und trocken werden. Am nächsten Tag wurden dann Eier getrennt, und die Eigelb mit Zucker und Butter schaumig geschlagen. Hinzu fügte Ilse noch gehackte Mandeln, Zitronensaft und abgeriebene Zitronenschale. Wie gut, dass es für letztere Zutaten die guten Verbindungen von Sarah gab, die für die nötige Menge Zitrusfrüchte sorgte. In die schaumige Masse gab sie nach und nach die Kartoffelmasse und Kartoffelmehl. Die reichlich vorhandenen Eiweiß schlug sie zu einem steifen Schnee, eine schweißtreibende Arbeit, die niemand gerne übernehmen wollte, und hob ihn unter. Der auf einem Blech ausgebreitete Teig wurde dann gebacken und mit frischem Schlagrahm zum Kaffee gereicht. Für die Kinder gab es zusätzlich noch aufgestreuten Zucker.

Willis Geburtstag war vorbei, und alle Geschäfte in der Firma liefen den gewohnten Gang. Am 30. Januar, dem letzten Montag im Monat, verbreiteten die Zeitungen die Meldung, dass Adolf Hitler zum Reichskanzler berufen wurde. Kurt von Schleicher war von seinem Posten zurückgetreten und hatte Hindenburg bedrängt, an seiner statt Hitler einzusetzen.
Aaron war über diese Meldung sehr erschrocken. Er sah schlimme Zeiten auf Deutschland

zukommen, auch wenn in Trona und der Fabrik alles unverändert weiter zu gehen schien.

Werner war am 28. Februar trotz klirrender Kälte in die Stadt gefahren. Er hatte sich mit Günther verabredet. Der tat in der Schule sehr geheimnisvoll und versprach eine große Neuigkeit zu offenbaren. Endlich stand Werner in der Parteizentrale und begrüßte Günthers Vater. Kurze Zeit später zogen sich die beiden Jungen in einen der hinteren Räume zurück. Günther wusste zu berichten, dass der Reichskanzler Hitler nun endlich Ordnung schaffen würde. Auf das Jungvolk kämen nun ganz neue und dem ganzen Volk dienende Aufgaben zu. Sie sollten, so hatte es der Jungvolkführer vor wenigen Tagen gefordert, immer und überall die Augen und Ohren offen halten. Nur so könnte man Volksfeinden auf die Spur kommen und sie unschädlich machen. Werner konnte sich nicht vorstellen, was denn für das Volk schädlich sein könnte, aber er wagte es nicht, konkret nachzufragen. Mit vielen unbeantworteten Fragen und Unsicherheiten machte er sich schließlich auf den Nachhauseweg. Um die Mutter nicht zu beunruhigen, wollte er am frühen Nachmittag wieder in Trona sein, noch bevor sie mit der

Schwester nach Hause kam. Der Junge grübelte auf dem Heimweg, fand aber keine Antworten auf seine Fragen.

Aaron und Willi saßen morgens noch sorgenvoller in der Ledergarnitur des Chefzimmers. Am 30. Januar hatte Hitler die Regierungsmacht übernommen. Nur zwei Tage später drängte er Hindenburg, den Reichstag aufzulösen. Am 27. Februar brannte das Reichstagsgebäude, ein Schuldiger wurde schnell gefunden und inhaftiert. Ihm sollte der Prozess gemacht werden, aber eigentlich ging es Hitler nur um einen Machtbeweis und vor allem darum, unliebsame Gegner auszuschalten. Von Aarons Eltern war ein Brief eingetroffen mit dem Hinweis, ihre Rückreise sei zunächst verschoben.

Am 22. April kamen zwei amerikanische Gäste in die Schreitersche Villa. Sie hatten wichtige Post und Dokumente im Gepäcke, und so trafen sich Aaron, seine beiden Gäste und Willi noch an diesem Samstagabend im Direktionsbüro. Grüße von Jonas und Debora Schreiter wurden übermittelt, und als neuestes Ereignis von der Verlobung von Miriam,

Aarons jüngerer Schwester, berichtet. Sie hatte auf einem Ball in New York einen jungen Mann, Karl Miller aus Pensylvania, kennen gelernt. Seine Familie stammte aus Posen an der Wartha, war aber schon 1907 nach Amerika ausgewandert. Karl wurde in New York geboren, denn seine Mutter war schon zum Zeitpunkt der großen Reise nach Amerika schwanger. Die Kaufmannsfamilie Müller, das „ü" wurde bald schon in ein „i" umgewandelt, ließ sich kurz darauf in Allentown bei Philadelphia nieder und besaß vier Jahre nach der Einwanderung ein großes Kaufhaus in der Stadt. In den schlanken und hochgewachsenen Karl hatte sich Miriam Hals über Kopf verliebt und sich, trotz der Einwände der Eltern, kurzerhand verlobt. Die Hochzeit, so hatten die überrumpelten Eltern gemeinsam beschlossen, sollte im Herbst stattfinden. Aaron musste bei den Berichten der beiden Gäste immer wieder lächeln. Er warf an einigen Stellen nur ein: „typisch meine Schwester" ein. Willi hatte den Berichten aufmerksam zugehört. Inzwischen ging es um geschäftliche Fragen, aber auch die Tagespolitik kam zur Sprache. Konrad, der jüngere der beiden Männer, wusste von der Verhaftung und Ermordung von zwei Bürgern aus Fürth zu berichten. Er selbst stammte auch aus dieser mittelfränkischen Stadt, lebte aber schon seit Beginn der zwanziger Jahre in New York. Kurz vor dem Eintreffen in Trona hatte er noch Verwandte in Bayern besucht. Sie berichteten von der Errichtung eines Konzentrationslagers in Dachau. In einer ehemaligen Munitionsfabrik wurden Juden, Kommunisten und Regimegegner, Schwule und Zigeuner in Schutzhaft genommen und zu Zwangsarbeiten verpflichtet. Dieses Lager, bewacht und geleitet von der SS, wurde schnell zum Inbegriff für Brutalität, Unrecht und Unmenschlichkeit. „Aaron", sagte Konrad, „du solltest so schnell wie möglich Deutschland verlassen. Geh mit deiner Familie in die Schweiz und später nach Amerika. Dein Vater kann dir alle Wege ebnen. Übergib die Werke an einen Treuhänder. Deutschland ist keine Heimat mehr für uns Juden." Aaron schüttelte nur den Kopf und schwieg. Seine Gedanken drehten sich um seine Familie, seine Frau Sarah, und die Kinder Ruth und Michael. Was sollte aus ihnen allen werden, wenn sich die politische Situation weiter so dramatisch zu spitzte? Waren sie alle wirklich in Gefahr?

In den folgenden Tagen sprachen Aaron und Sarah oft über die Situation und die Einschätzung ihrer Gäste, die inzwischen wieder abgereist waren. Sarah konnte nicht verstehen, wie es zu solch einer ernsten Beurteilung gekommen war. Sie hatte bisher nichts von Dachau oder Konzentrationslager gehört. In Trona selbst änderte sich nichts. Der Alltag verging im gleichen Trott wie in den vergangenen Jahren. Die Arbeit in den Fabriken lief ohne Hindernisse, und selbst in der nahen Stadt hatte es schon lange keine Unruhen mehr gegeben.

Am Abend des 10. Mai wurde in der Stadt auf dem Platz vor dem Rathaus ein Holzfeuer angezündet. Als es hell brannte, warfen SA-Männer Bücher in die Flammen, dabei Schmähparolen rufend. Deklariert wurde diese Bücherverbrennung als „Aktion wider den undeutschen Geist". Es war gespenstisch, wie die Flammen mit hohem Funkenflug in den Nachthimmel stoben. Ganze Bücherstapel landeten in den Flammen. Es waren Werke unter anderem von Karl Marx und Siegmund Freud, von Kurt Tucholsky und Erich Kästner, von Carl von Ossietzky und den Brüdern Mann, die unter lautem Gejohle und Schimpfworten in das Feuer geworfen wurden. Am darauffolgenden Tag veröffentlichten die Tageszeitungen die sogenannte „Schwarze Liste" der Autoren und Werke, die ab sofort verboten wurden. Der Bibliothekar Wolfgang Herrmann hatte ganze Arbeit geleistet und alle jüdischen, marxistischen und pazifistischen Autoren erfasst und deren Werke aufgelistet.

Aaron und Sarah fuhren am Vormittag mit dem Auto durch die Stadt. Kinder stocherten mit Stöcken im noch immer qualmenden Ascheberg und fischten Buchreste heraus. Triumphierend hielten sie diese nach oben um sie dann wieder in die Mitte des Brandherdes zu werfen. Sarah schaute schockiert auf dieses Bild der Verwüstung. Wer Bücher verbrennt, so war sie sich sicher, der hat auch keine Achtung vor den Menschen. „Lass uns nach Hause fahren, Aaron", sagte sie, an ihren Man gewandt.

Der Abend wurde für das Ehepaar sehr lang. Sie saßen bis weit nach Mitternacht miteinander redend in der Sitzgruppe in Aarons Büro. Dort waren sie sicher, dass die Kinder nichts von dem ernsten Gespräch mitbekommen würden. Bevor sie sich zurück zum Wohnhaus begaben waren sich Aaron und seine Sarah einig, bald die Koffer zu packen und in die

Schweiz zu gehen. Vorher gab es aber noch eine Menge Fragen zu klären und Entscheidungen zu treffen.

Willi und Aaron begannen den Arbeitstag mit einer Dienstfahrt. Aaron hatte seinem Prokuristen nur mitgeteilt, sie müssten in ein Zweigwerk fahren. Unterwegs lenkte Aaron den Wagen in ein Waldstück, dann hielt er auf einer Lichtung an. Die beiden Männer stiegen aus und liefen nebeneinander tiefer in den Wald hinein. Die Luft roch würzig nach dem Harz einiger Bäume. Die Stimmenvielfalt von Vögeln war zu hören, und die Holztauben lockten mit ihren gurrenden Rufen. Im Unterholz raschelte es von Zeit zu Zeit, aber auf all das achteten die beiden Männer nicht. Sie sprachen über viel zu ernste Dinge. Willi war erschrocken über die Einschätzung von Aaron, die Zukunft in Deutschland betreffend. Er wollte zunächst den Ernst der Lage nicht wahrhaben, aber musste sich den Anzeichen für die Radikalisierung stellen. Eine große Traurigkeit und Resignation machte sich breit, denn beide Männer wussten, dass es gravierende Veränderungen geben würde, und ihre Freundschaft in großer Gefahr war. Fast drei Stunden hatten sie gesprochen, überlegt und beraten. Nun waren sie sich im Klaren, was die nächsten Schritte sein müssten. Aaron lenkte das Auto, nachdem sie den Wald verlassen hatten, in die Großstadt. Dort suchten sie einen Anwalt und Notar auf. Lange berieten sie gemeinsam und überlegten die nächsten Schritte. Aaron hatte beschlossen, das Hauptwerk in Trona an Willi zu überschreiben. Er sollte nicht nur die Geschäfte weiter führen, sondern auch das Schreitersche Eigentum vor fremdem Zugriff bewahren. Der Anwalt drängte auf Eile, denn er fürchtete um weitere Einschränkungen für jüdische Unternehmer. Als alle Absprachen und Details abgestimmt waren, standen sich drei Männer mit Tränen in den Augen gegenüber. Aaron umarmte den Anwalt und dankte ihm für sein Bemühen. Dann schloss er Willi in die Arme. Beide konnten ein heftiges Schluchzen nicht mehr unterdrücken, und so ließen sie ihren Tränen freien Lauf. „Aaron, mein Freund, ich schwöre dir bei Gott und deinem Vater, ich werde deinen Besitz für dich bewahren und schützen. Unsere Freundschaft wird auch diese schlimme Zeit überstehen."

Die Rückfahrt nach Trona verlief schweigsam. Aaron und Willi dachten an die Ereignisse des

Tages und vor allem an die Auswirkungen, die sie noch haben würden.

Werner hatte sich nach der Schule mit Günther verabredet. Mit den Fahrrädern fuhren sie einen Feldweg entlang in Richtung Wald. Dort lehnten sie die Räder an eine halb verrottete Baumwurzel und setzten sich auf eine moosbewachsene kleine Lichtung. Günther erzählte, dass er einen neuen Familiennamen hätte. Die ganze Familie hieß nun nicht mehr „Dragan" sondern „Degen". Werner konnte gar nicht verstehen, wieso ein Familienname verändert würde, aber Günther erklärte ihm die Hintergründe. Sein Vater Kurt hätte sich inzwischen große Verdienste in der Parteiarbeit erworben. Zur aktiven Mitgliedschaft in der Führerpartei, passe aber kein Familienname, der irgendwie jüdisch oder slawisch klingen würde. Also hatte der Vater den Antrag auf Umbenennung gestellt. Nun hießen also alle „Degen", auch wenn die Mutter anfangs noch dagegen gewesen sei. „Werner, wir werden morgen am Vormittag gegen die Juden protestieren. Die sind für Deutschland das große Übel. Du kommst doch mit, wenn wir vor dem Fabriktor in der Hauptstraße sind?" Werner überlegte, wie er am besten absagen könnte, aber ihm fiel keine gute Ausrede ein, zumal Günther es immer besser verstand, mit seinen Worten zu überzeugen. So nickte er nur kurz mit dem Kopf. Auf dem Nachhauseweg stellte Günther in großartigen Bildern das morgige Geschehen vor Werner dar. Die Jungen, aber auch die Männer, kämen alle aus der Stadt und würden dann gemeinsam in Uniform ihren Protest gegen die Juden rufen. Fahnen, Trommeln und Fanfaren bildeten den äußeren Rahmen. Es würde grandios werden und alle Tronaer überzeugen, welch glanzvolle Zukunft vor allen liegt. Werner war sich nicht sicher, wie seine Eltern diese Aktion aufnehmen würden. Sollte er überhaupt dabei sein? Aber er fürchtete auch den Spott von Günther, wenn er einfach nicht hin ging. Was tun? War es denn wirklich so schlimm, wenn man für eine glorreiche Zukunft einsteht?

Am Abend bat die Mutter Werner, nach der Schule zur Großmutter zu gehen. Sie würde schon am frühen Morgen mit dem Vater und den beiden Schreiters in die Stadt fahren. Dort gäbe es geschäftliche Angelegenheiten, die wohl bis zum Abend dauern können. Am Abend käme sie dann, ihre beiden Kinder von der Großmutter abzuholen. Werner war erleichtert. Die Eltern, aber auch Schreiters, würden also nicht in Trona sein. Da konnte er ja mit zur großen Kundgebung vor dem Werkstor gehen. Er wollte sich schön im Hintergrund halten, damit nicht gleich jeder auf ihn aufmerksam würde. Seine Teilnahme nahm Günther jeden Grund für Spott und unangenehme Fragen.

Es war ein klarer Tag, als sich vor dem Werkstor in Trona 50 SA-Männer aufstellten. Auch das Jungvolk war mit etwa 30 Halbwüchsigen vertreten. Fahnen wurden entrollt und verteilt. Nun standen sie vor der Fabrik und riefen: „Juden raus! Juda verrecke!" Werner stand in der letzten Reihe, vor sich, ein junger Mann in SA-Uniform, der ihn halb verdeckte. Er rief diese Schmähworte nicht mit, weil irgendetwas in ihm dagegen rebellierte. Wie konnte man so über die Schreiters denken und rufen? Vielleicht gab es ja wirklich Feinde der Deutschen, aber Onkel Aaron und Tante Sarah waren doch ganz anders! Werner fühlte sich sehr verunsichert und wäre am liebsten gegangen. Aber da stand Günther schräg vor ihm, der sich immer wieder umsah und Werner zuwinkte. Günthers Vater Kurt, der ja nun Degen hieß, stand genau in der Mitte der SA-Männer, beide Daumen hinter den Gürtel am Hosenbund geschoben und die Arme breit ausgewinkelt. Er wippte mit den Füßen immer wieder auf die Stiefelspitze um so den Eindruck von Größe zu vermitteln. Die Rufe wurden immer lauter und gleichmäßiger und klangen wie das Klatschen von Händen auf nacktes Fleisch. Werner beugte sich ein wenig nach links, um am Körper des vor ihm stehenden Mannes vorbei nach vorn zu sehen. Der Schreck schoss ihm durch alle Glieder, denn bei seinem Blick nach vorn sah er genau in die Augen von Michael. Er konnte seinen Blick nicht abwenden, und so sah er, wie sich Michaels Augen weiteten und mit Tränen füllten. Dann wandte sich der Junge ab und ging wortlos in das Fabrikgebäude. Er schritt an dem Vorarbeiter vorbei, der gerade den Hof betrat, sich ruhig umsah und dann laut rief: „Ruhe!" Augenblicklich war es still. Lange sah sich der Mann um, betrachtete die aufgestellte Schar und sprach dann zu dem Mann in der Mitte. „Na, Kurt Dragan, zum arbeiten warst du zu faul, aber hier willst du dein Maul aufreißen? Geh nach Hause, oder du bekommst ein Tracht Prügel. Nimm deine Leute mit und lasst euch hier nicht wieder sehen. Wir dulden keine solchen Aktionen. Niemand hier!"

Kurt schnappte nach Luft und brachte mühsam heraus: „Ich heiße Degen! Du wirst schon noch sehen, was Du dafür bekommst. Also los, gehen wir" wandte er sich seinen Leuten zu. Schnell löste sich die Gruppe auf und verschwand eilig. Werner stand noch immer vor dem Tor. Die Begegnung mit Michael hatte ihn getroffen und machte ihm nun Angst. Was würden die Eltern sagen, wenn sie von Michael über das heutige Geschehen erfuhren? Mit nichts konnte er seine Teilnahme an diesen Schmähungen verteidigen. War es die Angst vor Günther, oder einfach der Wunsch, mit dazu zu gehören? Werner fühlte sich so schlecht, dass er nur langsam schlendernd zur Großmutter gehen konnte. Fritz hatte auf dem Hof die Rufe und Schmähworte gehört. Voller Zorn ging er in Richtung der Fabrik, aber da kamen ihm schon die Braunhemden in kleinen Gruppen entgegen. Kurz darauf traf er auf Werner. Fritz wollte wissen, ob er das Spektakel gehört hätte, und ob bei ihm alles in Ordnung sei. Er ging davon aus, dass der Junge direkt von seinem Elternhaus her kam, Werners Teilnahme an diesem Radau hätte er sich gar nicht vorstellen können. Zurück auf dem Hof ging Fritz wieder an seine Arbeit und Werner in das Haus zur Großmutter.

Das Mittagessen bekam er kaum geschluckt, so quer saß ihm der Blickkontakt mit Michael.

In den folgenden Tagen erwartete Werner immer die Fragen und Vorwürfe der Eltern, aber nichts tat sich. Sie schienen nichts von seinem Auftritt bei der Kundgebung zu wissen. Natürlich war das Ereignis Gesprächsthema in der Familie, auch bei Aaron und seiner Frau und in der Fabrik. Der Vorarbeiter hatte kurz berichtet, was sich ereignet hatte und dabei die Loyalität aller Arbeiter versichert. Solche Ausschreitungen, da war er sich sicher, würde es in der Firma nicht geben. Dafür standen sie alle fest zusammen.

Werner versuchte mehrfach, Michael irgendwo im Freien zu treffen. Ihn zu Hause zu besuchen, traute er sich nicht. Er war sich sicher, dass Michael seinen Eltern alles erzählt hätte. Es dauerte fast drei Wochen, bis Werner endlich auf der Straße dem Jungen begegnete. Der hatte sich schnell abgewandt und wollte an Werner vorbeieilen. Aber der hielt ihn am Ärmel fest und bettelte: „Bitte Michael, sag doch etwas. Hast du deinen oder meinen Eltern von dieser Sache erzählt?" „Für dich ist das eine Sache?" fragte Michael. „Für mich ist das ein Bruch der Freundschaft. Wie kannst du nur so etwas mitmachen. Was haben wir euch denn getan? Nein, ich habe niemandem davon erzählt. Aber nicht für dich, sondern nur, weil ich meine Eltern und Onkel Willi und Tante Inge nicht traurig machen will. Du bist nicht mehr mein Freund!" Damit wandte sich Michael ab und eilte davon, ohne sich noch einmal umzudrehen. Werner wusste, dass eine wertvolle Freundschaft kaputt gegangen war.

Es war Sonntag, der 24. Dezember 1933. Der Festgottesdienst in der Kirche begann neun Uhr. Die Kirche war besonders gut besucht, und so bekam kaum jemand mit, dass das große Auto der Schreiters durch das Dorf fuhr. Auch später achtete niemand auf die Villa in der Hauptstraße.

Am frühen Abend war Willi noch einmal aus dem Haus gegangen, um nach zwanzig Minuten wieder zurückzukommen. Alle saßen in der gemütlich warmen Stube der Großmutter Anna. Die Kinder beschäftigten sich mit ihren Geschenken, und die Erwachsenen sprachen mit leiser Stimme über die Ereignisse des Jahres. Eine eigenartig bedrückte Stimmung lag über der sonst so fröhlichen Familie. Die Großmutter fragte ihren Willi nur, ob er überall das Licht angeschaltet hätte. Als er nickte, wandte sie sich wieder den Kindern zu und stimmte ein Weihnachtslied an.

Zur Christmette zu später Stunde waren Inge und Willi nicht mit gegangen. Ihre Kinder liefen an Großmutters Hand, gefolgt von den anderen Bewohnern des Bauernhauses. Nach dem Gottesdienst brachte Onkel Fritz die beiden Kinder Werner und Renate nach Hause. Als er wieder zurück ging, sah er auf die Villa der Schreiters, die fast im Dunklen lag. Nur durch ein Fenster im Obergeschoß sah man das schwache Licht einer kleinen Lampe.

Die Feiertage vergingen für die Kinder viel zu schnell. Die Erwachsenen sprachen nur wenig miteinander. Es war eine beklemmende Stimmung, die allen den Mund verschloss.

Am 27. Dezember begann für die Arbeiter der Tronaer Fabrik wieder der normale Arbeitsalltag. Und doch war dieser Mittwoch anders, als alle die Arbeitstage vorher. Ein Auto fuhr gegen neun Uhr auf den Fabrikhof. Zwei Männer mit Aktentaschen stiegen aus und betraten den Verwaltungsbereich, um kurz darauf in Willis Büro einzutreten. Dann wurden alle

Arbeiter aufgefordert, die Arbeitsplätze zu verlassen und im großen Nähsaal zu erscheinen. Als alle anwesend waren, stellte sich einer der Herren als Anwalt und Notar vor. Er verlas ein Dokument, in dem die Übergabe des Firmenvermögens an Herrn Wilhelm Starke mit Wirkung vom 1. Januar 1934 vollzogen würde. Für die Arbeiter und Angestellten hätte es keine Auswirkungen, ihre Arbeitsverträge blieben gültig.

Im großen Raum herrschte Stille. Ungläubig sahen sich die Arbeiter untereinander an. Niemand konnte wirklich verstehen, was und vor allem warum es diese einschneidende Änderung gegeben hatte. Der Vorarbeiter trat zu Willi, gab ihm die Hand und sagte: „Wir tun unser Bestes. Auf uns kannst du dich weiterhin verlassen." Dann wandte er sich an alle im Raum stehenden und forderte sie auf, wieder an die Arbeit zu gehen.

Willi, Inge und die Chefsekretärin von Aaron gingen mit den beiden Herren zurück in das Chefbüro. Dort gab es noch einige Dokumente zu unterzeichnen, bevor sich der Anwalt und sein Kollege verabschiedeten.

„Inge und ich bleiben in unseren Büros. Das Chefbüro wird in Zukunft nicht mehr genutzt, es bleibt für Akten und Vorgänge als Archiv. Möge Gott uns Kraft geben und unseren Freund und seine Familie weiter schützen." Nach diesen Worten stand Willi auf, nickte der Chefsekretärin zu und verließ den Raum. Sie würde auf eigenen Wunsch ab Januar in der Stadt an der Seite des dortigen Direktors der Weberei arbeiten.

Erst am Abend, als es in der Firma still geworden war, saßen Inge und ihr Willi noch zusammen und berieten das weitere Vorgehen ab Januar. Willi wusste noch zu berichten, dass Aaron mit seiner Familie in Zürich gut angekommen sei. Sie hätten eine längere Reise auf sich nehmen müssen, um über die Tschechoslowakei, Österreich und Italien schließlich in die Schweiz zu kommen. Geplant sei, so sagte Willi, bald von Italien aus nach New York zu reisen. Er konnte und wollte sich gar nicht vorstellen, dass er seinen Freund nicht mehr sehen und sprechen könne. Auch Inge war traurig, Sarah nicht mehr bei sich zu haben. Einig waren sich die beiden, ihren Kindern keine Details von der Abreise mitzuteilen, sondern nur darauf zu verweisen, sie wüssten auch nichts Genaues, und Schreiters seien wohl bei Verwandten in Berlin.

Das neue Jahr war erst wenige Tage alt, als ein Auto auf das Firmengelände fuhr und vier Männer ausstiegen. Zielstrebig gingen sie in das Firmengebäude und betraten den Bürobereich. Inge sah sie kommen und ging ihnen entgegen, um sie nach ihrem Anliegen zu befragen. Sie forderten, den Firmeninhaber zu sprechen, und so führte Inge sie in Willis Büro. Er begrüßte sie und bot ihnen einen Platz an, nachdem er noch zwei Stühle aus dem Nachbarraum hatte bringen lassen. Die Männer nannten sofort den Grund ihres Besuches, es war die zum Jahresbeginn wirksame Firmenübernahme. Sehr deutlich gaben sie zu verstehen, dass diesem Vorgang nicht zugestimmt würde. Es bestehe, so einer der Herren, der dringende Tatverdacht, dem Volk zustehendes Eigentum zu entziehen. Die notarielle Abwicklung zugunsten von Wilhelm Starke sei, so ein anderer Mann, ohne staatliche Genehmigung unwirksam. Es würde noch in diesem Januar eine Volksgerichtsverfahren eingeleitet. Es ist davon auszugehen, so wurde gesagt, dass dann höchstrichterlich festgestellt wird, dass das hinterlassene Firmeneigentum nach der Auswanderung des Besitzers in vollem Umfang dem Staat zufalle. Willis Nachfragen nach den dafür herangezogenen Paragrafen und

Vorschriften wurden nicht beantwortet. Auch seine Bitte, dieses Gespräch im Beisein seines Anwaltes zu führen, wurde abgelehnt. Dann legten die Männer ein Dokument auf den Schreibtisch. Willi sollte es unterschreiben, aber er forderte, sich zunächst den Inhalt durchlesen zu können. Nun hielt er in seinen Händen eine Verzichtserklärung. Darin wurde betont, der Unterzeichnende hätte jüdisches Vermögen unrechtmäßig zu seinen Gunsten überschrieben bekommen. Der Unterzeichnende würde die Unrechtmäßigkeit anerkennen und der Übertragung dieses Volksvermögens an den Deutschen Staat, die sogenannte Arisierung von Vermögen, unter Kontrolle des „Freundeskreis Reichsführer SS" zustimmen. Willi war empört über dieses verlogene und unverschämte Dokument, deshalb lehnte er die Unterzeichnung ab. Die vier Männer erhoben sich von ihren Stühlen, nahmen das vorbereitete Schriftstück vom Tisch und wiesen im Befehlston Willi an, sich in einer Frist von 24 Stunden für die Unterzeichnung zu bedenken. Dann gingen sie grußlos, den schockierten und hilflosen Willi zurücklassend. Er besprach wenige Minuten später alles mit seiner Frau. Inge war ebenso ratlos und entsetzt über das Geschehene. Wie gerne hätte Willi mit

Aaron gesprochen, aber der war unerreichbar. Zum Glück konnte er noch mit dem Anwalt in der Stadt telefonieren, aber der machte ihm wenig Hoffnung auf eine gütliche Klärung.

Am Abend saßen Willi und Inge bei der Mutter Anna in der Küche. Auch Fritz war bei ihnen mit am Tisch, als vom Geschehen des Tages berichtet wurde. Alle spürten die Ohnmacht, aber auch die unsägliche Dreistigkeit in dieser Sache. Was war nun zu tun? Sollte Willi unterzeichnen oder einfach ignorieren? Keiner wusste einen Rat, und so gingen Willi und seine Frau voller Sorgen nach Hause.

Die Nacht war kurz und voller sorgenvoller Gedanken. Auch am Morgen hatte Willi noch keine Lösung für das Problem gefunden. Er konnte nur abwarten, was der Tag bringen würde. Kurz nach neun Uhr fuhr wieder das Auto auf den Fabrikhof, diesmal stiegen zwei Männer aus. Eilig betraten sie das Gebäude und eilten zum Büro des Prokuristen. Sie hielten sich nicht mit Höflichkeitsformen auf, sondern forderten Willi auf, das Dokument zu unterzeichnen. „Nein, meine Herren, dieses Dokument kann ich nicht unterzeichnen. Es widerspricht unserer Gesetzgebung." „Wie sie wollen, Herr Starke, sie kommen mit uns mit, um in unserer Dienststelle weiteres mit ihnen zu klären." Einer der Männer erfasste Willis Handgelenk, fasste mit der anderen Hand in seine Gesäßtasche und entnahm ihr Handschellen. Als beide Hände gefesselt waren, führte er Willi hinaus auf den Flur. Inge, die Sekretärinnen und Büroangestellten standen fassungslos und sahen ohnmächtig zu, wie Willi aus dem Haus und in das Auto geführt wurde. Inge folgte ihnen und fragte, wohin er denn gebracht würde, und wie lange das wohl dauern würde. Als Antwort bekam sie nur genannt: die Befehlsstelle der Geheimen Staatspolizei.

Am Abend versuchte Inge ihren beiden Kindern Werner und Renate zu erklären, warum der Vater nicht zu Hause sei. Auch wenn sie sorgsam die Worte wählte, weinten sie alle hemmungslos. Wie konnte Vater, der Mann, der immer ehrlich und achtsam mit anderen umging, jetzt verhaftet sein? Werner hatte sich schnell in seinem Zimmer im Bett verkrochen. Er hatte Günthers Worte im Ohr: jetzt greift der Führer durch und endlich würden die Volksfeinde bestraft. Aber Vater war doch kein Volksfeind! Wie passte das alles zusammen, was Günthers Vater verkörperte und was sein Vater für Werte lebte? Es war eine Nacht voller wilder Träume und Ängste, und so war Werner ganz erleichtert, als er morgens endlich aufstehen konnte.

Die Mutter hatte beide Kinder zur Großmutter gebracht und war dann losgefahren, um in der Stadt nach Willi zu suchen. Viele Stunden später kam sie wieder nach Hause, ohne etwas erreicht zu haben. Sie hatte das Gebäude der Gestapo gefunden, war aber nur bis zum Eingangsbereich gekommen. Nach langem Warten wurde ihr nur kurz mitgeteilt, Wilhelm Starke bliebe in Untersuchungshaft und Besuch würde nicht genehmigt. Erschöpft traf Inge wieder in Trona ein, holte ihre Kinder nach Hause und verrichtete wie im Traumzustand ihre Aufgaben im Haushalt.

Die nächsten Tage vergingen nur schleppend. Inge unternahm alles, um ihren Mann zu sehen und zu sprechen. Immer wieder versuchte sie, Wäsche und Waschsachen für ihn abzugeben. Aber alle ihre Bemühungen blieben erfolglos, Inge wurde immer wieder abgewiesen. Zurück in Trona sah sie dann spät am Abend in der Firma nach, was es am Tag gegeben hatte.

Nun waren bereits dreizehn Tage vergangen, ohne dass es ein Lebenszeichen von Willi gegeben hätte. Wenn Inge nicht auf die Hilfe der Großmutter Anna und von Fritz mit seiner Lina hätte bauen können, wäre sie am verzweifeln gewesen. In der Familie fand sie den Halt, den sie auch an ihre Kinder weitergeben konnte.

Günther wusste um die Verhaftung von Werners Vater. Von seinem Vater Kurt hatte er ein paar Details aufgeschnappt, und so fragte er ungeniert, was es denn Neues gäbe. Für Werner war es fast unerträglich über die Situation zu reden, zumal er überhaupt nicht verstehen konnte, was der Grund für die Inhaftierung war. „Werner, mein Vater hat gesagt, du sollst schnell zu ihm kommen. Er weiß, was mit deinem Vater ist und will euch helfen." Nun saß Werner auf seinem Rad und fuhr, so schnell es ihm möglich war in die Stadt, um im Parteibüro Günthers Vater zu treffen. Als er das Gebäude betrat, musste er noch im Vorraum warten, bis ihn die junge Sekretärin zu Kurt Degen brachte. An einem wuchtigen und viel zu großen Schreibtisch saß Günthers Vater. Er nickte Werner kurz zu und sagte dann: „Dein Vater muss nur das Schriftstück unterschreiben, dann kann er nach

Hause gehen. Wenn er es nicht macht, wird die Fabrik trotzdem enteignet. Das Wohnhaus gehört ab sofort der Partei. Dort wird unten das Parteibüro sein, und oben werde ich mit meiner Familie wohnen. Weil du ein Freund meines Sohnes bist, helfe ich deiner Familie. Deiner Mutter übergibst du diesen Brief. Den muss sie nur im Präsidium der Gestapo vorweisen, und dann darf sie einmal deinen Vater sehen. Aber dann muss er unterschreiben, sonst wird er in ein Arbeitslager verlegt. Sag das deiner Mutter. Und nun fahr nach Hause."

Wie benommen für Werner wieder zurück nach Trona. Erschöpft kam er im Haus der Großmutter an, als es schon dunkel war. Seine Mutter war mit Renate noch im Bauernhaus, und so konnte Werner der ganzen Familie berichten, weshalb er aus der Stadt kam.

Es war schon später Abend, und Inge arbeitete noch in der Firma, denn in den letzten Tagen blieb viel Arbeit unerledigt. Das Telefon in Willis Büro klingelte, und da Inge alle Türen weit offen hatte, hörte sie es und ging an den Apparat. „Hallo Inge, sag nichts, ich bin es, dein und Willis Freund. Uns geht es gut, aber ich habe heute von Willi gehört. Sag ihm, er muss unbedingt unterschreiben. Ich, meine Frau und meine Eltern wollen das so. Umarme meinen Freund und grüß ihn. Wir lieben euch. Bis bald, tschüss." Bevor Inge etwas sagen konnte, war der Hörer wieder aufgelegt. Aber sie hatte den Anrufer erkannt, es war Aaron. Wenn Inge morgen endlich ihren Mann sehen würde, dann könnte sie ihm das sagen, was Aaron ihr aufgetragen hatte. Vielleicht würde dann endlich alles wieder gut?

Nach der Fahrt in die Stadt stand Inge nun aufgeregt und mit besonders stark klopfendem Herz in einem Raum in der ersten Etage des Gestapo-Gebäudes. Ein uniformierter junger Mann hatte sie in das Zimmer gebracht, in dem in der Raummitte ein Tisch stand. An den Längsseiten stand jeweils ein Stuhl, ebenfalls einer rechts neben dem Eingang. Endlich öffnete sich die Tür, und Willi wurde in den Raum geführt. Inge erkannte ihn fast nicht wieder, so schmal war sein Gesicht geworden, das Kinn von einem längeren Bart umrahmt. Die Augen waren eingefallen und dunkel umrandet, so als hätte er lange Zeit nicht richtig schlafen können. Als Inge ihn küssen wollte, wurde sie barsch auf den Stuhl verwiesen, der vor dem Tisch stand. Ihr gegenüber wurde Willi auf den zweiten Stuhl gedrückt.

Inge berichtete vom Telefonat ohne den Namen zu nennen und verwies auf die Hilfe durch Herrn Degen. Bedächtig nickte Willi, dann wandte er sich an seinen Bewacher und fragte, ob er jetzt das Dokument unterzeichnen könne. Der klopfte gegen die Tür, die sich sofort öffnete. Ein einzelnes Blatt Papier wurde hereingereicht und auf dem Tisch zusammen mit einem Federhalter abgelegt. Willi hob seine beiden gebundenen Hände, und als die Handschellen gelöst waren, unterschrieb er bedächtig das vorliegende Schreiben. Dann wurden ihm die Handfesseln wieder angelegt, und der Wachmann führte ihn stumm aus dem Raum. Inge saß noch immer am Tisch, unfähig, das Geschehene zu verstehen. Was nun? Wie ging es weiter? Mitten in ihr Grübeln betrat ein Uniformierter den Raum und sprach sie an: „Sie können ihren Mann Morgen ab elf Uhr an der Hauptpforte abholen."

Lange vor der angegebenen Zeit stand Inge vor dem Haupteingang des Gestapo-Gebäudes, auf ihren Willi wartend. Sie trug seinen Mantel über ihrem linken Arm. Kurz nach elf Uhr kam er aus dem Haupteingang auf sie zu. Lange hielten sie sich fest umarmt, bevor Willi Inges Hand ergriff und vom Gebäude weg zog. Er hatte noch immer den Anzug und das ehemals weiße Hemd an, die Kleidung, die er am Tag seiner Inhaftierung morgens angezogen hatte. Auf seiner Kleidung gab es viele dunkel verkrustete Flecken, die leicht als eingetrocknete Blutspuren zu erkennen waren. Auch wenn sich die Leute nach ihnen umdrehten, weil Willi wie ein Bettler aussah, freute sich Inge, endlich ihren Mann wieder an der Seite zu haben. Sie reichte ihm den Mantel, den er nun anzog, dann gingen sie weiter. Sie sah ihn immer wieder von der Seite an, als müsse sie sich versichern, dass er auch wirklich neben ihr ging.

Inzwischen war es nachmittags gegen vier Uhr. Die Eheleute Starke waren endlich zu Hause und Inge bereitete gerade für ihren Mann ein warmes Bad zu. Sie begleitete ihn in das Badezimmer und nahm den stark verschmutzten Anzug und das Oberhemd mit nach draußen. Die Unterwäsche ließ Willi einfach auf dem Fußboden liegen, und dann stieg er in die Wanne. Das warme Wasser tat seinem Körper gut. Während er sich zurücklehnte, dachte er über die Ereignisse der letzten Tage nach. Er saß die ganze Zeit in einer Haftzelle, die gerade drei Meter lang und zwei Meter breit war. Nur ein Mal am Tag durfte er auf den Flur treten, um sich die Beine etwas zu vertreten. In seiner Zelle gab es ein Holzgestell, auf dem drei steife Decken lagen. Ein runder Hocker mit drei Metallfüßen war neben einem winzigen Waschbecken und einem Toilettenbecken der einzige Einrichtungsgegenstand. Täglich wurde er zu unterschiedlichen Zeiten in einen Verhörraum geführt. Dort musste er stehend Beschimpfungen und Befragungen über sich ergehen lassen. Als er in einer solchen Situation mit antijüdischen Beschimpfungen konfrontiert wurde, protestierte Willi und verbat sich derartige Schmähungen. Der Bewacher, der sonst immer neben der Tür stehen geblieben war, trat auf ihn zu und schlug ihm mehrmals mit der Faust ins Gesicht, auf den Mund und die Nase. Das Blut tropfte heftig aus Nase und Mund, und erst in seiner Arrestzelle konnte der Blutstrom gestoppt werden. Willi lief ein kalter Schauer über den Rücken, obwohl er im warmen Wasser lag. Er wusste, dass er über diese Demütigungen nicht sprechen würde, um seine Inge und die Kinder nicht zusätzlich zu ängstigen. Mitten in sein Grübeln vernahm er Inges Stimme, die am Badezimmer vorbei zur Haustür ging und dabei ein „Einen Moment bitte" sagte. Dann war es still. Kurz darauf klopfte

Inge an die Tür, öffnete sie einen Spalt und bat Willi, schnellstmöglich in die Küche zu kommen. Es dauerte noch etwa eine viertel Stunde, bis er, sauber und vollständig angezogen, in die Küche trat. Am Tisch saß eine Frau, etwa in seinem und Inges Alter. Sie stand auf und gab Willi die Hand. Dabei stellte sie sich als Frau Harder vor, ein Name, den er noch nie gehört hatte. Inge stellte für Willi einen Topf mit Kaffee auf den Tisch, die beiden Frauen hatten bereits aus ihren Tassen getrunken. Dann richtete Frau Harder Grüße von Aaron und Sarah aus und berichtete, wie es dem Freund inzwischen ergangen war. Die geplante Reise nach Amerika hatte er verschoben. Er arbeitete inzwischen in Zürich in einer jüdischen Wohlfahrtsorganisation. Es existierte in Deutschland ein dichtes Netzwerk von Helfern, die ausreisewilligen Juden halfen, die Schweiz zu erreichen. Über dieses Netzwerk wurde Aaron genauestens über Willis Ergehen informiert.

Lange saßen sie zu dritt in der Küche, und Frau Harder berichtete all das, was für Willi und Inge wichtig war. Als sie das Haus verließ, war Inge an ihrer Seite. Sie wollte ihre Kinder abholen, und so konnte sie ihren Gast bis zur Kirche begleiten. Dort stand ein Auto, in das Frau Harder stieg und kurz darauf aus dem Ort fuhr.

Werner war endlich zu Hause und konnte seinen Vater umarmen. Er sah stumm in sein schmales Gesicht. Renate versuchte, im Eiltempo alle Neuigkeiten zu erzählen, und so musste die Mutter ihren Redefluss stoppen. „Lasst Papa etwas Ruhe und deckt den Tisch, wir essen."

Am anderen Morgen gingen Willi und Inge wieder in die Fabrik. Der Vorarbeiter hatte sie schon erwartet. Er trat auf Willi zu, umarmte ihn ohne etwas zu sagen und hielt ihn fest in seinen beiden Armen. Dann wandte er sich stumm ab und ging wieder in den Nähsaal.

Werner war inzwischen in der Schule und dort mit Günther zusammengetroffen. Der wollte wissen, was denn gestern alles gewesen sei. Werner schüttelte den Kopf und wandte sich ab. Er konnte und wollte nicht reden. Tief in seinem Inneren hatte sich eine Abneigung gegen seinen Klassenkameraden breit gemacht, der immer in seiner Uniform zur Schule kam. Das waren die wirklichen Feinde des Volkes, diese Braunhemden, dachte Werner, bevor er aus dem Klassenraum ging.

Es war März, und Werners Geburtstag stand kurz bevor. Seit kurzem hatte er sich mit einem Jungen aus der Klasse angefreundet. Er war der Sohn eines Handwerkers aus der Fabrik. Werner war schon bei ihm zu Hause gewesen. Die Familie bewohnte ein kleines Siedlungshäuschen mit angrenzendem Garten. Die beiden Jungen verstanden sich gut, und deshalb lud Werner seinen neuen Freund zur Geburtstagsfeier ein. Da der 17. März auf einen Samstag fiel, konnten die Geburtstagsgäste am Nachmittag kommen.

Werner wurde nun schon dreizehn Jahre alt, und so langsam veränderte sich sein Äußeres. Er war schlank und fast so groß, wie der Vater. Im Gegensatz zu Gerhard, seinem neuen Freund, hatte sich seine Stimme verändert, war etwas tiefer und dunkler geworden. Die Geburtstagsfeier in großer Familienrunde hatte alle wieder zusammen geführt. Werner und Gerhard zogen sich nach dem Kaffeetrinken in das Jungenzimmer zurück. Sie saßen auf dem Bett und betrachteten die Bilder in einem Buch. Vater hatte es seinem Sohn gegeben, aber dringend angemahnt, besonders behutsam damit umzugehen. Es war ein Bildband mit eindrucksvollen Fotos aus Amerika, mit einem großen Abschnitt über New York. Die beiden Jungen bestaunten die Abbildungen und äußerten immer wieder den Wunsch, das einmal selbst in der Realität bestaunen zu können. Als Onkel Fritz und Tante Lina das Geburtstagsfest verließen, um die Stallarbeiten am Abend zu beginnen, nahmen sie die Großmutter Anna untergehakt mit. Die beiden Zwillingsmädchen rannten schon voraus, um noch schnell ihre Kleider gegen die Latzhosen zu tauschen. Auch Gerhard verabschiedete sich und ging in Werners Begleitung nach Hause.

Am Abend war es ruhig geworden, als Willi und Inge endlich Zeit für sich fanden. Es gab viel zu reden, denn die neuen Eigentümer der Fabrik waren am Vortag zum ersten Mal in Trona erschienen. Wie würde sich alles in der Zukunft entwickeln? Würden Willi und Inge ihre Arbeit verlieren? Was geschah dann mit den geschlossenen Verträgen, und wie ging es in den anderen Fabriken weiter? Fragen, auf die es noch keine Antworten gab.

Werner betrachtete sich in der letzten Zeit immer intensiver im Spiegel, der über dem Waschbecken befestigt war. Bevor er aber mit seiner Kontrolle begann, vergewisserte er sich, ob er auch wirklich die Tür zum Flur von innen abgeschlossen hatte. Dann besah er sich lange sein Spiegelbild. Sein Gesicht wirkte noch immer recht jungenhaft, aber an der Kinnspitze und über der Oberlippe entdeckte er kleine dunkle Haare, die er sorgsam mit seiner trockenen Zahnbürste bearbeitete. Er erhoffte sich von dieser eigenwilligen Pflege ein schnelleres Wachstum. Nach der ausführlichen Musterung des Gesichtes schob er den dunkelbraunen Holzhocker vor das Waschbecken. Dann streifte er seine Hose ab, stieg auf den lehnlosen Stuhl und hatte nun den perfekten Blick auf sein Glied und den kleinen Hodensack. Stolz reckte er den Unterbauch nach vorn, um sich selbst den besten Anblick zu ermöglichen. Ein schon recht dichter schwarzer Haarbusch war das Ziel seiner Betrachtung. Mit der rechten Hand strich er immer wieder über seine Schambehaarung. Es fühlte sich wunderbar weich an, und Werner drehte sich von links nach rechts und wieder zurück, um sich wirklich aus jeder Position zu bewundern. Seit einiger Zeit hatte er eine neue Gefühlswelt entdeckt, wenn er sein Glied umfasste und abwechselnd fest drückte und wieder locker ließ. Wenn sich sein Glied versteifte und fast steil nach oben ragte, beendete Werner seine Entdeckungen und stieg vom Stuhl. Er war sich nicht sicher, ob nicht doch irgendetwas platzen könnte, wenn er sein steifes Glied in der Hand hielt. Werner wusste nicht, wen er hätte fragen können, was da eigentlich geschah. Tief in sich hatte er nur den Eindruck, mit niemandem darüber sprechen zu können, schon gar nicht mit Mama oder Papa.

In Trona gab es einige Veränderungen. Ein neuer Pfarrer hatte seinen Dienst angetreten, nachdem sein Vorgänger als Superintendent berufen wurde und in die Stadt gezogen war. Der Neue war schon älter und fast weißhaarig. Seine erste Predigt begann er mit zwei Texten aus dem Johannesevangelium. Er predigte bedächtig und berief sich auf eine Synode, die Ende Mai in Wuppertal-Barmen stattgefunden hatte. Nach der Auslegung der Bibelverse formulierte er ein Bekenntnis, für dessen Umsetzung er alle Gottesdienstbesucher aufrief. Alle horchten auf, als zum Abschluss falsche Lehren benannt und als zu verwerfen bezeichnet wurden. Seid standhaft gegen falsche Lehren, hatte er von der Kanzel herab gerufen und angekündigt, in den nächsten fünf Sonntagsgottesdienste über weitere

Punkte der sogenannten Barmer Thesen zu predigen. Nach dem Gottesdienst standen noch Männer und Frauen in kleinen Gruppen zusammen, um über das eben gehörte zu sprechen. Das waren ganz neue Töne, die im krassen Widerspruch zum Auftreten der Anhänger der Hitlerpartei standen.

Die Wochen vergingen, und der heiße Sommer lag wie eine Decke auf dem Land. Die Felder waren viel zu ausgetrocknet, so dass die Getreidehalme nur sehr kurz und mit kleineren Ähren gewachsen waren. Die Kinder nutzten jede freie Minute, um im Badeteich herum zu plantschen. Werner war froh, kein Mitglied des Jungvolkes zu sein. Die hatten ständig Treffen und übten das marschieren, und das immer uniformiert. Günther hatte sich schon darüber beschwert, wie schweißtreibend die Tage seien. Werner verabredete sich fast täglich mit Gerhard. Seine Eltern wussten um diese neue Freundschaft und waren zufrieden, dass Günther keine Rolle mehr spielte. Sie hatten sich für den Nachmittag am Badeteich verabredet. Werner verstaute eine Badehose und ein kleineres Handtuch in seinem Rucksack. Auch eine alte Blechfeldflasche mit frischem Wasser und ein Stück trockenes Brot befanden sich im Gepäck. Werner hatte den Feldweg der etwas längeren Straße vorgezogen und lief ziemlich schnell zwischen den erntereifen Getreidefeldern entlang. Weit und breit war niemand zu sehen. Gleich zu Beginn des Weges, als er von der Straße auf den Feldweg abbog, hatte Werner seine Hand vom Hosenbund her in die kurze Hose gesteckt. Er hielt sein Glied fest in der rechten Hand. Mit seiner Faust übte er sanften Druck auf das sich versteifende Glied aus. Es war fast so, als würde er das Blut hinein pumpen. Wohlige Gefühle breiteten sich in seinem Unterleib aus. Nun begann er mit langen und zaghaften Auf- und Abwärtsbewegungen die Vorhaut zu bewegen. Immer intensiver wurden die Gefühle, die besonders stark waren, wenn die Hand über die Eichel strich. Es war ein unbeschreibliches Gefühl von Wärme, Kitzeln und Prickeln. Schnell nahm er seine Hand vom steifen Glied und ging ein paar Schritte weiter. Es war wie ein Reflex, aber schon lagen seine Finger wieder am Schaft, und das schöne Spiel begann erneut. All das wiederholte sich auf dem Feldweg in immer kürzeren Abständen. Werner hatte den Eindruck, es gäbe nichts Schöneres auf der Welt. Bis, ja, bis er das rechtzeitige Stoppen nicht mehr beherrschte und ein Aufbrausen im Unterleib seinen Körper gefangen nahm. Wie in mehreren Wellen entlud sich etwas in ihm, und aus seinem steifen Glied pulste etwas Flüssigkeit hervor. Sie war glasklar und als er staunend einen Tropfen von der Penisspitze zwischen den Fingern zerrieb, fühlte sich das leicht klebrig an. Was war da eben passiert? War mit ihm alles in Ordnung, oder hatte er etwas kaputt und krank gemacht? Wilde Gedanken jagten ihm durch den Kopf, einerseits voller Begierde, dieses Wahnsinnsgefühl zu wiederholen, andererseits aber auch voller Angst, dass irgendjemand das erfahren könnte. Für mehrere Minuten war Werner nicht fähig, seinen Weg fortzusetzen. Auch den Rucksack, den er einfach zu Boden hatte gleiten lassen, konnte er nicht aufheben. Werner setzte sich an den Wegesrand, bis es in seinem Kopf, im Unterleib, ja im ganzen Körper, etwas ruhiger wurde. Erst Minuten später konnte er weiter gehen, aber voller Unruhe und Ungewissheit, weil er nicht verstand, was da eigentlich passiert war.

Mit vielen unbeantworteten Fragen im Kopf kam Werner am Teich an. Trotz der Sommerhitze waren nicht viele Kinder hier.

Im Schatten der Bäume saßen ein paar Mädchen, die sich unterhielten und dabei immer wieder kicherten. Ein Pärchen räkelte sich in der Sonne. Werner sah suchend umher, um Gerhard zu finden. Der hatte sich in den Halbschatten einiger Büsche gelegt, winkte aber nun, als er Werner sah. Mit einladender Geste zeigte er auf seine Decke und rückte aus der Mitte an den Rand, um Platz für ihn zu machen. Niemand nahm Notiz von den beiden Jungen. Gerhard erzählte von der Schule und den Hausaufgaben, von seinen Eltern und den Nachbarskindern, die ihn immer hänselten, bis er mitbekam, dass Werner gar nicht zugehört hatte. „Ist was mit dir, weil du gar nicht zuhörst?" Der wehrte die Frage mit nichtssagenden Worten ab. Aber Gerhard gab sich damit nicht zufrieden. Zuerst zögernd erzählte Werner doch noch von seinem Erleben. Sein Freund hatte zugehört, dann lächelte er: „Na da hast du ja das erste Mal gewichst. Kenn ich schon, ist schön, aber du darfst dich nicht dabei erwischen lassen."

Der heiße Sommer hatte sich inzwischen verabschiedet und war einem regenreichen Herbst gewichen. Werner und Gerhard verbrachten oft die Nachmittage zusammen, abwechselnd im Siedlungshaus bei Gerhard und im Haus der Starkes. Werner hatte damals nach dem Umbau sein eigenes kleines Zimmer bezogen. Ein Bett stand in der linken hinteren Ecke, neben dem einzigen Fenster des Raumes. Um das eiserne Kopfteil waren Lederriemen gebunden, die nach Werners Vorstellungen typisch für echte Cowboys waren. In selbstzugeschnittenen und zusammengenähten Halftern steckten zurechtgeschnittene Astgabeln, die die Form von Pistolen hatten. Werner hatte gerade erst ein Buch von Karl May gelesen, es war „Winnetou I"

Auf der rechten Seite standen eine Kommode mit drei Schubkästen und ein Bauernkleiderschrank, der mit bunten Blumenmustern bemalt war. In der Kommode lagen im oberen Fach Pullover, Strümpfe und Taschentücher. Die beiden unteren Kästen enthielten alle die Kostbarkeiten, die Werner gesammelt hatte. Ganz unten, unter einem Kinderbuch mit exotischen Tierdarstellungen hatte Werner eine Seite aus einem Buch versteckt. Beim Stöbern im elterlichen Bücherregal hatte er ein Buch entdeckt, was ihn brennend interessierte. Vom Buchtitel, „Die Frau als Hausärztin", versprach er sich neue Erkenntnisse. Die farbig kolorierten Bilder über Kinderkrankheiten,

Nase und Ohr oder auch der aufklappbare Mensch schienen nicht so interessant zu sein. Aber als er die Seiten mit den Beschreibungen der männlichen und weiblichen Geschlechtsorgane entdeckte, war sein Interesse geweckt. Werner holte das Buch immer dann, wenn er sich sicher war, allein im Haus zu sein. Das Bild mit der Darstellung des männlichen äußeren Geschlechts faszinierte ihn immer wieder, sooft er das Buch in der Hand hatte. Irgendwann hatte er einfach diese eine Seite aus dem Buch gerissen und sie unter dem Kinderbuch in der Kommode versteckt. Inzwischen hatte er Gerhard von dieser Seite erzählt.

Das neue Jahr war angebrochen. Werners Vater kam an einem Samstag im Januar mittags aus der Firma. Beim Mittagessen erklärte er seiner Familie, er müsse am Montagmorgen zu einer Dienstreise nach Berlin aufbrechen. Im Wirtschaftsministerium sollte es eine Einweisung geben, um wichtige Wirtschaftszweige und Firmen für die Aufrüstung der Wehrmacht vorzubereiten. Hjalmar Schacht, der Reichswirtschaftsminister, würde von einem Staatssekretär vertreten, aber alle von ihm selbst festgelegten Beschlüsse seien bindend und in kürzester Zeit umzusetzen. Bis Mittwoch wäre Willi dann unterwegs.

Werner bat am Sonntagabend, seinen Freund Gerhard einladen zu dürfen. Er wünschte sich, dass er eine Nacht bleiben könne, denn sie wollten gemeinsam den zweiten Band von Winnetou beginnen zu lesen. Der Vater nickte nur zustimmend und sagte, Werner möge die Einzelheiten mit der Mutter absprechen.

Es war Montag, und die Schule endlich vorbei. Hausaufgaben gab es in diesem letzten Schuljahr kaum noch. Werner freute sich auf den Spätnachmittag, denn dann würde Gerhard kommen und bis zum nächsten Morgen bleiben. Ein zusätzliches Bett stand schon im Jungenzimmer und alles war vorbereitet. Beide Betten standen hintereinander, und so gab es am Abend ein lebhaftes Kopf an Kopf erzählen. Im Zimmer war es dunkel, und bald kam Werner auf sein Lieblingsthema zu sprechen, die ausgerissene Buchseite. Gerhard hörte schweigend zu. Ganz unvermittelt fragte Werner, ob er in das andere Bett kommen könne. Nun lagen die beiden Jungen flüsternd dicht nebeneinander. Werners Hand glitt unter die Bettdecke und strich über die

Schlafanzughose seines Freundes. Der wehrte zuerst die Hand ab, hielt aber dann nach dem wiederholten Streicheln ganz still. Werners Hand fuhr schon bald darauf in die Schlafanzughose und ergriff das Glied seines schweigsamen Freundes. Er beugte sich zu Gerhards Ohr und fragte, ob er sein Glied ansehen könne. In der Dunkelheit war kaum etwas zu erkennen, aber dafür fasste er mit seiner Hand fester zu. Werner hatte nur noch seine Befriedigung im Sinn, und er übersah bewusst die zaghafte Ablehnung seines Freundes. Er nahm sich einfach, was ihm eigentlich verwehrt wurde. Mit einem Taschentuch, er hatte es noch schnell aus der Kommode geholt, wischte er sich und seinem Freund die Spuren vom Leib. Dann legte er sich in sein eigenes Bett und drehte das Gesicht zur Wand.

Am nächsten Morgen trauten die beiden Jungen nicht, sich in die Augen zu sehen. Werner empfand tief in seinem Inneren eine Scham und Reue, mit der er nicht klar kam. Aber da war auch eine unbändige Lust, sich zu befriedigen. Was war nur geschehen? Wozu hatte er sich hinreißen lassen? Erst am Folgetag schloss er sich im Badezimmer ein, um sich seiner Lust hinzugeben. Werner fühlte sich immer mehr wie ein Getriebener, der sich nicht beherrschen konnte, aber danach jedes Mal in eine noch größere Schuldanklage verfiel. Für ihn war der Gedanke quälend, seine Eltern könnten etwas davon erfahren. Gleichzeitig aber malte er sich noch größeren Lustgewinn aus, wenn er mit sich allein war.

Die Freundschaft zu Gerhard hatte einen kleinen Bruch erlitten. So unbeschwert wie in früheren Zeiten, gingen sie nicht mehr miteinander um. An einem Nachmittag, sie saßen mit ihren Schulheften an Werners kleinem Tisch, fragte Gerhard nach der oft genannten Buchseite. Er wolle sie jetzt richtig ansehen, und ob Werner sie ihm zeigen würde. Der ging zur Kommode und kramte in der untersten Schublade, bis er die Abbildung in der Hand hatte und an Gerhard weiter gab. Lange betrachtete der den graphischen Druck. Dann knöpfte er seine Hose auf, lies sie nach unten gleiten und entblößte seinen Unterleib. Werner stand erstaunt da, bis der Freund ihn aufforderte sein versteiftes kleines Glied in die Hand zu nehmen. Schnell zog auch er seine Hose nach unten und präsentierte sich seinem Freund. Was für herrliche Gefühle, diese Finger an sich zu spüren. Langsam bewegte Gerhard seine Hand auf und ab, und auch Werner tat es ihm gleich. Nach nur wenigen

Bewegungen von des Freundes Hand baute sich ein innerer Druck auf, der ihn fast umwarf. Gefühle von Hitze und Kribbeln, eine Ziehen in den Hoden und eine immer stärker werdende Anspannung des ganzen Körpers kündigten den Höhepunkt an. Gerhard schien ähnliches zu empfinden, denn auch er bewegte seinen Unterleib in rhythmischen Wellenbewegungen. Dann kam es beiden fast gleichzeitig, und spritzte aus ihnen heraus. Alles landete auf den heruntergelassenen Hosen. Beide hielten sich noch eine kleine Weile aneinander fest, bevor sie sich zu säubern versuchten. Kurz darauf verabschiedete sich Gerhard, schulterte seine Schultasche und verließ das Haus. Zurück blieb der verstörte und unsichere Werner.

Die Vorbereitung für den Ostergottesdienst lief wie in jedem Jahr. Die vierzehnjährigen des Ortes sollten im Gottesdienst ihre Schulzeugnisse bekommen. Zum ersten Mal hatte ein Mitschüler seine Teilnahme am Gottesdienst verweigert. Seine Eltern bekannten sich zur Versammlung der Bibelforscher, die in Trona eine kleine Gruppe von Anhängern hatte. Lange wurde beraten, ob in Zukunft die Schulentlassung und Zeugnisübergabe nicht in einem festlichen Rahmen in der Schule stattfinden sollte. Eine Einigung war in dieser Frage nicht in Sicht, so beließen der Pfarrer, der Lehrer der Abschlussklasse und der Schuldirektor alles beim Alten.

Für Werner hatten die Eltern einen Ausbildungsplatz in der Schreinerei in Trona gefunden. Er sollte ab September seine Lehrzeit beginnen und drei Jahre später die Gesellenprüfung ablegen.

Ende April gab es Veränderungen in der Schreiterschen Villa in der Hauptstraße. Möbel wurden aus dem Haus getragen und auf einem Lastwagen verstaut. Wenig später fuhr ein anderes Fuhrwerk vor den Eingang. Einige Männer in braunen Uniformen entluden Büromöbel und trugen es in das Haus. Im Erdgeschoß wurde das neue Parteibüro eingerichtet. Über die große geschwungene Treppe im Eingangsbereich gelangte man nun zur neuen Wohnung der Familie Degen. Kurt, der Parteichef und SA-Führer, stand im Treppenhaus, die Daumen hinter den Hosengürtel geschoben, und beaufsichtigte die Umzugsarbeiten. Fast scheu huschte seine Frau an ihm vorbei in die obere Etage. Günther stand wenig später neben seinem Vater und fragte ihn, ob er denn auch einen Schreibtisch in sein Zimmer bekommen könne. Es dauerte knapp drei Tage, dann waren offensichtlich alle Umzugsarbeiten abgeschlossen. Aus zwei Fenstern des Obergeschosses hingen Fahnen, die den Eingangsbereich links und rechts rahmten. Sie reichten von der Unterkante des Fenstersimses im ersten Stock bis kurz vor den mit Kies bestreuten Eingangsbereich, oben und unten jeweils mit Querstangen befestigt und dadurch straf an der Hauswand entlang geführt. Im Erdgeschoss verdeckten sie die Fenster, die neben der doppelflügeligen Eingangstür für Licht in der Eingangshalle sorgen sollten. Der Fahnenschmuck war offensichtlich für den Feiertag am nächsten Morgen gedacht. Der 1. Mai, dieser „Nationale Feiertag des deutschen Volkes", begann schon ab acht Uhr mit einer Kundgebung. Mit Blasmusik, einer Ansprache von einem hohen Berliner Funktionär und anschließendem Bockwurstessen sollten die Tronaer Bewohner für die Sache der Partei begeistert werden. Aber es kamen nur ein paar neugierige Kinder, die nach der Bockwurst, die sie bekamen, schnell wieder verschwanden. Kein einziger Erwachsener erschien, und so gab es, neben dem Lärm durch die uniformierten SA-Männer im Fabrikgelände, in weitem Umkreis nur Stille. Werner und sein Freund Gerhard standen vor dem Elternhaus und sahen hinüber zur fahnendekorierten Villa, dann verschwanden sie im Haus in Werners Zimmer. Gerhard nahm das Winnetou-Buch, blätterte es auf und las laut daraus vor. Werner hörte ihm gern zu, denn sein Freund verstand es, akzentuiert und dramatisch zu lesen. Am Nachmittag gingen alle zur Großmutter, um dort mit Fritz und seiner Familie Kaffee zu trinken und über alle Neuigkeiten zu sprechen. Die Umwandlung der Villa an der Hauptstraße in eine Parteizentrale wurde mit großer Kritik und Missfallen kommentiert. Großmutter Anna war sich sicher, dass der liebe Gott das nicht dulden würde und hart für die Anmaßung strafen würde. Gerhard war mit seinem Freund Werner mit auf den Hof gekommen. Der zeigte ihm den Lieblingsplatz aller Generationen: der Heuschober in der Scheune, oberhalb der Tenne. Nun lagen die Zwei im aromatisch riechenden Heu und sprachen über die Erlebnisse Winnetous. Irgendwann aber landeten sie bei ihrem Geheimnis und dem, was sie beide miteinander zum Lustgewinn taten. Da sie fürchteten, dass noch die Mädchen die

Leiter auf den Heuboden klettern könnten, beschlossen sie, zurück in Werners Elternhaus zu gehen. Als sie sich von den Erwachsenen in Großmutters Stube verabschiedeten und erklärten, sie würden zurück zum Winnetou-Buch gehen, nickte der Vater nur. Die Mutter wickelte noch schnell zwei Stück Kuchen ein und winkte den beiden nach.

Das Buch in Werners Zimmer war zunächst reichlich uninteressant. Er hatte ganz anderes im Sinn und mit Gerhard kam er auch schnell zum eigentlichen Zweck des vorzeitigen Aufbruches. Beide bedauerten, dass es so schnell vorbei war, aber diesmal zogen sie sich nicht wieder an, sondern begannen das Spiel von vorn. Es dauerte etwas länger, bevor ihre Körper reagierten. Wie süchtig steuerten sie den Höhepunkt an, gaben sich ganz ihrer Lust hin. Ein drittes Mal sollte es diesmal unbedingt sein, aber es wurde mühsam, so kurz nach der letzten Erektion. Als sie endlich ihre Lust befriedigt hatte, verspürte Werner einen heftigen Schmerz in seinen Hoden, der bis in den Unterbauch ausstrahlte. Schnell ging er in das Badezimmer, schob den Hocker vor den Spiegel und betrachtete aufmerksam seine äußeren Geschlechtsmerkmale. Es war nichts Auffälliges zu sehen, aber er schwor sich, nie wieder Hand an sich zu legen. Ganz bestimmt hatte er etwas in sich kaputt gemacht, und nun saß ihm nicht nur ein unsicheres Gefühl, sondern auch handfeste Angst im Nacken. Wenig später verabschiedete er Gerhard, der offensichtlich keine Beschwerden hatte und nicht verstehen konnte, weshalb er so hastig zum Aufbruch gedrängt wurde. Kaum war die Haustür geschlossen, stand Werner auch schon wieder im Bad vor dem Spiegel. Es war auch jetzt nichts Ungewöhnliches zu sehen, aber langsam klangen die Beschwerden in den Hoden ab.

Als die Eltern und seine Schwester nach Hause kamen, gab Werner vor, im Bett noch aus Winnetou lesen zu wollen, bevor er dann schlafen würde. Er wünschte allen eine gute Nacht und verschwand in seinem Zimmer, zog sich aus, streifte den Schlafanzug über und legte sich hin. An Lesen dachte er nicht, viel zu sehr waren seine Gedanken durcheinander und die Angst, etwas sei nun unwiederbringlich kaputt, ließ ihn kaum zur Ruhe kommen. Irgendwann schlief er ein, aber seine Träume bescherten ihm keine ruhige Nacht. Am Morgen fühlte sich alles wieder ganz normal an, aber Werner war sich ganz sicher, dass er nie wieder Hand an sich legen würde.

Der erste Mai war längst vorbei, aber die beiden großen Fahnen hingen noch immer neben dem Eingang der Villa. Günther war inzwischen Mitglied der Hitlerjugend. Ihn hatte man zum Gruppenführer gemacht, und nun trug er voller Stolz sein braunes Hemd mit dem Sonderabzeichen. Er befehligte eine Kameradschaft, das waren zehn etwa Gleichaltrige. Mit seinen Leuten hatte er eine Übung durchgeführt, um später einmal vollwertige Soldaten der Wehrmacht zu sein. Sie waren kreuz und quer durch die Felder gerannt, hatten dabei einfach nieder getreten, was die Bauern angebaut hatten. Den Hauptschaden verursachten sie auf einem Feld, dass Onkel Fritz gepflügt und gesät hatte. Lina hatte die Jungengruppe zuerst gesehen und ihren Fritz darauf aufmerksam gemacht. Zornig lief er auf das Feld, um den Schaden zu besehen und wenn möglich zu ahnden. Günther hatte ihn schon von weitem gesehen und war, so schnell ihn seine Beine trugen, davon gerannt. Aber nicht alle schafften es so schnell wie ihr Anführer, das Weite zu suchen. Fritz hielt plötzlich einen der Jungen am Kragen fest, dann klatschte seine flache Hand in das Gesicht des erschrockenen 15-jährigen, bevor er ihn wieder los ließ. Inzwischen waren alle

Hitlerjungen verschwunden, auch der Geohr-
feigte entfernte sich weinend. Fritz ging nun
zur nahen Villa, um den Verursacher des
Schadens zur Rede zu stellen. Er betrat das
Haus und ging zielstrebig auf die Tür mit dem
Schild „Parteibüro" zu. Kurz darauf stand er
Herrn Degen gegenüber, der ihn verdutzt
ansah. Der erhob sich von seinem Stuhl, schob
den hinter ihm stehenden Günther etwas zur
Seite und stand nun vor Fritz. In wenigen
Worten schilderte der das Vorgefallene und
verlangte eine finanzielle Entschädigung.
Energisch schüttelte der Parteichef den Kopf.
Diese Verluste, wenn es denn wirklich welche
wären, müsste er ertragen. Alles diente doch
nur der Wehrertüchtigung der Jugend.
Günther stand hinter seinem Vater und grinste
Fritz dreist an. Aber noch bevor er irgendwie
reagieren konnte, stand Fritz schon neben ihm
und schlug ihm mit der flachen Hand kräftig
auf die linke Gesichtshälfte. Es klatschte laut
und die betroffene Stelle rötete sich. Zu dem
Vater des Jungen gewandt sagte Fritz: „Willst
Du auch Schläge haben, oder bekomme ich
mein Recht? Wenn du deinen Sohn nicht richtig erziehen kannst, und er keine Achtung
mehr vor dem Eigentum anderer hat, dann
bekommst du es mit mir und allen anderen

Bauern zu tun. Also was ist jetzt? Zahlst du
eine Entschädigung?" Abwartend stand Fritz
vor dem Uniformierten, den er fast um eine
Kopflänge überragte. Wortlos öffnete der eine
Schreibtischschublade, entnahm hundert
Reichsmark und gab sie wortlos an Fritz weiter. Der griff zu und verließ kurz darauf
grußlos den Raum.

Es war September und Werner hatte die ersten Tage als Lehrling in der Schreinerei gearbeitet. Es war alles ganz anders, als er sich das
vorgestellt hatte. Werner musste nicht nur die
große Werkstatt fegen und die Maschinen
putzen, sondern auch auf dem Materialplatz
die Latten, Pfosten und Leisten neu stapeln. In
einer angrenzenden Scheune wurde das getrocknete und zur Verarbeitung bereite Holz
aufbewahrt. Auch dort wurde der Holzboden
gereinigt, bevor Werner mit einem Blatt Papier
in der Hand die Lagerbestände notierte. In den
nächsten Tagen stand er mit seinem Meister an
verschiedenen Maschinen, um die durchgelau-
fenen Holzteile abzunehmen und abzulegen.
Mühsam war für Werner die Aufgabe, mit einer Gestellsäge ein langes und dickes Brett in
einzelne Leisten zu zersägen. Die ersten Versuche waren so mühsam, dass er am liebsten

alles hingeworfen hätte. Immer wieder verklemmte er das Sägeblatt, und der Schnitt verlief alles andere als gerade. Mehr Erfolg hatte er später beim Anfertigen von Fensterzargen, den seitlichen Haltebrettern für die Scharniere der Fensterflügel. Dann stand der Bau eines Schubkastens auf dem Lehrplan des Meisters. Die vier Kastenbretter mussten mit Nuten versehen werden, in die später der Boden eingelegt wurde. Die einzelnen Eckverbindungen erforderten genaues Arbeiten. Werner sägte mit einer Feinsäge die einzelnen Zapfen für die Verzahnung, um danach mit einem Stechbeitel vorsichtig die Zwischenräume frei zu legen. Nun konnte die Schwalbenschwanz-Verbindung mit warmem Knochenleim eingestrichen und mit einem Holzhammer vorsichtig zusammengeklopft werden. Den Leim hatte Werner schon am Morgen aus einer kleineren Menge Granulat und Wasser angesetzt, um ihn dann auf dem runden Eisenofen, der mitten in der Werkstatt stand, zu erwärmen. Stolz betrachtete er das Ergebnis seines Tagewerkes. Auch der Meister nickte anerkennend und stellte nur brummig fest, dass aus Werner wohl doch noch ein ordentlicher Holzhandwerker würde.

Wenn Werner am Abend nach Hause kam, war er oftmals so müde, dass er schon kurz nach dem Abendessen in seinem Zimmer verschwand, um bald darauf müde ins Bett zu gehen. Die Treffen mit Gerhard beschränkten sich auf die Wochenenden, denn sein Freund lernte in der Weberei in der nahen Stadt. Er kam erst spät abends nach Trona, musste aber auch fast zwei Stunden früher als Werner aus dem Haus.

Endlich war Wochenende. Werner saß mit seinem Freund in dessen kleinem Zimmer im Siedlungshaus. Sie berichteten sich gegenseitig von den Erfahrungen im Berufsalltag, und wie beschwerlich die Lehrzeit doch sei. Werner erzählte voller Stolz von seiner ersten Schublade, die unter seinen Händen entstanden war. Gerhard sprach von den langen Stoffbahnen auf den Webstühlen und davon, dass alles wohl für die Ausrüstung der Wehrmacht gefertigt wurde. Dann kamen sie auf die Ereignisse des Septembers zu sprechen. Vom 10. bis 16. September fand der Reichsparteitag der NSDAP in Nürnberg statt. Werner wusste zu berichten, dass Günthers Vater Kurt einer der Delegierten gewesen sei, und dieses grandiose Ereignis, wie Günther es nannte, erlebt hatte.

Auch die Zeitungen berichteten in mehrseitigen Artikeln von den Aufmärschen, aber auch von Beschlüssen und neuen Gesetzen, die inzwischen durchgesetzt wurden. Die allgemeine Wehrpflicht trat in Kraft. Mit besonderem Unmut wurden die neuen Rassegesetze von der ganzen Familie Starke aufgenommen. Laut Gesetz war nun der Begriff „Jude" gesetzlich definiert. Im Reichsbürgergesetz wurden ihnen die Bürgerrechte aberkannt und laut dem „Gesetz zum Schutze des deutschen Blutes und der deutschen Ehre" die Ehe und Sexualkontakte verboten und unter Strafe gestellt. Ein unmenschliches, teuflisches Regime zeigte nun ganz offen seine furchtbare Fratze. Werner war über die Verschärfung des § 175 RStGB erschrocken. Lange sprachen er und sein Freund Gerhard darüber, dass homosexuelle Handlungen unter Männern unter Strafe gestellt wurden. Sie beide fühlten sich schuldig und fürchteten, dass ihre sexuellen Kontakte bekannt werden könnten. Wieder einmal versprachen sie sich gegenseitig, damit endgültig aufzuhören, nicht wirklich von der Ernsthaftigkeit überzeugt, Viel zu oft hatten sie erlebt, wie die Lust sie wie eine Woge überrollte, wenn sie sich trafen. Sie waren gemeinsam in eine fremde Welt eingetaucht, die sie faszinierte und gleichzeitig abstieß. Sie fühlten, dass sie inzwischen viel zu weit gegangen waren und Praktiken ausprobiert hatten, die nicht mehr zurückzunehmen waren. Das Zusammensein fand nur noch in den beiden Elternhäusern statt und auch nur dann, wenn keine Familienmitglieder zu erwarten waren. Trotzdem war die Angst ständiger Begleiter. Nur die wenigen Minuten der puren Lust ließen ihnen scheinbar Flügel wachsen, aber nach dem Höhepunkt kam der Absturz, der die Gewissenskonflikte noch verstärkte.

In der Lehrausbildung fand Werner schnell seinen Arbeitsrhythmus. Er liebte die Arbeit und den Holzgeruch, der bei den unterschiedlichen Arbeiten verströmte. Selbst der Geruch des heißen Knochenleimes störte ihn nicht. Die aufgetragenen Reinigungsarbeiten ertrug er ohne zu murren. Wenn es aber darum ging, Arbeiten auszuführen, die besonderes Geschick und Fingerfertigkeit erforderten, war er ganz bei der Sache. Schubkästen zu fertigen, für einen Schrank die Eckverbindungen zu bauen oder ein freistehendes Regal zu stabilisieren, waren Aufgaben, die er gern übernahm. Der Meister wusste inzwischen um die handwerklichen Stärken des jungen Mannes.

Die Aufträge im Möbelbau waren allerdings drastisch zurück gegangen. Eine Kommode und eine Truhe für die Aussteuer waren noch zu fertigen. Sorgenvoll hatte der Meister laut überlegt, wie es wirtschaftlich wohl weitergehen könne. An einem Vormittag war Kurt Degen in die Werkstatt gekommen. Er hatte wie immer seine SA-Uniform an und trat forsch vor den Schreinermeister. In der Hand hielt er einen schriftlich formulierten Auftrag für die Fertigung von einem Schreibtisch, zwei verschließbaren Aktenschränken und zwei Buchregalen. Dieser Auftrag, das konnte sich Werner schnell ausmalen, würde Arbeit für mehrere Wochen bedeuten und eine gute Bezahlung einbringen. Umso mehr erstaunt war er, als er seinen Meister den Auftrag ablehnen hörte. Es sei leider, so erklärte er dem Uniformierten, noch so viel zu tun, dass keinesfalls in diesem und nächsten Jahr ein Neuauftrag angenommen werden könne. Das Parteibüro, für das die Einzelstücke angeschafft werden sollten, könne aber nicht so lange halb leer bleiben. Herr Degen möge doch bitte in der Stadt nach einem Schreiner sehen und dort den Auftrag bearbeiten lassen. Dann verabschiedete er den Parteivorsitzenden mit der Entschuldigung, er müsse dringend im Lager einen

Wareneingang prüfen. Kurz darauf verließ er die Werkstatt durch den Hofeingang. Herr Degen sah sich kurz nach Werner um, nickte ihm zu, und verließ mit seinem Schriftstück in der Hand das Gebäude. Wenig später kam der Meister zurück, sah sich in der Werkstatt um und fragte Werner, ob er weg sei. Dann ging er wieder an seine Arbeit und leimte die Rückenlehne eines Stuhles zusammen, bevor er alles mit einer Schraubzwinge fixierte. Am Abend, kurz vor Feierabend, traute sich Werner, seinen Meister zu fragen: „Warum übernehmen sie den großen Auftrag nicht? Wir haben zurzeit doch wirklich viel zu wenig zu tun." „Werner", sagte der Meister und sah ihm gerade in die Augen, „ich werde für Verbrecher keine Hand rühren. Lieber esse ich nichts, als schmutziges Geld zu verdienen. Du bist alt genug, um dir selbst eine Meinung zu bilden. Ich bitte dich nur, erzähl niemandem, wie es um unsere Aufträge steht. Aber nun geh nach Hause und grüß deine Eltern."

Am Abend saßen Werner und seine Eltern noch lange am Küchentisch. Er hatte ihnen alles erzählt, und sein Vater nickte nur dazu mit dem Kopf. „Ich spreche mit Fritz. Wenn dein Meister, der Esche Kurt wirklich nichts verdienen sollte, werden wir überlegen, wie wir ihm mit Kartoffeln und Getreide helfen können. Dein Lehrlingsgeld, was wir für dich zahlen müssen, ist ja auch nicht üppig. Wir halten zusammen, und jetzt gerade..." Werner saß noch eine Weile gedankenversunken am Tisch. Er fühlte so etwas wie Stolz auf die Leute hier im alten Ortsteil Tronas, seine Eltern natürlich mit eingeschlossen. Dann stand er auf, wünschte eine gute Nacht und ging in sein Zimmer. Lange konnte er nicht einschlafen, so sehr beschäftigte ihn das heutige Tagesgeschehen.

Es war Samstag kurz nach zwei Uhr mittags. Werner war gerade fertig mit dem Fegen der Werkstatt. Er wusch sich noch schnell die Hände, als die Tür geöffnet wurde. Es war eine Tochter von Onkel Fritz. Was wollte sie denn hier in der Schreinerei? Hilde ging auf Werner zu, gab ihm die Hand und begrüßte ihn. „Bist du allein, oder ist Gerti auch da?" fragte Werner. Als sie den Kopf schüttelte fragte er, was denn der Grund für ihren Besuch sei. Hilde holte tief Luft und berichtete, dass sie gerade Frau Finke, Gerhards Mutter, getroffen hätte. Gerhard sei im Krankenhaus in der Stadt, weil er mit dem linken Arm in die Transmission, das Riemengetriebe für die

Webstühle, geraten sei und sich ernsthaft verletzt hätte. Werner musste sich auf eine Kiste
setzen, so erschrocken war er von dieser
Nachricht. In seinem Kopf überschlugen sich
die Gedanken und Vorstellungen. Er sah in
seinen Vorstellungen einen blutüberströmten
Gerhard, der mühsam nach Luft rang und jeden Augenblick sterben könnte. Er musste unbedingt in die Stadt, um seinen Freund zu sehen. Bei Hilde bedankte er sich, dass sie ihm
die Nachricht gebracht hatte, dann verabschiedete er sich und eilte nach Hause. Eilig
berichtete er seiner Mutter, was sich ereignet
hatte. Sie verstand, dass er schnell zu seinem
Freund fahren wollte. Werner zog sich schnell
ein frisches Hemd an, wechselte die Arbeits-
hose gegen eine dunkelblaue Stoffhose mit
akkurat gebügelter Hosenfalte und schlüpfte
in die neuen Sonntagsschuhe. Dann lief er
auch schon aus der Tür, holte sein Fahrrad aus
dem Schuppen und fuhr, so schnell es ihm
überhaupt möglich war, aus dem Ort. Unterwegs drängten sich Vorstellungen auf, die er
kaum abschütteln konnte. Er wähnte seinen
Freund in einer Blutlache liegend, die Augen
vor Schmerz geschlossen und den Arm wie
einen Fremdkörper am Körper liegend. Dann
kamen ihm Selbstanklagen in den Sinn. Alles

war bestimmt geschehen, weil er seinen Freund zu gemeinsamen sexuellen Handlungen gedrängt hatte. Der war sicher damit nie klar gekommen und deshalb, aus Scham und Furcht, in den Maschinenantrieb geraten. Dann begann Werner laut zu beten, obwohl der Fahrtwind ihm alle Worte von den Lippen riss. Er schrie laut heraus, dass er schuld sei an diesem Unfall. Wenn Gott helfen würde, dann kämen diese sexuellen Treffen nie wieder vor. Werner steigerte sich immer mehr in diese Schuldvorstellungen. Zum Glück kam er endlich in die Stadt, sah das Krankenhaus schon auf dem Hügel liegen. Eine Schwester nannte ihm noch Gerhards Zimmernummer, und kurz darauf stand der atemlose Werner im Krankenzimmer. Vier Betten, alle belegt, standen links und rechts mit dem Kopfteil an den Wänden. Gerhard lag unmittelbar in der Nähe der Tür, gleich im ersten Bett. Er war sehr blass, die Augen staunend weit aufgerissen. Seinen Freund hatte er jetzt am allerwenigsten erwartet. Werner umarmte den im Bett liegenden zaghaft. Dann setzte er sich auf die Bettkante und forderte, dass ihm alles genau berichtet würde. Viele Details konnte Werner nicht wirklich verstehen, aber viel wichtiger war für ihn die Gewissheit, dass der Freund ganz gesund werden würde. Es würde einige Zeit dauern, aber Spätfolgen des Unfalls seien wohl nicht zu erwarten. Gerhard berichtete noch von der Aufnahme in der Klinik, von der Versorgung durch den diensthabenden Arzt und die ärztliche Prognose, die Heilung betreffend. Der Arm war mit Mullbinden umhüllt und steckte in einem Gipsverband. Es wurde spät, und nur durch die energische Aufforderung einer Schwester, endlich zu gehen, weil es längst keine Besuchszeit mehr sei, machte sich Werner mit seinem Rad wieder auf den Rückweg.

Nach einem kurzen Bericht und einem hastig gegessenem Wurstbrot, ging Werner in sein Zimmer. Bevor er sich in sein Bett legte, erneuerte noch einmal seinen Schwur zu sexueller Enthaltsamkeit. Er würde mit Gerhard nie wieder irgendwelche Sexualkontakte haben, und auch nie wieder sich selbst befriedigen.

Am Sonntag hielt ihn schon morgens nichts mehr zu Hause. Werner musste unbedingt wieder in die Stadt fahren, um Gerhard in seinem Krankenzimmer zu besuchen. Er blieb wieder so lange, bis eine Schwester ihn hinaus schickte. Die Besuchszeit sei schon längst vorbei, bedeutete sie ihm. Wieder zu Hause, verschwand er nach einem kurzen Bericht in seinem Zimmer.

Nach unruhiger Nacht musste Werner am Montagmorgen wieder an seinem Arbeitsplatz erscheinen. Er war nicht richtig bei der Sache, und als er den heißen Leimtopf um stieß, stupste ihn der Meister in den Rücken. Er ermahnte ihn, konzentrierter zu arbeiten, nicht dass es noch einen ernsteren Unfall geben würde. Es wollte dem jungen Lehrling nicht richtig gelingen, sich ganz auf seine Arbeit zu konzentrieren, denn immer wieder gingen seine Gedanken zu Gerhard. Was der wohl gerade machen würde? Wie lange würde er im Krankenhaus bleiben müssen? Ob er, genauso wie Werner selbst, seinen Unfall als Strafe Gottes sehen würde? Wie nur könnte Gott gnädig gestimmt werden und ihm seine Schuld vergeben? Mit dem Pfarrer darüber zu reden, schien ihm keine gute Idee zu sein. Werner war den ganzen Tag unruhig und kaum in der Lage, sauber und ruhig zu arbeiten. Am frühen Nachmittag drückte ihm der Meister einen Besen in die Hand und schickte seinen Lehrjungen in das Holzlager, um die Bestände zu prüfen und sauber zu fegen.

Endlich war es Abend und Werner konnte seine Arbeitsschürze ablegen und nach Hause gehen. Unterwegs begegnete ihm Günther. Auf ein Gespräch mit ihm hatte er die wenigste Lust, aber der hielt ihn einfach am Ärmel fest und fragte nach Gerhard. Er war bestens informiert, wollte aber nun noch einige Details von Werner wissen. Dann erzählte er von seinem neu eingerichteten Zimmer in der Villa. Er bot Werner an, alles doch einmal selbst anzusehen, aber der lehnte mit dem Hinweis auf zu viel Arbeit ab. Er wollte nicht das Haus betreten, was bis vor kurzem noch das Zuhause für seinen Freund Michael war. Wie es dem wohl gehen würde? Lange darüber nachdenken konnte er nicht, weil Günther seine letzte Neuigkeit berichten wollte. Er hatte von seinem Vater durch die angelehnte Bürotür mitbekommen, wie der ein langes Telefonat mit irgendeiner Behörde geführt hatte. Es ging um den abgelehnten Auftrag durch den Schreinermeister. Er hatte seinen Vater gehört, wie der fragte, ob denn die Umerziehung in einem Lager auch wirklich schnell stattfinden könne. Wenige Minuten später verabschiedete er sich am Telefon mit einem „Heil Hitler" und einem Danke für die schnelle Klärung des Problems. Während er von seinem Schreibtischstuhl aufstand, huschte Günther so schnell es ging die breite Treppe nach oben und verschwand in seinem Zimmer. Das musste er noch alles seinem ehemaligen Klassenfreund mitteilen, bevor er sich verabschiedete und weiter in die Ortsmitte ging, um noch im Lebensmittelladen einzukaufen. Werner ging nachdenklich nach Hause. Wie gut, dass Vater auch schon aus der Fabrik zurück war. Werner berichtete von der Begegnung mit Günther und was der über seinen Meister gesagt hatte. Der Vater überlegte eine kleine Weile und meinte dann, er müsse schnell zur Schreinerei gehen und mit dem Meister sprechen. Dann griff er sich seine Jacke und eilte hinaus. Fast am Wohnhaus des Schreiners angekommen, sah er schon das schwarze Auto mit geöffneten Türen und einem wartenden Uniformierten mit geschultertem Gewehr. Er war inzwischen nahe herangekommen um nun auch die Details zu sehen. Eben wurde der Meister aus der Tür gebracht, links und rechts an den Oberarmen gepackt, von Männern in schwarzen Uniformen. Die spärlichen Haare hingen wirr vom Kopf und aus der Nase tropfte etwas Blut. Dann schoben die Bewacher den wehrlosen Mann auf die hintere Sitzbank des Autos, bevor sich die Limousine entfernte und den Ort endgültig verließ. Willi ging durch die offen stehende Haustür und betrat, nachdem er an der Tür angeklopft hatte, die große Küche des Hauses. Weinend saß die Frau des Schreiners am Tisch. Nur stockend konnte sie berichten, was sich in den letzten Minuten ereignet hatte. Alles war ziemlich schnell gegangen und schien so unwirklich, dass die Frau das Geschehene noch gar nicht richtig begreifen konnte. Willi erfuhr nun die Einzelheiten. Zunächst war das schwarze Auto vorgefahren, dann betraten zwei Männer in schwarzen Uniformen das Haus und kamen ohne anzuklopfen in die Küche. Sie fragten den am Tisch sitzenden nach seinem Namen. Dann trat der Eine an den Tisch, ergriff das Oberhemd an der Schulter und zog den Schreinermeister nach oben. Der andere schlug mit der Faust mitten in das Gesicht des Wehrlosen und sagte grinsend: „Dein volksschädigendes Verhalten kannst du ja jetzt überdenken. Du wirst genügend Zeit dazu in einem Arbeitslager haben." Die Beiden ergriffen nun jeweils einen Oberarm und zogen den unverständig blickenden Mann aus der Küche, verfrachteten ihn unsanft im Fond des Autos und fuhren davon. Willi hatte still zugehört, aber nun zog er die weinende Frau an seine Brust und hielt sie fest umarmt. „Gerda, wir werden versuchen, Euch zu helfen. Ich telefoniere morgen mit dem Anwalt der Firma, vielleicht kann der in der Stadt das Neueste erfahren. Hast du noch etwas Geld für die Einkäufe?" Die Frau nickte nur stumm und lächelte zaghaft, als sich Willi wieder verabschiedete. Als er wieder zu Hause war, berichtete er seiner Inge und dem erschrockenen Werner von dem Geschehen. Die drei waren sich einig, alles zu tun, um der Frau Esche zu helfen. Die Nacht wurde für alle fast zum Alptraum. Im Haus der Starkes brannte lange das Licht im Elternschlafzimmer und in Werners Kammer. Das Regime hatte wieder einmal sein unmenschliches Gesicht gezeigt. Ohnmächtiger Zorn hatte Willi ergriffen, und auch seine Inge wusste keine Auswege, im Besonderen für Gerda Esche. Sie grübelte, ob einfach wegzugehen, wie Aaron und seine Familie, nicht die einzige Lösung sei. Aber da war noch die Großmutter, und auch Fritz mit seiner Familie. An das eigene Zuhause dachte sie, und wie wohl sie sich hier im Haus fühlten.

Der neue Tag brachte neue Fragen für Werner. Was sollte er jetzt tun? Wie ginge es mit seiner Lehre weiter? Wer würde die Werkstatt in der Abwesenheit des Schreiners weiter führen? Wie lange würde Meister Esche überhaupt weg sein? Vielleicht käme er auch schon heute wieder nach Hause, und die Verhaftung war nur eine kurze Befragung in der Stadt? Werner ging wie üblich aus dem Haus und wenig später wollte er die Werkstatt betreten, aber es war abgeschlossen. Deshalb wandte er sich dem Wohnhaus zu und klopfte an der Haustür. Frau Esche öffnete und bat ihn, mit in die Küche zu kommen. Am Tisch sitzend sprachen sie beide lange darüber, wie es weitergehen würde. Frau Esche würde ihren jüngsten Bruder bitten, nach Trona zu kommen. Er war Geselle bei einem Zimmermann und könnte vielleicht in der nächsten Woche hier sein. Dann würde noch einmal neu über alles gesprochen und Entscheidungen getroffen. Außerdem war noch nicht klar, wie es mit ihrem Mann überhaupt weitergehen würde. Hoffnungen, dass dieser Spuk schnell zu Ende sei, hatte sie keine. Viel zu beunruhigend waren die Informationen, die sie bisher immer über die Arbeitslager gehört hatte. „Werner, geh wieder nach Hause. Wenn sich etwas Neues ergibt, komme ich zu euch und sage es dir. Ich muss jetzt erst einmal abwarten und viele Sachen klären." Damit verabschiedete sie den jungen Mann, der sich wieder auf den Nachhauseweg machte.

Bevor er in das Elternhaus ging, wandte er sich noch zur Firma, um vielleicht kurz mit seinen Eltern zu sprechen. Die kamen ihm schon im Hof entgegen, als er auf das Gebäude zu ging. Der Vater ergriff seinen Arm und zog ihn vom Gebäude weg in den inzwischen ziemlich verwilderten Park. Dann wurden alle Informationen ausgetauscht, bevor sich Werner verabschiedete. Er würde gleich zu Großmutter Anna gehen und ihr und Onkel Fritz von allem berichten.

Wie ein Lauffeuer verbreitete sich im alten Ortskern von Trona die Nachricht von Schreinermeister Esches Verhaftung. Alle waren sich einig, dass es so etwas Ungeheuerliches noch nie gegeben hatte. Die Familie Degen wurde fortan gemieden.

Es war inzwischen Dienstag, der 26. November, die letzte Woche vor dem 1. Advent. Der Bruder von Frau Esche war angekommen, hatte lange die Werkstatt und den Lagerbestand besehen und saß nun mit seiner Schwester, dem Lehrling Werner und dessen Vater Willi, dem Pfarrer und dem alten Doktor des

Ortes in der Küche am Tisch. Gemeinsam berieten sie, wie es mit der Schreinerei weitergehen könnte. Vom Meister Esche hatte der Pfarrer gehört, dass er auf der Lichtenburg in Prettin in der Provinz Sachsen inhaftiert war. In diesem Männergefängnis, seit fast zwei Jahren als Konzentrationslager für Asoziale, Bibelforscher, Homosexuelle und politisch Verfolgte genutzt, wurde er ohne Gerichtsurteil „zur Umerziehung" gefangen gehalten. Besuchen durfte ihn niemand, lediglich monatlich ein kleines Päckchen mit nötigen Artikeln wie Seife und Zahnpasta war erlaubt.

Die gemeinsame Beratung kam zu folgenden Ergebnissen: Die Lehre von Werner wurde nicht beendet, sondern mit der Hilfe eines Meisters aus dem 18 Kilometer entfernten Ort Niederkoma weitergeführt. Er sollte ab Januar an vier Tagen dort im Ort arbeiten, aber jeden Freitag und Samstag in Trona in der Werkstatt anfallende Reparaturen durchführen. Der Bruder von Frau Esche war bereit, hier im Ort zu wohnen und soweit es möglich war, die Werkstatt zu leiten, erweitert um Zimmermannsarbeiten. Werners Vater Willi stockte das Lehrlingsgeld auf, um für Frau Esche den Lebensunterhalt einigermaßen abzusichern. Der Pfarrer versprach, in der ganzen Gemeinde um Lebensmittelspenden zu bitten. Frau Esche war tief gerührt von der großen Hilfsbereitschaft, die sie wie eine Umarmung umgab.

Wenige Wochen später, es war der 1. Weihnachtstag, standen viele Bewohner von Trona in Frau Esches Küche. Auf dem Tisch lagen kleine und größere Geschenke. Ein Schinken, mehrere Wurstpaare, Einweckgläser mit Obst und sauren Gurken, Ein Beutel voller Zwiebeln, ein großer Henkelkorb mit Kartoffeln, fünf Porreestangen, ein sauer eingelegtes Stück Rindfleisch, 25 Eier, ein Napfkuchen, Brot und Brötchen, je eine Tüte Mehl und Zucker, ein handgestrickter langer Schal mit Fausthandschuhen, fünf paar Strickstrümpfe, eine große Flasche Petroleum und warme Männerunterwäsche. Alle diese Gaben hatten die Nachbarn und Freunde gebracht, um damit zu zeigen, dass sie Frau Esche nicht allein lassen würden. Vielleicht gab es doch eine kleine Chance, dem Schreinermeister nötige Sachen zukommen zu lassen. Die Frau stand wortlos und mit Tränen in den Augen vor all den freundlich zugedachten Gaben. Dann konnte sie die Tränenflut nicht mehr zurückhalten und der ganze Kummer brach aus ihr heraus. Wie sehr hatte sie gehofft, ihren Mann zu Weihnachten zu Hause zu haben, oder wenigstens eine Besuchserlaubnis zu bekommen, aber alle Wünsche wurden bitter enttäuscht. Sie wusste, dass das neue Jahr in wenigen Tagen mit der großen Ungewissheit beginnen würde, was ihrem Mann noch geschehen würde. Werner war mit seiner Mutter Inge gekommen und hatte sich an der großen Spendenaktion mit erspartem Geld beteiligt. Insgeheim war er stolz auf sich, und das er alle Reparaturaufträge zufriedenstellend abgearbeitet hatte. Auch die Zusammenarbeit mit dem Bruder der Meisterin, wie er heimlich Frau Esche nannte, war unkompliziert und vertrauensvoll. Auch im neuen Jahr, so war Werner sich sicher, würde er die anfallenden Arbeiten gut bewältigen.

Das Jahr 1936 begann mit reichlich Schnee und zweistelligen Minusgraden. Die Öfen in den Häusern wurden kräftig mit Holz und Kohle gefüttert, aber bei Großmutter Anna blieb es empfindlich kalt. Der fest gemauerte Küchenherd hatte seine Dienste versagt. Im Brennraum waren mehrere Schamottesteine zerbrochen und herabgefallen. Die Großmutter hielt sich nun täglich in der oberen Wohnung bei Lina, Fritz und den Zwillingen auf.

Dann endlich am 7. Januar kam der Ofenbauer aus Linda mit dem Pferdefuhrwerk und genügend Schamottesteinen, einem großen Holztrog und einer großen Menge Lehm auf den Hof gefahren. In der Küche war schon genügend Platz geschaffen und mehrere Pferdedecken auf dem Fußboden ausgebreitet. Im Holztrog, den der Ofenbauer mit Fritz in die Küche getragen hatte, wurden nun viele Schaufeln Lehm mit Wasser eingeweicht. Die Schamottesteine fanden in Ofennähe ihren Platz, und dann fuhr der Lindaer Handwerker auch schon wieder ab. Am nächsten Morgen sollte der Neuaufbau des Ofens beginnen. Willi hatte am Abend noch nach dem Rechten gesehen und berichtete danach zu Hause vom morgigen Arbeitsbeginn des Ofenbauers. Liebend gern wäre Werner dabei gewesen, aber er selbst musste ja auch arbeiten.

Die Wochen vergingen und Werner feierte seinen fünfzehnten Geburtstag. Jeweils an den ersten Wochentagen war er Lehrjunge in Niederkoma, Freitag und Samstag arbeitete er in der Schreinerei in Trona. Sonntags war er oft bei seinem Freund Gerhard, der Ende Januar das Krankenhaus verlassen konnte. Seine Heilung hatte sich länger als erwartet hingezogen.

Seit Anfang März war er auch wieder in der Weberei tätig. Es gab zwischen den beiden jungen Leuten immer viel zu erzählen. Gerhard hatte sich zu einem recht kritischen jungen Mann entwickelt, dem es sehr schwer fiel, nicht lautstark gegen die Zustände im Land zu protestieren. Er war voller Zorn und Ablehnung gegen die, wie er sagte, furchtbaren Braunhemden, vor allem, seit er von der Verhaftung des Schreinermeisters Esche gehört hatte. Werner bremste immer wieder die überschießenden Gefühle und Ausdrücke seines Freundes ab. Auch die olympischen Winterspiele in Garmisch-Partenkirchen vom 6. bis zum 16. Februar versöhnten ihn nicht mit dem deutschen Reichskanzler und Führer. Werner hingegen verfolgte interessiert diese Winterspiele und las täglich in der Zeitung von den Wettkampfergebnissen. Er bewunderte die überragenden Leistungen der Norweger, die in der Nationenwertung schließlich auch den ersten Platz einnahmen.

Werner war nun endgültig aus den Kinderschuhen herausgewachsen. Er arbeitete gewissenhaft und konzentriert und seine Arbeitsergebnisse konnten sich sehen lassen. Frau Esche war dankbar, dass es in der Werkstatt ihres

Mannes so gut weiter ging. In Trona sprach man anerkennend von dem noch sehr jungen Mann und so gingen die Reparaturaufträge nicht aus. Willi vernahm die lobenden Worte über seinen Sohn und das machte ihn stolz. Niemand ahnte, womit sich Werner aber fast täglich plagte. Er hatte sein Versprechen, sich nicht mehr selbst zu befriedigen, schon nach kurzer Zeit gebrochen. Immer wieder ersann er für sich neue Strafen, wenn er seine Schwüre, es nie wieder zu tun, kurz darauf wieder brach. Es war ein Kreislauf, der ihn immer unglücklicher machte. Wie sollte er aus diesem Dilemma herauskommen? Auch mit Gerhard hatte es schon bald nach dessen Krankenhausaufenthalt sexuelle Kontakte gegeben. Der schien nicht so große Gewissenskonflikte zu haben, wie Werner.

Die Wochen vergingen und endlich begannen die Olympischen Wettkämpfe in Berlin. Werner verfolgte sehr interessiert alle Berichte über dieses Großereignis in der deutschen Hauptstadt. Der deutsche Leichtathlet Fritz Schilgen trug die Fackel in das große Olympiastadion. Vom 1. August an kämpften die Sportler aus 49 Nationen um die Medaillen. Sogar über den erfolgreichsten Sportler wurde in den Zeitungen nahezu euphorisch berichtet, es war Jesse Owens, ein farbiger Leichtathlet aus Amerika, der viermal die Goldmedaille errang. Aber natürlich war es noch wichtiger, die Größe Deutschlands zu bejubeln, das in der Nationenwertung den ersten Platz mit 89 Medaillen belegte.

Im Alltagsgeschehen in Trona gab es kaum etwas Neues. Aus dem kleinen Bauerndorf hatte sich eine Kleinstadt entwickelt. Es gab viele Siedlungs- aber auch einige Mehrfamilienhäuser. Die Kirche, früher der Mittelpunkt für die Tronaer, war inzwischen für viele ohne Bedeutung. Die Gottesdienste wurden nur noch von wenigen Frauen besucht. Aber es gab eine lebendige Jugendarbeit, die der alte Pfarrer selbst leitete. Das Interesse der Jugendlichen war groß, weil zu den Treffen auch immer über die politische Situation im Land gesprochen wurde. Der Pfarrer hatte ausführlich die Barmer Erklärung erläutert und jedes Mal dazu aufgerufen, kritisch und selbstbewusst sein Leben zu gestalten. Er trat offen dafür ein, dass neben der Hitlerjugend auch wieder andere Jugendorganisationen erlaubt würden. Seine klare ,Haltung brachte ihm eine ernsthafte Rüge der Parteileitung ein, ihm wurde sogar Lagerhaft angedroht, wenn er seine schädliche Propaganda nicht unterlassen würde. Am Sonntag nach der Vorladung stand er auf der Kanzel und berichtete von der Drohung und der Auflage, die Jugendarbeit einzustellen. Dann verkündete er das Ende der Treffen in den Räumen der Kirche, um sofort eine Einladung auszusprechen: „Die Jugendarbeit ist zu Ende, aber ich lade euch alle herzlich zu mir in das Pfarrhaus ein. Wir können dann gemütlich Tee trinken, auch für seelsorgerliche Gespräche gibt es gute Gelegenheit. Also vergesst nicht, keine Jugendstunde am Freitag, aber dafür bei mir ein heißer Tee." Natürlich wussten alle, was der Pfarrer gemeint hatte und deshalb kamen am Freitag auch alle in das Pfarrhaus. Auch wenn es eng war, und einige der Jugendlichen einfach auf dem Fußboden saßen, gab es wieder lebhafte Diskussionen. Der Pfarrer sprach über einen Bibeltext aus dem 10. Kapitel des Matthäusevangeliums: „Siehe, ich sende euch wie Schafe unter die Wölfe. Darum seid klug wie die Schlangen und ohne Falsch wie die Tauben." Erst spät am Abend brachen die jungen Leute wieder auf. Die Erklärung des Bibeltextes und der Bezug zum Leben hatten alle angesprochen. Werner und Günther, die freitags immer an den Jugendstunden teilgenommen hatten, waren auch am Teeabend im Pfarrhaus dabei. Still gingen sie auf dem Nachhauseweg nebeneinander her. Werner war sich nicht sicher, wie weitgehend das Gehörte umzusetzen wäre. Er hatte Bedenken, sich offen gegen die Staatsgewalt zu stellen. Aber zu allem schweigen, würde man da nicht mit schuldig, genau so, wie die Verursacher des Unrechts? Es waren zu große Probleme, die der Fünfzehnjährige kaum erfassen konnte.

Die Tage und Wochen vergingen schnell, denn es gab in der Schreinerei zunehmend mehr Arbeit. In Trona wurde noch immer viel gebaut. Werner reparierte nicht nur Möbelstücke, sondern er fertigte inzwischen auch eine große Anzahl Fenster. Für die Bauleute war es einfacher, wenn sie vor Ort ihre Aufträge erledigt bekamen. Der Meister aus dem Nachbardorf bescheinigte seinem Lehrling eine schnelle Auffassungsgabe und gute Arbeit. Werner arbeitete nun die ganze Woche in der Schreinerei Esche. Jeden Mittwoch kam aus dem Nachbarort Niederkoma der Schreinermeister und prüfte die Arbeitsergebnisse seines Lehrjungen. Werner war so mit Arbeit eingedeckt, dass kaum Zeit für andere Interessen blieb. Er traf sich sonntags mit Gerhard und ging regelmäßig freitags zum Pfarrhaus, um sich an der Teezeit zu beteiligen.

Es war wieder Weihnachten. Die Bauern aus Trona waren einer Einladung des Pfarrers in das Pfarrhaus gefolgt und saßen nun in seinem Arbeitszimmer, um zu hören, was er ihnen zu sagen hätte. Er kam sofort auf sein Anliegen zu sprechen: „Ihr alle wisst, das es in Trona Verhaftungen gab. Zwei Männer sind noch immer nicht nach Hause gekommen. Es ist der Schreinermeister Esche und der Ehemann der Näherin Edith Päsler. Esche wurde denunziert und grundlos verhaftet, Päsler war Mitglied bei den Kommunisten und sitzt in der SS-Zentrale in der Stadt ein. Wir müssen den beiden Ehefrauen unbedingt helfen. Päslers haben ja auch noch drei kleinere Schulkinder. Die haben es in der Schule besonders schwer. Aber da muss ich ja gar nichts erklären, ihr alle wisst es ja auch. Also bitte ich euch um ein besonderes Opfer, nicht für die Kirche, sondern für unsere Mitbewohner. Bringt alles, was ihr geben könnt, hier her in das Pfarrhaus. Ich habe die beiden Frauen und die drei Kinder für den Heiligen Abend und beide Feiertage zu mir eingeladen. Sie sollen nicht traurig zu Hause sitzen, sondern das Weihnachtsfest als etwas Schönes erleben. Meine Haushälterin hat für uns schon zwei schöne Gänse besorgt. Das war´s, danke dass ihr alle da ward und bis bald." Dann verabschiedete der Pfarrer jeden einzelnen mit Handschlag und wechselte hier und da noch ein paar Worte.

Werner erfuhr von der Weihnachtsaktion des Pfarrers, als er am Abend nach Hause kam. Er hatte sich Geld von seinen gefertigten Fenstern gespart und fragte nun seinen Vater, ob er davon 50 Reichsmark geben dürfe. Der nickte nur stumm, während sich die Mutter abwandte und die Tränen aus den Augen wischte. Sie war stolz auf ihren Ältesten, der so selbstverständlich an andere dachte und von seinem sehr geringen Lohn so viel abgab.

Am Heiligabend war die Kirche gut besucht. Auch die Männer waren zahlreich vertreten. Im halbrunden Chorraum um den Altar standen Kisten und Körbe, Kartoffelsäcke und Stiegen mit Weiß- und Rotkohl. Ein kleines Holzfass, gefüllt mit Sauerkraut, stand neben einem Korb voller Eier. Einweckgläser mit unterschiedlichem Obst waren auf den

Altarstufen aufgestellt. Aber auch eine Puppe und zwei kleine Pferdewagen befanden sich mitten zwischen all den Lebensmitteln. Der Gottesdienst war fast zu Ende, nur das „Stille Nacht, heilige Nacht" erklang noch im Kirchenschiff. Als das Lied zu Ende war, stellte sich der Pfarrer auf die oberste Stufe am Altar. Zur Gemeinde gewandt, nickte er allen zu. „Ihr lieben Brüder und Schwestern. Ihr habt zu diesem Weihnachtsfest eure Herzen, aber auch eure Vorratskammern geöffnet und nun darf ich in eurem Namen alles weitergeben an dich, Gerda Esche und an dich, Edith Päsler. Ihr werdet ja gleich mit in das Pfarrhaus kommen, aber hier sind für euch Geschenke, die eure Sorgen etwas kleiner werden lassen. Aber jetzt seid ihr erst einmal dran, Wolfgang, Ernst und Sieglinde. Kommt her und holt euch euer Weihnachtsgeschenk ab." Als die drei Kinder der Päslers vor ihm standen, gab er den beiden Jungen jeweils ein Pferdegespann und dem Mädchen die Puppe. Die Kinderaugen strahlten vor Freude und die ganze Gemeinde stand von den Bänken auf und klatschte laut und lange Beifall. Das hatte es in Trona noch nie gegeben, aber alle fühlten den Geist der Weihnacht greifbar nahe. Werner hatte seine Gabe vor dem Gottesdienst an den Pfarrer übergeben. Der nahm den jungen Mann einfach in die Arme und sagte leise: „Gott wird dich dafür segnen. Danke, Werner."

Im Januar bekam Frau Esche einen Brief vom Hauptamt der Ordnungs-Polizei der SS. In dem Schreiben wurde ihr mitgeteilt, dass ihr Mann in das Arbeitslager Monowitz verlegt wurde. Besuche seien nicht erlaubt, aber die Zusendung eines Päckchens pro Vierteljahr an den Häftling gestattet. Gerda Esche kam mit diesem Schreiben in die Schreinerwerkstatt und zeigte es Werner, der gerade mit dem Verleimen eines Stuhles beschäftigt war. Er las langsam und gründlich den Inhalt, wusste aber zunächst auch keine Antwort, wo denn dieses Arbeitslager sei. Am Abend fragte er seinen Vater, der einen dicken Atlas aus dem Schrank nahm und in den Karten nach dem Ort suchte. Dann erklärte er seinem Sohn: Monowitz, etwa 60 Kilometer von Krakau entfernt, sei Sitz eines Zweigwerkes der Buna- Werke. Auf dem Schlesischen Werksgelände hatte die SS ein Arbeitslager errichtet. Dort also war der Meister Esche und musste mit Sicherheit schwer arbeiten. Am anderen Tag berichtete Werner in der Küche bei Frau

Esche alles, was er in Erfahrung gebracht hatte. Sie war verzweifelt, hatte sie doch gehofft, dass ihr Mann endlich nach Hause kommen würde. Aber nun war er in Schlesien, noch weiter weg von Zuhause.

Werner war längst wieder in der Werkstatt und arbeitete an einem neuen Fenster, als die Tür geöffnet wurde. Sein Lehrmeister aus Niederkoma kam herein, begleitet von zwei Männern, denen er noch nicht begegnet war. Sie begrüßten ihn und baten darum, die Arbeit aus der Hand zu legen. Dann eröffnete ihm einer der Männer, dass auf Beschluss der Handwerkskammer und aufgrund der außergewöhnlichen Situation hier in Trona für Werner eine Gesellenprüfung im September angesetzt sei. Wenn er die Prüfung bestehen würde, dann sei die Lehrzeit nach zwei Jahren beendet, fast acht Monate vor dem eigentlichen Lehrende. Ob er sich das vorstellen könne und ob er bereit wäre, für ein viertel Jahr in der Stadt in einer Schreinerei zu arbeiten, um noch unbekannte Arbeiten zu erlernen. Werner fühlte sich so, als würden seine Ohren vor Aufregung glühen. Natürlich würde er die Prüfung im September ablegen, und natürlich würde er sie auch bestehen. Einer der Vertreter der Handwerkskammer legte ein Schriftstück auf den Arbeitstisch und bat, dieses den Eltern zur Unterschrift vorzulegen. Alle Einzelheiten, so bedeutete ihm sein Meister aus Niederkoma, würden am kommenden Samstag hier in der Werkstatt besprochen. Werners Vater müsste dann mit dabei sein. Mit einem letzten Blick auf die halbfertige Arbeit auf der Werkbank und einem anerkennenden Nicken verabschiedeten sich die drei Herren und verließen die Werkstatt. Werner fühlte sich wie benommen. Aber auch eine große Freude bahnte sich ihren Weg und plötzlich hüpfte er in die Höhe und schrie laut „Hurra, hurra, hurra!"

Liebend gern hätte er alles stehen und liegen gelassen, um die Neuigkeiten seiner Familie zu sagen, aber natürlich musste erst seine Arbeit beendet werden.

Am Abend und am Esstisch war er kaum zu bremsen, so begeistert berichtete Werner von der Begegnung in der Werkstatt. Die Eltern, auch seine Schwester Renate, freuten sich mit ihm und gratulierten zu dieser Neuigkeit.

Die nächsten Wochen vergingen schnell, denn Werner war in der Stadt bei einem

Schreinermeister beschäftigt, der ihm noch manchen Handgriff beibrachte. Die Arbeit in Trona musste länger warten, denn es blieben oftmals nur die Samstage für die Erledigung der Aufträge. Der ganze Sommer verging, ohne dass sich Werner und Gerhard trafen. Nur ein Mal kam sein Freund in die Werkstatt um nachzusehen, ob alles noch in Ordnung sei. Die jungen Männer versprachen sich, ab September und nach bestandener Prüfung wieder mehr Zeit füreinander zu haben.

Am Dienstag, den 29. Juni, klingelte das Telefon auf Inges Schreibtisch. Als sie den Höher abhob und sich meldete, war zunächst nur ein Rauschen im Hörer zu hören. Dann meldete sich eine männliche Person, ohne den Namen zu nennen. Inge erkannte sofort Aaron an seiner Stimme. „Hallo, bin ich mit der Sächsischen Tuchfabrik in Trona verbunden? Ich habe ihre Telefonnummer von einem Freund bekommen. Er lässt freundlich grüßen und hat mir Mut gemacht, eine eventuelle Geschäftsverbindung anzufragen. Ich würde gern eine schriftliche Anfrage für Handelsbeziehungen und unsere geplanten Konditionen für sie schriftlich übermitteln. Ein Beauftragter könnte bei ihnen vorsprechen. Wären sie damit einverstanden?" Inge liefen die Tränen über das Gesicht, denn sie hatte ihren Freund Aaron erkannt. „Darf ich den Prokurist der Firma an den Apparat holen? Er ist befugt, geschäftliche Fragen mit ihnen abzustimmen. Bitte haben sie einen kleinen Augenblick Geduld." Inge legte den Hörer auf den Schreibtisch und lief schnell in Willis Büro, um ihn zu holen. Sie flüsterte ihm nur zu: „Es ist Aaron, aber er hat seinen Namen nicht genannt. Sprich bitte mit ihm." Im Büro gab sie ihrem Mann den Hörer, der zunächst nicht sprechen konnte, weil er viel zu bewegt war. Dann meldete er sich: „Hallo, guten Tag. Mein Name ist Wilhelm Starke. Was kann ich für sie tun?" Der Hörer blieb stumm, erst nach einer ganzen Weile war ein Schluchzen zu hören, dann ertönte eine Stimme. Und richtig, es war Aaron. Unter tausend Stimmen hätte Willi seinen Freund erkannt. „Guten Tag. Ich rufe an, weil ein guter Freund von ihrem Werk in Sachsen erzählt hat. Ich dachte, vielleicht mit ihnen geschäftliche Verbindungen aufzubauen. Ich würde gern mit einem Kurier unsere Geschäftsanfrage an sie überbringen lassen? Darf ich noch etwas Persönliches fragen? Ich habe einen Sohn, der hier in Amerika gerade auf eine Höhere Handelsschule gewechselt ist.

Ich könnte mir vorstellen, dass er in der Zukunft unsere Geschäfte mit Deutschland leiten könnte. Wären sie damit einverstanden, wenn ein noch junger und unerfahrener Mann neben mir agiert? Haben sie vielleicht auch Kinder, um mein Anliegen zu verstehen?" Willi hatte aufmerksam zugehört. Michael war also inzwischen in Amerika auf einem College und es war geplant, ihn in der Firma fester einzubinden. Natürlich wollte er seinen Freund wenigstens ein paar Informationen über sich und seine Familie geben. „Danke für ihre Nachfrage, aber ich kann gut verstehen, dass auch die junge Generation in die Familiengeschäfte einbezogen wird. Ja, ich habe auch Kinder. Mein älterer Sohn ist Schreinerlehrling. Er ist in seinem Fach richtig gut, deshalb darf er schon im September seine Gesellenprüfung ablegen. Eine Tochter gibt es auch noch, aber die wird nach der Schule vielleicht in einem Büro eine Ausbildung beginnen. Aber das werden wir zu gegebener Zeit entscheiden. Aber vielen Dank für ihre freundliche Nachfrage. Wir werden die geschäftlichen Anfragen und deren Realisierung prüfen. Grüßen sie bitte unseren gemeinsamen Freund und danke für das Telefonat. Auf Wiedersehen." Am anderen Ende wurde das Telefonat grußlos beendet, bevor Willi ebenfalls den Hörer auf die Gabel legte. Er war tief bewegt, dass er die Stimme seines Freundes Aaron gehört hatte. Mit seiner Inge war er sich einig, dass der Freund nur ein Lebenszeichen von sich geben wollte. Jetzt waren sich die beiden sicher, dass die ganze Familie Schreiter in Amerika in Sicherheit war.

Es waren inzwischen elf Tage vergangen, und Willi schloss kurz nach dreizehn Uhr seine Bürotür ab. Er hatte schon die Wochenendplanung im Kopf, als sich im Erdgeschoss die Eingangstür öffnete und mit eiligen Schritten ein junger Mann den Bürotrakt betrat. Er ging auf Willi zu und fragte: „Sind sie Herr Starke?" Der nickte nur stumm und sah dem jungen Mann in die Augen, entdeckte aber nichts, was ihn beunruhigte. „Das freut mich, denn ich habe geschäftliche Unterlagen aus Amerika dabei." Willi nahm den Arm des Fremden und bat, mit ihm mitzukommen. Zu Hause sei es doch besser, über alles zu sprechen. Außerdem würde seine Frau mit dem Essen auf ihn warten, und eine warme Mahlzeit sei doch jetzt gerade richtig. Im Haus angekommen stellte sich der junge Mann als Herr Wonder vor. Er hätte Nachrichten von Herrn Schreiter zu überbringen. Als sie zu dritt am Tisch saßen, berichtete er von all dem Neuen, was sich im Leben der Schreiters ereignet hatte. Willi war erleichtert, dass seine Tochter Renate bei der Großmutter und Werner noch in der Werkstatt waren. Sie hatten also Ruhe und Zeit, miteinander zu sprechen. Herr Wonder hatte Fotos in seiner Aktentasche und er berichtete vom Ergehen der Familie in Amerika. Die Überfahrt von Aaron und seiner Familie von Norditalien nach New York verlief problemlos. Dort angekommen erwarteten sie deren Eltern und die Schwester Miriam mit ihrem Verlobten. Durch die guten Vorbereitungen konnte Aaron sofort in dem Amerikanischen Zweig der Schreiterschen Tuchfabriken einsteigen. Sein Vater überließ ihm alle Geschäfte, denn er war fest im Jüdischen Weltkongress eingebunden. Der 1936 in Genf gegründete WJC hatte inzwischen seinen Hauptsitz in New York. Es gab für Jonas Schreiter viel zu tun, weil er für die Kontakte mit den weltweit eingerichteten Büros verantwortlich war. Willi und Inge hatten viele Fragen, die der junge Gast ruhig und ausführlich beantwortete. Dann entnahm er seiner Aktentasche einen dicken Hefter und reichte ihn Willi. „Das ist ein besonderer Gruß von Aaron für Werner. Vielleicht kann er zu seiner Gesellenprüfung davon etwas verwenden. Die ganze Familie Schreiter wünscht gutes Gelingen und einen erfolgreichen Abschluss der Ausbildung."

Lange saßen Inge, Willi und ihr Gast zusammen. Es gab so viel zu berichten und zu fragen. Gegen neun Uhr verabschiedete sich die drei voneinander. Willi umarmte den jungen Mann und bat eindringlich, Aaron besonders zu grüßen. Er vermisse jeden Tag seinen Freund und wünschte sich von Herzen, dass sie sich bald sehen könnten. Aber die politische Situation in Deutschland ließ für ein Treffen wenig Chancen und Hoffnungen.

Werner, der am Spätnachmittag nach Hause gekommen war, hatte den Gast kurz begrüßt. Er ahnte, dass dieses Treffen eine besondere Bedeutung für seine Eltern hatte. Deshalb ging er schnell in das Badezimmer, machte sich nach seinem Arbeitstag etwas frisch und verabschiedete sich kurz darauf, um zu seinem Freund Gerhard zu gehen. Als er am Abend nach Hause kam, war der Gast schon gegangen. Willi reichte seinem Sohn eine Mappe und bedeutete ihm, das sei ein Geschenk aus Amerika, verbunden mit vielen guten Wünschen für die bevorstehende Gesellenprüfung. In seinem Zimmer breitete Werner den Inhalt der Mappe auf seinem Bett aus. Er wusste, dass alles ein besonderer Gruß von Aaron Schreiter und seiner Familie war. Der Mappe entnahm er Fotos, Konstruktionszeichnungen und Materiallisten für Möbel, alles im zurzeit angesagten Amerikanischen Craftman Style. Werner hatte von seinem Lehrmeister davon erfahren, was weltweit gerade gefragt war. Mit der Mappe in der einen und den einzelnen Blättern in der anderen Hand ging Werner noch einmal zu seinen Eltern, um ihnen alles zu zeigen. Der Vater wusste zu berichten, dass dieser Stil der amerikanischen Architekten, Innenarchitekten und Landschaftsgestalter weit verbreitet war. In England entstanden, als eine Reaktion auf die viktorianische Epoche, hatte sich dieser Stil als umfassende Design- und Kunstbewegung in Amerika schnell durchgesetzt. Es ging um Originalität, Einfachheit der Formen, die Verwendung von lokalen Naturmaterialien und einer deutlichen Erkennbarkeit der Handwerkskunst. Unter den Blättern befanden sich Zeichnungen und Angaben für die Fertigung eines Stuhles und eines Tisches mit Schubkasten in der Längsseite und eingearbeitetem Besteckfach. Werner war beeindruckt von der soliden Konstruktion. Er konnte sich vorstellen, damit in die Gesellenprüfung zu gehen, zumal ihm die Fertigung eines Tisches mit dazugehörigem Stuhl vorgegeben war. Der Vater bestätigte die Entscheidung seines Sohnes und freute sich über die Hilfsmittel, die ihm nun zur Verfügung standen.

Endlich war der Prüfungstermin da. Am Montag, dem 6. September, morgens um neun Uhr, sollte Werner in der Handwerkskammer zur theoretischen Prüfung erscheinen. Schon über eine Stunde vorher erreichte er das große Eingangsportal, vor dem er unruhig auf und ab ging. Er kam gerade von der rechten Straßenhälfte wieder vor dem Portal an, als sich die wuchtige Tür öffnete und eine junge Frau auf ihn zuschritt. „Sind sie Herr Starke? Mein Chef schickt mich, weil er sie beim auf- und abgehen gesehen hat. Wenn sie wollen, können sie schon früher mit ihrer schriftlichen Prüfung beginnen. Bitte kommen sie herein." Werner betrat mit ziemlichem Unbehagen im Bauch das große ehrwürdige Gebäude. Nun stand er in der großen Eingangshalle und sah sich um. Eine große Glaskuppel bildete die Decke der großen Halle. Eine geschwungene

Treppe führte in das Obergeschoss, aber noch bevor er alles besehen konnte, öffnete sich eine Tür auf der rechten Seite der Eingangshalle, aus der der Innungsmeister heraustrat. Er begrüßte den aufgeregten jungen Mann und führte ihn in einen Büroraum mit drei Schreibtischen. Dort begrüßte ihn ein älterer Herr und zeigte auf einen der Schreibtische, der sich gleich neben der Tür befand. Werner setzte sich, nachdem er dazu aufgefordert wurde. Ihm wurde ein ganzes Paket Blätter gereicht und kurz darauf erklärte der Obermeister die schriftlich zu erledigende Aufgabe. Er sollte die Fertigung eines Stuhles aus Eschen-Vollholz und eines dazu passenden Tisches, mit Schubkasten an einer Breitseite, in einzelnen Arbeitsschritten beschreiben, und mit einer Konstruktionszeichnung und einer Materialliste komplettieren. Diese schriftliche Arbeit bildete dann die Grundlage für die praktische Gesellenprüfung, die dann von Dienstag bis Freitag in der Werkstatt in Niederkoma stattfinden würde.

Werner arbeitete, zeichnete und schrieb den ganzen Tag an seiner Prüfungsaufgabe. Fast eine Stunde vor Ablauf der vorgegebenen Zeit war er fertig und gab alle Blätter an den Innungsmeister weiter. Der betrachtete sehr interessiert die Ausführungen und verabschiedete Werner: „Du hast gut gearbeitet. Wenn du den praktischen Teil der Prüfung auch so gut bewältigst, wie heute die Schriftliche, dann können wir uns schon auf etwas Besonderes freuen. Es ist gut, dass du neue Ideen einbringst. Leider ist ja in Deutschland vieles in Vergessenheit geraten. Wir hatten ja mit dem Bauhaus eine neue Bewegung und Denkweise, die es leider nicht mehr gibt. Also dann bis morgen in der Werkstatt. Ich bin ab halb acht auch da, und dann kannst du mit der praktischen Prüfung beginnen."

Werner kam müde und erschöpft, aber auch zufrieden, nach Trona zurück. Schnell noch bei Großmutter Anna das Neueste berichten, und dann aber ab, nach Hause. Heute musste er schnell ins Bett gehen, um wirklich für die nächsten Tage ausgeruht zu sein.

Der zweite Prüfungstag war regnerisch und trüb. Werner kam pünktlich in der Werkstatt in Niederkoma an. Mit seinem Meister hatte er gerade die Einzelheiten des Materialeinsatzes geklärt, als der Innungsmeister die Werkstatt betrat. Nun konnte es los gehen. Eschenleisten und Bretter in verschiedenen Stärken und

Abmessungen, wurden aus dem Lager geholt. Werner hatte Zeichnung und Ablaufplan der Arbeiten an die Wand am Arbeitsplatz geheftet. Bretter wurden gehobelt und auf Maß gesägt. Mit einem Streichmaß wurde die Brettdicke an allen Enden gekennzeichnet, die später miteinander verbunden wurden. Werner zeichnete Schwalben und Zinken ein und sägte sie mit einer Feinsäge bis zum Streichmaßriss ein. Mit dem Stecheisen entfernte er anschließend die überschüssigen Holzabschnitte. Er arbeitete konzentriert und so genau, dass die vorbereiteten Teile gut ineinander griffen und nach dem Verleimen mit einem Holzhammer aneinander gefügt werden konnten. Der Sitz mit den Seitenteile, aber nun auch die Stuhlbeine, die hinteren zur Lehne hochgezogen, waren nun zu erkennen. Der Stuhl stand im Rohbau fertig auf der Werkbank. Der Leim musste noch gut aushärten, bevor alles geglättet, geschliffen und anschließend gewachst werden konnte. Auch die Fertigung des Tisches mit Schublade und eingearbeitetem Besteckkasten bereitete Werner keine Schwierigkeiten. Am Freitag kurz nach der Mittagspause hatte er seine Prüfungsarbeit fertig, und nun wartete er auf die Prüfer für seine Gesellenarbeit. Nur eine Stunde später kamen vier

Schreinermeister, die beauftragt waren, die Prüfung abzunehmen. Sehr genau wurden die Details von Tisch und Stuhl begutachtet. Ein allgemeines anerkennendes Nicken zeigte dem aufgeregten Werner, dass wohl alles gut gelungen sei.

Am Ende des Tages umarmten die Eltern ihren Sohn für die gut bestandene Gesellenprüfung. Er war sofort, als ihm mitgeteilt wurde, er hätte die Prüfung mit guten Ergebnissen bestanden, nach Hause geeilt, um seiner Familie von seinem Erfolg zu berichten. Obwohl es schon recht spät war, lief Werner noch zu seiner Großmutter und Onkel Fritz, um vom Prüfungsergebnis zu berichten, bevor er dann zur Teestunde des Pfarrers in das Pfarrhaus gehen wollte. Während des Treffens beim Pfarrer gratulierten alle dem glücklichen jungen Mann. Mit hochroten Ohren nahm er die Glückwünsche und bewundernden Worte der anderen Jugendlichen entgegen. Er hatte es geschafft und eine gute Abschlussarbeit am Ende seiner Lehrzeit abgeliefert. Auf dem Nachhauseweg ging er neben Gerhard, der ihn bat, am Samstag nach der Arbeit zu ihm zu kommen. Es gäbe Neuigkeiten, die er ihm erzählen möchte. Werner war in seinen Gedanken noch immer bei dem Prüfungsergebnis, so dass er gar nicht nachfragte, um was es denn gehen würde. Er verabschiedete sich mit einem kurzen „bis morgen", bevor er auf den Weg zum Elternhaus einbog.

Eigentlich hatte sich Werner vorgenommen, am Samstag nicht so spät nach Hause zu gehen, aber es gab doch einiges an Aufträgen in der Schreinerei in Trona, und so wurde es schon fast dunkel, als er endlich die Werkstatttür abschloss und zu seinem Freund Gerhard ging. Der hatte schon auf ihn gewartet. Kaum im Zimmer des Freundes angekommen und auf dem Bett nebeneinander sitzend, erzählte der ihm von seinen Plänen. In Spanien war Bürgerkrieg, und Gerhard hatte sich in den Kopf gesetzt, heimlich Deutschland zu verlassen, um auf der Seite der Volksfrontregierung der Spanischen Republik für die Freiheit der Spanier zu kämpfen. Deutschland unterstützte schon seit mehr als einem Jahr offen die Putschisten unter General Franco. Schon seit 1936 war die Legion Condor mit zwölftausend Soldaten vor Ort, und operierte mit Grausamkeit und Härte, wie der Luftangriff auf Gernika zeigte. Auch eine Panzerabteilung mit 100 Panzern unterstützte Franco. Gerhard sah sich schon als Kämpfer für die Freiheit und mit

großen Gesten untermalte er seine Ideen. Werner versuchte, seinen Freund in die Realität zurückzuholen. „Gerhard, du bist erst sechszehn. Wie stellst du dir das denn vor? Du kannst nicht einfach nach Spanien fahren und dort sagen: hier bin ich. Du musst mindestens siebzehn sein, und auch dann ist es nicht möglich, in einem fremden Land zu kämpfen. Auch wenn unser Pfarrer erzählt hat, dass Deutschland die Franco-Truppen unterstützt, sind wir offiziell nicht in Spanien. Also schlag dir das aus dem Kopf. Außerdem musst du deine Lehre abschließen, und das ist ja erst im nächsten Jahr im April. Dann kannst du ja weiter sehen, was sich ergibt und was möglich ist. Gerhard, du hast auch noch nach deinem Unfall ab und zu Schmerzen im Arm. Also ich denke, das ist keine gute Idee, die du da hast."
Gerhard hatte still zugehört, aber immer wieder schüttelte er den Kopf. Sein Freund hatte schon recht, aber das wollte er nicht wahrhaben. Er würde noch einmal allein alles bedenken. Bevor Werner nach Hause ging, hatte er seinen Freund lange im Arm gehalten und ihm irgendwann die Hose geöffnet und nach unten gleiten lassen. Dann fasste er an dessen Glied und brachte ihn bis zum Höhepunkt.

Zuhause war niemand da. Die Eltern und Renate waren sicher bei der Großmutter. Werner verschwand im Bad, schloss die Tür von innen ab und holte das nach, was er bei Gerhard nicht haben konnte. Als er nach seinem Samenerguss sein Glied und die Hände wusch, schlich sich wieder das Schuldgefühl in seine Gedanken. Er hatte versagt und getan, was er geschworen hatte, nie wieder zu tun. Wie sollte er nur mit dieser Schuld und den großen Vorwürfen gegen sich selbst klar kommen?

Am 15. September bekam Werner sein Abschlusszeugnis. Diesen Mittwoch würde er nie vergessen, da war er sich ganz sicher. Die Eltern mit seiner jüngeren Schwester Renate, Großmutter Anna, Frau Esche, die Frau seines inhaftierten Meisters, und sein Lehrmeister aus Niederkoma waren zur feierlichen Übergabe des Gesellenbriefes in der Handwerkskammer anwesend. Begeistert klatschten sie alle Beifall, als der Innungsmeister die gute Prüfungsarbeit lobte. Er war ganz angetan, dass Werner nicht am alten Handwerkerstil festgehalten hatte, sondern neue und ungewöhnliche Anfertigungen präsentiert hatte. In seiner Rede betonte er, dass der junge Geselle nun eine vollwertige Hilfe in der Werkstatt des Tronaers Meisters Esche sei. Nun könne, so betonte der Innungsmeister, die Zeit der zwangsweißen Abwesenheit des Meisters Esche, gut überbrückt werden. Seine klaren Worte mündeten in einen stürmischen Beifall aller Anwesenden.

Nach der feierlichen Stunde gab es noch im vornehmen Restaurant des Hotels „Chemnitzer Hof" ein gemeinsames Essen, zu dem Werners Eltern gebeten und eingeladen hatten. Die nächsten drei Tage hatte Werner frei. Er sollte erst am Montag wieder in der Werkstatt seine Arbeit aufnehmen. Die freie Zeit nutzte er, um endlich einmal etwas länger im Bett zu bleiben. Dann besuchte er seine Großmutter und half Onkel Fritz bei den Stallarbeiten. Mit Hilde und Gerti ließ sich auch recht vernünftig reden, stellte Werner fest, als er den beiden Mädchen am Nachmittag begegnete. Viel zu schnell war es wieder Samstag geworden, und Werner überlegte schon, was wohl für Arbeiten am Montag in der Schreinerei auf ihn warten würden. Eine Neuigkeit machte unter den Bauern wie ein Lauffeuer die Runde. Schreinermeister Esche war in der Nacht von Freitag zum Samstag zu Fuß in Trona angekommen.

Schon am Donnerstag entließ man ihn aus dem Lager in Monowitz. Dann hatte er sich zu Fuß auf den Heimweg gemacht, keinesfalls davon überzeugt, dass er jemals ankommen würde. Ein Bauer sah ihn auf der Landstraße in gebeugter Haltung langsam in Richtung Krakau laufen. Er hielt neben ihm an und fragte, wo er denn hin wolle. „Ich will nach Krakau, um dort vielleicht einen Zug in meine Heimat zu erreichen." „Du kommst wohl aus Monowitz?", fragte ihn der Bauer. Als Herr Esche nur stumm nickte, forderte er ihn auf, zu ihm auf den Leiterwagen zu klettern. Als der Schreinermeister neben ihm saß, ließ er die Pferde wieder antraben. Während der Fahrt erklärte er dem geschwächten Mitfahrer, dass er seine Heimreise, so gut es ginge, organisieren würde. Jetzt aber müsse er erst einmal mit auf den Hof kommen, essen und sich vor allem ausruhen und schlafen. Am nächsten Tag würde dann für das Nötigste gesorgt. Herr Escher war kaum zu Reaktionen in der Lage, so müde und erschöpft fühlte er sich. Am nächsten Morgen kam ein junger Mann in das Bauernhaus und holte Herrn Esche für die Weiterreise ab. Er führte ihn in einen Fabrikhof, wo gerade Kisten auf einen Lastkraftwagen geladen wurden. Dort wurde er aufgefordert, aufzusteigen und sich ganz vorn auf eine der Kisten zu setzen. Ein älterer Arbeiter stieg zu ihm und reichte ihm ein in Packpapier gewickeltes Päckchen und eine Blechflasche mit Wasser. „Hier ist Brot und Wasser für die Reise. Wir fahren in wenigen Minuten ab und werden viele Stunden bis Leipzig unterwegs sein. Dort musst du dann selbst sehen, wie deine Heimreise weiter geht. Wir sind eine Gruppe, die sich bemüht, Inhaftierten des Lagers von Monowitz zu helfen. Wir stellen keine Fragen, beantworten aber auch keine. Du kannst uns vertrauen. Gute Fahrt uns allen." Der Arbeiter stieg wieder von der Ladefläche des LKW und schloss die hintere Bordwand. Wenig später fuhr der Lastwagen vom Fabrikgelände.

Es war eine beschwerliche Reise. Herr Esche schlief immer wieder ein, um kurz darauf aufzuschrecken. Er musste an die Umstände seiner Inhaftierung denken, beschwert von den Erfahrungen aus dem Lager Lichtenburg und Monowitz.

Viele Stunden später stand er endlich in Leipzig. Sein Zuhause war deutlich näher gerückt, aber wie sollte er nun noch nach Trona kommen? Unschlüssig und mit trübsinnigen Gedanken ging er eine der unzähligen Straßen der großen Stadt entlang. Ein Firmenschild ließ ihn stehen bleiben, es war der Aushang einer Schreinerei. Zögernd öffnete er die große Werkstatttür, trat ein und blieb abwartend stehen. Ein älterer Mann mit einer Strickmütze auf dem Kopf und einer großen Leinenschürze um den Bauch kam auf ihn zu und begrüßte ihn. Meister Esche nannte seinen Namen und fragte, wie man denn am besten weiter in den Süden kommen könne, wo denn der Bahnhof sei, und ob es eine Zugverbindung bis in die Stadt bei Trona gibt. Der Leipziger Schreiner fragte noch einmal nach dem Namen, um dann kurz zu erklären, dass Meister Esche in der ansässigen Handwerkskammer bekannt sei. Seine Verhaftung hatte sich in Handwerkerkreisen in ganz Sachsen schnell verbreitet und unter den bodenständigen Männern heftigen Unmut ausgelöst. Auch die lange Haftzeit hatte diesen Tronaer Fall nicht vergessen lassen. Für Herrn Esche gab es erst einmal einen großen Topf Kaffee und ein dick belegtes Wurstbrot. Unterdessen wurde der Lehrjunge weggeschickt, um einen speziellen Botengang zu erledigen. Etwa eine Stunde später stand ein Pferdefuhrwerk vor der Tür und ein schlanker, hochgewachsener junger

Mann kam in die Werkstatt. Er begrüßte die Männer und bat den Tronaer Schreinermeister auf den Pferdeanhänger zu steigen. Er würde ihn nun bis in die Stadt in der Nähe von Trona fahren, denn dort wurden Waren aus Leipzig erwartet. Herr Escher war von der Freundlichkeit und Hilfsbereitschaft überwältigt und er konnte kaum seine Tränen zurückhalten. So kam er spät abends in der Stadt an. Nach der Verabschiedung von dem jungen Kutscher machte er sich auf den Weg zu Fuß nach Trona. Bis zum nächsten Morgen zu warten, wäre ihm viel zu schwer gefallen, so groß war die Sehnsucht nach seiner Frau und dem Zuhause. Weit nach Mitternacht kam er in Trona an. Die Haustür war verschlossen und so musste er energisch klopfen, bevor sich die Tür öffnete und seine Frau ihm in den Armen lag.

Als Werner am Samstagmorgen die Tür zur Werkstatt aufschließen wollte, war diese schon offen. Beim Eintreten kam ihm schon Schreinermeister Escher entgegen, begrüßte den jungen Mann und nahm ihn in die Arme. Werner weinte vor Freude und Rührung. Sein Meister war endlich wieder da, und auf ihn würde nicht mehr die ganze Last der Verantwortung drücken. Gemeinsam gingen sie nun in das Wohnhaus und setzten sich in der Küche an den gedeckten Tisch. Gerda, die Frau des Meisters, hatte schon Kaffee gebrüht und einen noch warmen Kuchen auf den Tisch gestellt. Während des gemeinsamen Essens musste der junge Geselle berichten, wie es denn in den vielen Monaten weiter gegangen war. Zu gern hätte er seinen Meister gefragt, was er denn alles erleiden musste, aber für solche Fragen fehlte ihm der Mut. Herr Escher sprach mit keinem Wort über seine Inhaftierung und die Zustände in den Lagern. Bis zum Mittag blieben sie in der Küche sitzen, besprachen zuletzt auch die Aufgaben der nächsten Tage und Wochen. Esche wollte noch wissen, ob Werner denn auch weiterhin in der Schreinerei bleiben würde, oder ob er ein anderes, vielleicht besseres, Angebot hätte. Aber der war sich sicher, gar nicht weggehen zu wollen. Zu vieles verband ihn mit der Werkstatt hier im Ort. Kurz vor dem Mittagessen schickte Herr Esche den jungen Mann nach Hause. Heute würde nichts mehr in der Werkstatt gemacht. Ab Montag war für alles genügend Zeit. Nach der Verabschiedung schloss Meister Esche seine Werkstatt ab und ging zurück in das Wohnhaus.

Werner hatte viel zu berichten, als er am Mittagstisch mit seiner Familie saß. Die Eltern waren erleichtert, dass der Schreiner endlich wieder zu Hause war, aber auch in großer Sorge, ob die lange Zeit der Lagerhaft nicht doch ihre Spuren hinterlassen hätte.

Die Kirche war am Sonntagmorgen besonders gut besucht. Der Pfarrer begrüßte Meister Esche und betete für ihn. In seiner Predigt beschwor er die Einheit der Christen, die gerade in schwersten Zeiten zusammen halten müssen. Dann zitierte er Bibelworte: Irret euch nicht, Gott lässt sich nicht spotten. Aber auch: Was ihr getan habt einem unter meinen geringste Brüdern, das habt ihr mir getan. Warnend hob er die rechte Hand und betonte: „Gott wird nichts ungestraft lassen, für alles das, was man einem unserer Brüder monatelang angetan hat!"

Inzwischen war es November, und die Zeitungen berichteten von einer Ausstellung aus der Bibliothek des Deutschen Museums in München. Joseph Goebbels hatte dort am 8.November die Schau „Der ewige Jude" eröffnet. So unverhohlen und diskriminierend wie in dieser Schau wurden die Juden bisher kaum öffentlich beleidigt, verspottet und rassistisch beschimpft. Der Pfarrer fand im Gottesdienst klare Worte gegen diese Hetzte. Auch bei dem nächsten Freitagstreffen der jungen Leute im Pfarrhaus war das ein heiß diskutiertes Thema. Werner und Gerhard waren sich einig, dass sie mit diesem ganzen braunen Regime nichts zu tun haben wollten. Aber wie sollte man im Alltag dem allseits gegenwärtigen Faschismus entgehen?

Es war wenige Tage vor Weihnachten, als ein Ereignis in Trona die Runde machte und die Gemüter erregte. Am Freitag vor dem vierten Advent war der Parteivorsitzende Degen spät abends von einer Parteiversammlung auf dem Nachhauseweg an der Kirche vorbei gekommen. Als er in Höhe der Friedhofspforte war, sprangen fünf vermummte Gestalten auf ihn zu, rissen ihn zu Boden und schlugen mit ihren Fäusten auf ihn ein. Einer der Vermummten hielt seinen rechten Arm fest, bog ihn nach hinten und riss das Schultergelenk mit einem starken Ruck aus der Gelenkpfanne. Kurt Degen schrie laut auf, und als die Vermummten endlich von ihm abließen, lag er nur noch wimmernd am Boden. So unerwartet und schnell wie alles begann, war auch schon wieder alles vorbei. Nach einigen Minuten quälte sich Kurt Degen nach oben und ging, am Kopf blutend und wankend, die Hauptstraße entlang nach Hause. Seine Frau erschrak, als sie ihren verletzten Mann sah, und sie rief sofort per Telefon nach dem Arzt. Dann half sie ihrem Kurt die große Treppe hinauf und legte ihn auf das Sofa im großen Wohnzimmer. Noch immer wimmerte er vor Schmerzen, dabei den rechten Arm am Körper fixierend. Frau Degen holte eine Schüssel mit warmen Wasser und wusch das zerschundene Gesicht ihres Mannes.

Inzwischen war eine gute Stunde vergangen, als endlich der erwartete Arzt kam und den Verletzten untersuchte. Der musste sich nun auf einen Stuhl setzen. Mit einem kräftigen Ruck brachte der Arzt das ausgerenkte Schultergelenk wieder in die richtige Position. Dann verordnete er Ruhe und verabschiedete sich schnell wieder mit dem Hinweis, noch einen Patienten aufsuchen zu müssen.

Am Sonntag, die Gemeinde feierte in der Kirche den Gottesdienst zum vierten Advent, war der Überfall auf Kurt Degen nahezu das einzige Gesprächsthema. Die Meinungen darüber gingen weit auseinander. Während viele betonten, das sei längst überfällig gewesen, dem Mann eine Abreibung zu verpassen, warnten andere vor solchen Gewaltakten. Sie fürchteten Racheakte der Parteifreunde und vielleicht auch neue Verhaftungen. Sie verwiesen auf den Schreinermeister Esche und darauf, dass man sich mit der Staatsmacht nicht anlegen sollte. Die immer heftiger werdenden Diskussionen wurden beendet, als der Pfarrer vor die Kirchentür trat und laut alle aufforderte, endlich nach Hause zu gehen.

Gleich am Montag in der Weihnachtswoche kamen zwei Autos in den Ort gefahren. Mehrere Männer stiegen an der Villa aus und gingen in das Büro des Parteivorsitzenden. Kurt Degen sprach lange mit ihnen. Am Nachmittag machten sich jeweils zwei der Männer auf, um Haus für Haus aufzusuchen, um die Bewohnern streng zu befragen. Da es viel zu schnell dunkel wurde, wurden die Verhöre beendet um am nächsten Tag schon morgens ab neun Uhr wieder zu beginnen. Nun waren nicht nur wie am Vortag sechs Gestapo-Beamte unterwegs, sondern insgesamt 22, die mit zwei schwarzen Limousinen und einem Lastkraftwagen gekommen waren. Am Abend fuhren sie wieder in die Stadt zurück, ohne für den Überfall auf Kurt Degen greifbare Hinweise zu haben. Noch insgesamt vier Mal waren Männer der Gestapo in Trona unterwegs, aber es gab keine Hinweise auf Verdächtige, und so musste dieser Übergriff zu den Akten gelegt werden.

Kurt Degen, aber auch sein Sohn Günther, trauten sich nur noch in Begleitung von anderen Gleichgesinnten, durch den Ort zu gehen. Frau Degen kam nicht mehr aus dem Haus, um im Ort einzukaufen. Das überließ sie nun ihrer Hausangestellten, die seit einem knappen Jahr aus der Stadt gekommen war und bei der Familie arbeitete.

Der 1. Januar des neuen Jahres begann mit der Bekanntgabe von drei Reichsgesetzen, die das Leben in Deutschland nachhaltig veränderten. Vorausgegangen war der Parteitag der NSDAP im September 1935. Kurzerhand wurde damals eine Sitzung des Reichstages nach Nürnberg einberufen und alle Mitglieder zur Teilnahme aufgefordert. Gesetzesentwürfe wurden präsentiert und zur Abstimmung gebracht. Zum Jahresbeginn 1938 traten diese in Kraft. Es handelte sich um das „Gesetz zum Schutz des deutschen Blutes und der deutschen Ehre". Das „Reichsbürgergesetz" enthielt unter anderem das „Gesetz über die Änderung von Familiennamen und Vornamen", das den jüdischen Bürgern zwangsweise „Jüdische Familien- und Vornamen" zuordnete. Außerdem war es nun jüdischen Ärzten, Händlern, Gewerbetreibenden und Handwerken nicht mehr möglich, ihren Beruf auszuüben. Ihnen allen wurden damit die Lebensgrundlagen entzogen. Wie niederträchtig das System wirklich war, zeigte sich noch im gleichen Jahr in der Reichspogromnacht und der anschließend erlassenen „Verordnung zur Ausschaltung der Juden aus dem deutschen Wirtschaftsleben."

Für Werners Eltern waren die Zeitungsberichte zum Jahresanfang schockierend und bedrückend. Für Willi, der auf das Engste mit Aaron, seinem jüdischen Freund, verbunden war, konnte es kaum noch schlimmer kommen. Ernsthaft überlegte er mit seiner Frau Inge, ob nicht die ganze Familie nach Amerika gehen sollte. Die befreundete Familie Schreiter würde ganz sicher Unterstützung und Hilfe für ein solches Vorhaben geben. Inge sorgte sich aber viel zu sehr um die Familie: die Großmutter und Fritz, seine Frau und die beiden Zwillinge. Sie wollte die Verantwortung nicht um eigener Vorteile Willen aus der Hand legen.

Werner arbeitete fleißig und gewissenhaft in der Schreinerei. Mit seinem Meister verstand er sich sehr gut, auch wenn der sich durch seine Lagerhaft verändert hatte. Er war noch schweigsamer und überließ seinem Gesellen gern die geschäftlichen Absprachen und Planungen. Werners siebzehnter Geburtstag im März wurde nur im kleinen Kreis gefeiert. Sein Meister und dessen Frau gehörten inzwischen zum festen Freundeskreis der Familie Starke, und so waren sie ebenfalls zur kleinen Feier eingeladen, die am Nachmittag in Werners Zuhause stattfand. Neben der Großmutter Anna saß Werners Freund Gerhard. Daneben hatten Fritz, Lina und die beiden Mädchen Hilde und Gerti Platz genommen. Neben Gerti saß Werners Vater Willi, neben sich die beiden Esches, Gerda und Kurt. Renate und die Mutter Inge saßen nebeneinander und standen schnell bei Bedarf vom Tisch auf, um Kaffe nachzuschenken und neue Kuchenstücke nachzulegen. Am Tisch wurde erzählt und die Neuigkeiten aus Trona berichtet. Fritz hatte eine Kuh gekauft, der Pfarrer wurde seit kurzem von einer neuen Haushälterin betreut, die etwas jünger war, als ihre Vorgängerin. Im Februar gab es zwei Kindertaufen in der Kirche und die Bibelforscher im Ort hatten die Auflösung ihres Himmelreichsaales bekannt gegeben. Bei allem Erzählen stand immer auch die Frage im Raum, wie sich denn alles noch entwickeln würde. Hoffnung für Deutschland und eine glücklichere Zeit hatte wohl niemand mehr. Werner begleitete am Abend noch seinen Freund nach Hause. An der Tür fragte er, ob er noch kurz mit hineinkommen könne, aber Gerhard lehnte ab, weil seine Eltern und Geschwister da wären. Als Werner wieder zurück im Elternhaus war, zog er sich in das Badezimmer zurück, schloss die Tür von innen ab und befriedigte sich selbst. Aber diesmal wollte einfach kein gutes Gefühl dabei aufkommen. Er empfand sein Tun nur als stumpf und unbefriedigend.

Die Arbeiten in der Schreinerei hatten einen Umfang erreicht, der eine längere Wartezeit nicht ausschloss. Das Baugeschehen in Trona ließ nicht nur die Einwohnerzahl steigen, sondern brachte auch den ansässigen Handwerkern einen kräftigen Anstieg der Aufträge. Aus dem kleinen Dorf mit noch nicht einmal

800 Bewohnern um die Jahrhundertwende war innerhalb von rund 35 Jahren eine kleine Stadt mit über 3.000 Einwohnern geworden. Die Landwirtschaft, die Molkerei mit einem eigenen Ladengeschäft und natürlich auch die Textilfabrik waren das wirtschaftliche Rückgrat der Gemeinde. Neben der Schreinerei gab es auch einen Schlosser, der die alte Schmiede übernommen hatte, einen Glasermeister und einen Dachdecker. Im Ort hatte sich, neben der alteingesessenen Bäckerei, noch ein zweiter Betrieb angesiedelt. Zwei Fleischer warben um die Kundschaft mit wohlschmeckenden Produkten. Für den Kohlenhändler gab es gut zu tun, und der Arzt hatte seine Praxis vergrößert und beschäftigte nun einen Kollegen. Ein Zahnarzt kam vor vier Jahren und eröffnete seine Praxis, die inzwischen gut ausgelastet war.

Seit Anfang des Jahres gab es viele Gespräche und harte Diskussionen, ob ein Zusammenschluss mit dem Nachbarort Niedertrona Vorteile bringen könnte. Die Vertreter der Bauern, Händler und Gewerbebetriebe sprachen sich schließlich mehrheitlich für die Vereinigung der beiden Orte aus. Anlässlich des Führergeburtstages am 20. April wurde offiziell der Zusammenschluss von Trona und Niedertrona beschlossen. Der neue Name war nun Groß-trona. Die Bestätigung des Reichsstatthalters des Reichsgau Sachsen war eigentlich nur noch eine Formsache. Anlässlich des 1. Mai-Feiertages, der in diesem Jahr auf einen Sonntag fiel, wurde der neue Doppel-Ort aus der Taufe gehoben. Es gab einen großen Festumzug, Fahnen, Musik und staatstragenden Ansprachen. Der neue Bürgermeister, ein SA-Standartenführer aus Leipzig, hatte sich schon ein Haus im Ortsteil Niedertrona bauen lassen. Er versprach in seiner Ansprache eine blühende Zukunft für die „ehemals verschlafenen Dörfer". Als Willi und seine Familie aus der Zeitung davon erfuhren, schüttelten sie nur ungläubig den Kopf.

In Großtrona hatte sich äußerlich nicht viel geändert. Die Bauern begannen Ende Juli mit der Getreideernte. Die Erträge waren vielversprechend, aber Genaueres konnte natürlich erst nach dem Dreschen gesagt werden. Anfang August erhitzte ein Übergriff auf Gerhard die Gemüter im Ort. Es war Samstag, die Arbeit in der Weberei war zu Ende, als Gerhard mit seinem Fahrrad auf dem Nachhauseweg war. Er hatte es ziemlich eilig nach Großtrona zu kommen, und so hatte er sich weniger Zeit genommen, sich in der Firma gründlich zu waschen und auf die Toilette zu gehen. Kaum im Sattel sitzend, machte sich seine übervolle Blase fast schmerzhaft bemerkbar. Wäre er schon aus der Stadt in das freie Land gefahren, hätte er sich hinter einem Straßenbaum erleichtern können. Aber er war noch mitten in der Stadt, als seine Blase ihn empfindlich drückte. Gerhard fuhr gerade an dem kleinen Stadtpark vorbei, als er sich erinnerte, dass es dort ein Toilettenhäuschen gab. Kurzentschlossen fuhr er durch den Park, auf der Suche nach der Örtlichkeit, die ihm Erleichterung verhieß. Er lehnte sein Fahrrad an die Wand des kleinen achteckigen Baues, dann öffnete er die Tür mit der Aufschrift „Männer" und betrat einen dunklen und unangenehm nach Urin riechenden Raum. An einer Wand war eine geteerte Rinne, im Hintergrund gab es noch drei Kabinen mit Toilettenbecken, die durch Türen verschlossen werden konnten. Gerhard stellte sich, nahe an der Tür, an die Urinrinne, öffnete seine Hose und erfasste seinen Penis, um ihn schwungvoll nach draußen zu befördern. Jetzt erst bemerkte er den älteren Mann, der in der hintersten Ecke stand, sein recht großes Glied in der Hand haltend, aber ohne zu urinieren. Gerhard zielte auf die schwarze Rinne und zu seiner Erleichterung verließ ein kräftiger Strahl seinen Unterleib. Er war fast fertig, schüttelte noch die letzten Tropfen von seinem Glied, als der Mann in der Ecke ihn ansprach: „Du hast ja einen schönen Schwanz." Gerhard erschrak, und bevor er überhaupt reagieren konnte, wurde die Toilettentür aufgestoßen und eine Gruppe von jungen Männern in SA-Uniformen kam herein. Sie schrien laut: „Na, ihr Schweine!" Haben wir euch endlich erwischt, wie ihr Unzucht treibt." Einer der Hereingekommenen trat Gerhard mit dem Fuß in die rechte Kniekehle, so dass er strauchelte. Schnell verbarg er noch sein Glied in der Hose, aber die Knöpfe zu schließen, war ihm nicht mehr möglich, denn ein anderer schlug ihn mit seiner Faust in das Gesicht. Aus der Nase quoll Blut, und die Unterlippe schwoll an. Drei andere hatten den älteren Mann in die Rinne gestoßen und traten auf ihn ein. Dann zerrten sie ihn nach oben und erneut prasselten Faustschläge auf den Wehrlosen ein. Gerhard nutzte das Gejohle und die Aufmerksamkeit der Meute auf den älteren Mann aus und lief schnell aus dem Toilettenhäuschen. Er ergriff sein Rad, zerrte es durch das nahe Gebüsch auf den dahinterliegenden Weg und schwang sich schnell auf.

Mit keuchendem Atem raste er den Parkweg entlang, um wenig später in die Straße einzubiegen. Da erst sah er sich um, aber niemand war ihm gefolgt. Wie von Hunden gehetzt raste er aus der Stadt und fuhr nach Hause. Dort angekommen gab es zwar aufgeregte Fragen seiner Eltern, aber Gerhard konnte und wollte nicht reden. Viel zu sehr hatte ihn das Geschehen aufgeregt und in panische Angst versetzt. Er schloss sich im Badezimmer ein, zog sich zitternd aus und reinigte sein blutverkrustetes Gesicht. Am Abend kam Werner, denn sie hatten sich zum Baden im Dorfteich verabredet. Gerhard begrüßte seinen Freund, aber dann bat er um Verständnis, dass er nicht mitkommen könne. Er fühle sich nicht gut, und Werner möge doch einfach wieder gehen. Der wusste nicht, wie ihm geschah, und auch seine Fragen, was denn passiert sei, wurden nicht beantwortet.

Es dauerte eine Woche, bis Gerhard endlich mit seinem Freund über das Geschehene sprechen konnte. Er war noch immer geschockt von der Brutalität, die er erleben musste, aber er wusste nun auch, wie ernst die Verfolgung der Homosexuellen gemeint war und wie gnadenlos sie durchgeführt wurde. Gerhard sprach nie wieder über dieses Ereignis, und er mied alle Orte, die ihm gefährlich werden konnten.

Es waren inzwischen über drei Wochen vergangen. Werner war auf dem Weg zu seiner Großmutter, als er seinen Namen hinter sich rufen hörte. Er drehte sich um und stand bald darauf Günther gegenüber. Sie waren sich lange nicht mehr begegnet, und ganz sicher hatten sie sich auch nichts mehr zu sagen. Umso erstaunter war Werner, dass Günther ihn ansprach: „Ich habe gehört, dass dein Freund Gerhard beinahe verhaftet worden wäre, als man ihn in einer öffentlichen Toilette mit einem homosexuellen Mann erwischt hatte. Du bist doch mit ihm befreundet, und vielleicht hat er dich auch zur Unzucht verführt. Du weißt schon, dass das verboten ist...?" Werner entgegnete entrüstet: „Sag mal, du spinnst wohl? Erstens ist Gerhard nicht so, und ich schon gar nicht. Ich bin fest mit Hilde zusammen. Wenn du solche Schauermärchen erzählst, bekommst du meine Faust zu spüren." Nach diesen Worten wandte Werner sich ab und ließ Günther einfach stehen. Tief in seinem Inneren rumorte es mächtig. Wusste Günther etwa, was er mit Gerhard so oft trieb? Hatte irgendjemand sie beide gesehen und das weiter erzählt? Werner war noch immer zutiefst erschrocken, als er in das Haus zu seiner Großmutter Anna ging. Nur langsam ließ die Anspannung nach, aber er fühlte, dass er irgendetwas unternehmen musste, um diesen Vorwurf nachhaltig zu entkräften. An der Haustür kamen ihm Hilde und ihre Zwillingsschwester Gerti entgegen. „Hilde, ich muss unbedingt mit dir reden!" „Na gut, Gerti geh schon mal hinüber in die Scheune. Ich komme gleich nach." Dann sah sie Werner an, der nervös an seinem Jackensaum zupfte. Als sei sich allein gegenüber standen, fragte Hilde, was es denn so Wichtiges gäbe. Werner sah ihr in die Augen, ergriff ihre rechte Hand und fragte frei heraus: „Hilde, willst du mit mir gehen? Ich denke, ich habe mich in dich verknallt." Nach einem langen und prüfenden Blick in Werners Gesicht lachte das Mädchen laut auf und nickte mit dem Kopf. „Aber ja doch, Werner, ich will ... ich mag dich doch schon so lange, da können wir auch enge Freunde sein." Hilde trat noch einen Schritt auf Werner zu, beugte sich zu ihm und gab ihm einen herzhaften Kuss auf die linke Wange. „Aber verlobt sind wir noch nicht! Du musst wenigstens noch einen Ring besorgen." Werner nickte noch, als sie sich schon abgewandt hatte und in Richtung Scheune zu ihrer Schwester lief. Der Nachmittag bei der Großmutter verlief wie so viele Familientreffen vorher. Es gab Kaffee und Kuchen, und Werner musste berichten, wie es denn bei der Arbeit sei, ob er noch an den Teetreffen der Jugend im Pfarrhaus teilnahm und ob denn schon eine Freundin in Aussicht sei. Als er auf diese Frage ungewöhnlich lange schwieg, sah ihm Großmutter Anna in die Augen und fragte direkt, ob er sich in ein Mädchen verguckt hätte. Als Werner nickte, wollte sie natürlich Einzelheiten wissen. „Ich glaube, ich mag Hilde besonders gerne. Mit ihr könnte ich enger befreundet sein. Sie hat auch schon gesagt, dass sie mich mag. Was meinst du, Großmutter, ob das mit uns beiden etwas werden könnte?" Lange sah sie ihren Enkel an, dann nickte sie und strich ihm über den Kopf.

Werner verbrachte von diesem Samstag an deutlich mehr Zeit mit Hilde. Er holte sie zu den Jugendtreffen ab, verabredete sich mit ihr in der Stadt und spendierte sogar einen Kinobesuch. Die Eltern, aber auch Onkel Fritz und Tante Lina, schienen mit dieser Verbindung einverstanden zu sein. Mit Gerhard traf er sich deutlich seltener, so dass sogar die Eltern fragten, ob es zwischen ihnen Unstimmigkeiten gegeben hätte. Es dauerte mehrere Wochen, bis die beiden wieder unbeschwerter miteinander umgingen. Wenn Werner mit Hilde spazieren gehen wollte, waren immer öfter Gerhard und Gerti mit dabei. Im Ort wurden sie regelmäßig zu viert gesehen, und so sprachen alle nur vom Tronaer Kleeblatt.

Mit Arbeit, gemeinsamen Treffen zu viert, Jugendtreffen im Pfarrhaus und Tanzveranstaltungen im Dorfkrug vergingen die letzten Wochen bis kurz vor Weihnachten. Werner und Hilde sprachen oft über Verlobung und eine gemeinsame Zukunft, aber sie waren sich auch einig, vor Werners 18.Geburtstag keine Entscheidungen zu treffen. Auch die Treffen mit Gerhard waren wieder fester Bestandteil von Werners Alltag. Die Unsicherheiten und Ängste der letzten Wochen waren wie weggewischt, und so gab es auch regelmäßig gegenseitige Befriedigungen. Alle Schwüre und Versprechen, es nie wieder zu tun, wurden stillschweigend verdrängt. Aber von Zeit zu Zeit meldeten sich die Bedenken und Vorwürfe in Werners Denken. Er wusste, dass er gern mit Hilde zusammen war, aber sexuelle Wünsche an sie und ihren schönen Frauenkörper

blieben ihm fremd. Er entdeckte immer größere Leidenschaften, wenn er mit Gerhard seine
Fantasien ausprobierte und erlebte. War er
überhaupt fähig, seine Hilde irgendwann kör-
perlich zu lieben? Noch konnte er sich darauf
berufen, dass vorehelicher Geschlechtsverkehr
nicht richtig sei. Aber was würde geschehen,
wenn sie irgendwann verheiratet seien? Wäre
er überhaupt in der Lage, sexuelle Gefühle für
sie zu entwickeln? Solche Gedanken kamen
immer öfter, aber Werner verdrängte sie und
stürzte sich in immer wildere gleichge-
schlechtliche Fantasien.

Der Herbst brachte politischen Sprengstoff
für Deutschland. Die dreiste Übernahme des
Sudetenlandes in das deutsche Reichsgebiet
provozierte viele Proteste. Es gab daraufhin
Verhaftungen unter den Gegnern. Würde es
überhaupt noch jemand wagen, öffentlich gegen Unrecht zu protestieren? War Deutschland vor den brutalen Machtbeweisen der Na-
zis in eine Schockstarre gefallen? Als am 27.
Oktober über 17.000 polnische Juden verhaftet
und deportiert wurden, gab es in den Gottes-
diensten vieler Kirchen laute Anklagen. Pfarrer und Priester, Ordensleute und Nonnen
wurden verhaftet. Es war so ungeheuerlich

dass offene Widersprüche im Keim erstickt wurden. In der Nacht vom 9. zum 10. Oktober brannten Synagogen, jüdische Geschäfte und Einrichtungen. Offen trat das menschenverachtende System zu Tage und spaltete das ganze deutsche Volk. Eine große Menschenmasse jubelte den Machthabern zu, während andere sich möglichst unauffällig abduckten. Aber es gab auch mutigen Protest.

Im Bauernhaus bei Anna und Fritz und seiner Familie war am 16. November ein neuer Knecht eingezogen. Es hieß, er sei aus dem oberen Erzgebirge. Seine dunkelblonden Haare passten irgendwie nicht zu den fast schwarzen Augen. Willi hatte ihn in der Nacht auf den Hof gebracht und lange mit Fritz, Lina und seiner Mutter gesprochen.

Der junge Mann stammte aus Berlin und war auf abenteuerlich gefährlichen Wegen nach Sachsen gekommen. In der Reichskristallnacht, als die Synagogen brannten und jüdisches Leben ausgelöscht werden sollte, hatte die Gestapo seine Eltern und die ältere Schwester verhaftet. Er selbst entkam, weil sein Vater ihn über die rückwärtige Hausfassade gedrängt hatte, um kurz darauf das Fenster wieder zu schließen. Tagelang war er erst in Berlin umhergeirrt, bis er sich entschloss, sich in Richtung Süden durchzuschlagen. Irgendwo auf einem Feld in der Nähe von Großtrona war er entkräftet zusammengebrochen. Willi kam von einem Termin aus der Stadt, als er den entkräfteten jungen Mann in den Ackerfurchen liegen sah. Er lud ihn einfach in sein Auto und fuhr mit ihm auf den Hof zu Mutter, Fritz und Lina.

Am nächsten Morgen, als der junge Mann einigermaßen bei Kräften war, erfuhren sie seine Geschichte. Lina forderte ihn auf, sein Oberhemd auszuziehen, bevor sie ihm kurzerhand die Haare hell bleichte. Dann beschlossen sie, ihm auf dem Hof ein Zuhause und Arbeit zu geben. Niemand wusste, was daraus entstehen würde, und ob vielleicht eine Flucht in das Ausland möglich sei. Willi war noch einmal auf den Hof gekommen, um mit seinen Verwandten Einzelheiten abzustimmen. Er hatte noch immer gute Kontakte in den Verwaltungen der sächsischen Städte. Es dauerte auch nur neun Tage, bis neue Papiere die Identität von Klaus Brenner bescheinigten. Der siebzehnjährige arbeitete nun auf dem Hof und lernte es, die Kühe und Schweine zu versorgen. Oft saß er allein im Hühnerstall und hing seinen Gedanken nach. Wie sehr vermisste er seine Familie, von der er nichts mehr gehört hatte. Die Angst, dass man seine wahre Identität entdecken könnte, drückte ihm   nahezu die Luft zum Atmen ab. Lina verstand es, ihm immer wieder Trost zu vermitteln. Sie nahm ihn in solchen traurigen Momenten   einfach in die Arme und hielt ihn fest umschlungen. Dann flüsterte sie dem jungen Mann ins Ohr: „Sei ruhig, wir sind für dich da. Du musst keine Angst haben, wir werden auf dich aufpassen."

Werner und Renate, und auch die Zwillinge Hilde und Gerti erfuhren nur, dass Klaus ein weitläufiger Verwandter aus dem oberen Erzgebirge sei, und hier auf dem Hof alles lernen sollte, was ein Bauer können müsse, um später einmal den eigenen Familienhof übernehmen zu können. Die Eltern bedeuteten ihnen, nicht nachzufragen.

Weihnachten fiel in diesem Jahr auf Samstag, Sonntag und Montag. Onkel Fritz hatte für jede Familie ein gut genährtes Kaninchen geschlachtet. Auch einige Gänse mussten ihr Leben lassen, und nun waren, wenige Tage vor dem Heiligen Abend, die Frauen mit den Vorbereitungen beschäftigt. Großmutter Anna hatte mit Lina und Inge gemeinsam in der Bäckerei einen Nachmittag für das Stollenbacken reserviert. Das duftende Backwerk lag am Spätnachmittag auf einem großen Holzbackbrett. Flüssige Butter wurde mit einer weichen Bürste über die noch warmen Stollenleibe gestrichen und anschließend dick mit Puderzucker bestäubt. In den Rillen und Ritzen sammelte sich so ein dicker und süßer Zuckerbelag. Auch drei Kuchenbleche mit dem Kartoffelkuchen als Vorgeschmack für die Weihnachtsstollen standen bereit, um ebenfalls eine dicke Butter–Zucker–Schicht zu bekommen. Am Abend holten die Männer Willi und Fritz für ihre Familien, und Werner für Großmutter Anna, die fertigen Backwaren nach Hause. Nun konnte Weihnachten beginnen. Am Heiligen Abend waren vormittags Werner und seine Schwester Renate mit dem Herrichten des Weihnachtsbaumes beschäftigt. Geschmückt mit silbernen Glaskugeln und vielen Wachskerzen auf Kerzenhaltern erstrahlte der Baum bald zur Freude aller. Nun wurden noch eingewickelte Geschenke in großen und kleinen Kartons unter den Baum gelegt. Werner verdiente als Schreinergeselle recht gut, und so konnte er auch großzügig Geschenke auswählen und einkaufen. Seine Mutter stellte eine große Schale mit herrlich roten Äpfeln auf den Tisch, dazu eine weitere mit Hasel- und Walnüssen. Endlich war alles für den Heiligen Abend vorbereitet. Die Familie würde nach dem Essen und der Bescherung zum Nachtgottesdienst gehen.

Am ersten Weihnachtsfeiertag trafen sich alle bei Großmutter Anna. Lina und Inge brachten die fertig gebratenen Gänse mit. Die Großmutter hatte schon die Kartoffelmasse für die rohen Kartoffelklöße vorbereitet und das Rotkraut geschnitten und im großen Topf zum garen auf den Küchenherd gesetzt. Alle saßen zum Mittagessen um den großen Küchentisch, auch Klaus. Wieder einmal wurden Erinnerungen aus alten Zeiten erzählt. Oma Anna erinnerte an ihren Ernst, der viel zu früh verstorben war. Sie hatten gemeinsam schwere Zeiten durchstanden, aber auch unbeschreibliche Glücksmomente erlebt. Auch Inge erinnerte an die ersten Begegnungen im Bauernhaus. Sie hatte ihren Willi schon sehr früh geliebt, musste aber geduldig warten, bis er seine Lehrzeit beendet hatte. Irgendwann kam Werners Abrutschen vom Rand des Klosetts in das übelriechende Abfallrohr zur Sprache. Ihm war es gar nicht recht, dass seine Hilde interessiert nachfragte, und noch einmal die

Einzelheiten wissen wollte. Am Nachmittag des 25. Dezember kam noch Gerhard, um seiner Gerti sein Weihnachtsgeschenk zu bringen. Erst spät am Abend und nach dem gemeinsamen gemütlichen Abendessen gingen alle zurück in ihr eigenes Zuhause.

Bei aller Freude über das Zusammensein, beeinflusste den ganzen Tag auch die Sorge vor der Zukunft die Stimmung. Seit langem musste Werner wieder einmal an Michael denken, der nun schon viele Jahre in Amerika lebte. Was war wohl aus ihm geworden? Ganz sicher waren der heimliche Abschied und die schmerzliche Trennung am Heilig Abend 1933 die einzige Möglichkeit, um den Repressalien und Gefahren der Faschisten zu entgehen. Möge es Dir gut gehen, wünschte Werner in Gedanken dem fernen Freund.

Der 1. Januar 1939 bescherte den Menschen in Großtrona besonders viel Schnee. In der Nacht hatte es gestürmt, und so gab es überall im Ort viel zu schaufeln, um Eingänge und Wege wieder schneefrei zu bekommen. Bei Großmutter Anna auf dem Hof mühte sich Klaus, die schwere Schneelast auf die Hofseiten zu schaufeln. Durch den anhaltenden

Wind hatte sich der Schnee zu einer festen und harten Masse verdichtet. Als er endlich alle Wege und Zugänge frei hatte, ging er in das Haus, zog seine Stiefel und die dicke Filzjacke aus und ging in die Küche zu Großmutter Anna. Die wartete schon mit einem Topf heißer Milch und Brot, Butter und Wurst auf ihn. „Setz dich, mein Junge, du bist ja ganz durchgefroren. Jetzt wird erst einmal gefrühstückt, und dann sollst Du zu Willi und Inge kommen. Sie haben dich zum Mittagessen eingeladen und erwarten dich am Vormittag." Klaus nickte, setzte sich an den Tisch und trank einen Schluck von der heißen Milch. „Oma", so nannte er Großmutter Anna, „wird mich da auch niemand sehen, wenn ich zu Onkel Willi gehe?" „Mach dir keine Sorgen, mein Junge, Lina wird dich begleiten. Sie will mit Inge noch ein paar Sachen aussortieren, die umgenäht werden können."

Lina und Klaus waren auf der Hauptstraße unterwegs, als sie von hinten angesprochen wurden. Es war der Pfarrer, der in die Siedlung zu einer Sterbenden unterwegs war. Lina begrüßte ihn und stellte ihren Verwandten Klaus Brenner vor. Lange sah der Pfarrer in das jugendliche Gesicht, dann wandte er sich wieder Lina zu und sagte: „Wie gut, dass ihr euren Verwandten aufgenommen habt. Passt gut auf ihn auf. Ab Mitte Januar soll eine Wehrübung der SA hier im Ort stattfinden. Behaltet euren Klaus lieber im Haus, denn der Wind ist viel zu rau für ihn, nicht dass er zu Schaden kommt." Lina nickte und gab dem Pfarrer zum Abschied die Hand, bedankte sich und ergriff die Hand des jungen Mannes, den sie nun eilig zu Willis Haus zog. Mit Inge und Willi sprach sie später ausführlich über diese Begegnung und alle drei berieten, wie sie für den größtmöglichen Schutz sorgen könnten. Als es dunkel wurde, verabschiedeten sich Lina und Klaus, und unbemerkt erreichten sie wieder den Hof. Am Abend gab es in den beiden Häusern noch intensive Gespräche zwischen Inge und Willi, und im anderen Haus zwischen Großmutter Anna, Fritz und Lina. Alle waren sich einig, alles zu tun, um ihren Klaus bestmöglich zu behüten. Willi wollte zusätzlich noch prüfen, ob es doch einen Weg in das sichere Ausland geben könnte.

Der Januar war fast vorbei, als Hilde und Gerti Post vom Amt für den Reichsarbeitsdienst bekamen. Ihnen wurde mitgeteilt, dass sie vom Pflichtjahr freigestellt wurden, da sie in einem bäuerlichen Haushalt lebten. Hilde zeigte Werner diesen Brief und zeigte sich erleichtert, dass sie nicht von zu Hause weg musste, um diesen Arbeitsdienst für Mädchen und Frauen unter 25 Jahren abzuleisten. Dann sprachen sie ausführlich über eine Verlobung. Als die Eltern Fritz und Lina sich verabschiedeten, weil sie in der Stadt einiges zu erledigen hätten, zogen sich die beiden jungen Leute in Hildes Zimmer zurück. Nebeneinander auf dem Bett sitzend, begann Hilde ihren Freund Willi zu küssen. Ihre Küsse wurden immer intensiver und fordernder. Bald lag er auf dem Rücken unter ihrem warmen Körper, während sie seine Lippen, den Hals und die Ohren mit Küssen bedeckte. Langsam Öffnete Hilde die Knöpfe des Oberhemdes, so dass bald Werners Brust frei lag. Nun bedeckten intensive und lange Küsse seinen Brustkorb. Immer tiefer neigte das Mädchen den Kopf, und schließlich umspielte ihre Zunge Werners Bauchnabel. Dann glitt ihre Hand an den Hosenbund, den sie langsam öffnete, um weiter die Hosenknöpfe von ihren Aufgaben zu entbinden. Hildes Hand fuhr vom Bauch her in die Hose und umfasste kurz darauf das versteifte Glied des aufgeregten jungen Mannes. Ein unbeschreiblich erregendes und prickelndes Gefühl beherrschte Werners

Körper. Es war sein erstes Mal, mit einer jungen Frau zusammen zu sein, und nun auch ihren Körper zu erkunden. Einige Minuten später lagen beide nackt nebeneinander in Hildes Bett. Werners Finger glitten über ihre jugendlichen und festen Brüste. Sie machten erst in ihrem Schoss halt. Dort spielten sie mit der dichten Schambehaarung, bevor sie leicht an den Seiten der Lustspalte entlang glitten. Irgendwann hatte Hilde den erregten Werner über sich gezogen und das Eindringen seines Gliedes mit ihren Händen begleitet und geführt. Sie lagen eine ganze Weile still aufeinander, bevor Werner mit langsamen Bewegungen eine Gefühlswelt in Gang setzte, die sie beide vorher so noch nie erlebt hatten. Am Ende des gemeinsamen Höhepunktes richteten sie sich langsam auf und bekleideten sich schweigend. Als sie wieder nebeneinander auf dem Bett saßen, ergriff Hilde die Hand ihres schweigsamen Werners und fragte, ob alles in Ordnung sei. Er nickte nur, drängte aber bald darauf zum Aufbruch. Einerseits war das ein Stück Unsicherheit und Angst, ob ihr Tun auch wirklich unentdeckt geblieben war, andererseits musste er sich mit seiner Gefühlswelt auseinandersetzen und nachdenken. Natürlich hatte es ihm einen Höhepunkt beschwert, den er nie erwartet hätte, aber da war auch die Unsicherheit, ob er nun wirklich Frauen lieben konnte, oder ob nicht vielleicht doch seine homoerotischen Kontakte mit Gerhard wichtiger seien. Werner verabschiedete sich von Hilde, sah noch einmal im Erdgeschoss nach der Großmutter, bevor er sich auf den Heimweg machte. Er ließ sich viel Zeit für den Nachhauseweg, denn so konnte er in Ruhe über alles nachdenken, was ihn nun gerade beschäftigte. Am Spätabend im Bett befriedigte sich Werner, aber die Faszination seines ersten Geschlechtsverkehrs dominierte seine körperliche und geistige Gefühlswelt.

Zwei Tage vor Werners Geburtstag marschierten deutsche Truppen in Böhmen und Mähren ein. Einzelheiten darüber, verbunden mit einem kritischen Kommentar, hörte er im Rundfunk über einen englischen Sender. Werner hatte lange von seinem Arbeitslohn Geld gespart und vor wenigen Tagen ein von ihm so heiß begehrtes Radiogerät gekauft. Seine Mutter erschrak, als sie den Kaufpreis erfuhr, aber da ihr Sohn täglich fleißig und gewissenhaft in der Schreinerei arbeitete, sollte er sich auch Herzenswünsche erfüllen können.

Werner erstand mit seinem Vater in der Stadt einen neuen Zwei–Kreis–Reflexempfänger „Novum". Er stammte aus der renommierten Firma „Dr. Dietz & Ritter – Fabrik für Radio-Erzeugnisse und Transformatoren". Auf dem Nachhauseweg verwies der Vater auf das Verbot, das absichtliche Abhören ausländischer Sender betreffend, und dass Werner nicht über den neuen Apparat in der Öffentlichkeit sprechen sollte.

Für das Radiohören entwickelte Werner eine große Leidenschaft. Hilde, aber auch sein Freund Gerhard, waren die wenigen Leute, die um den neuen Apparat wussten und gemeinsam mit ihm den Sendungen lauschten.

Weil Werners Geburtstag auf einen Freitag fiel, hatte er für die Feier den Sonntag ausgewählt. Am Nachmittag sollte dann die ganze Familie zusammen sein. Um Klaus möglichst wenig in der Öffentlichkeit zu zeigen, lud Großmutter Anna alle in ihre große Wohnküche ein. Auch Gerhard, der über Klaus nie Fragen gestellt hatte, saß mit am Tisch. Es war eine fröhliche Runde, die an diesem Sonntag zusammen saß. Nach dem Kaffeetrinken wurden Familienfotos angesehen und alte

Erinnerungen aufgefrischt. Werner wusste noch genau um das großartige Geburtstagsgeschenk des Jahres 1932, die Reise nach Böhmen. Im August durfte er dann sogar auf der Lok mitfahren. Er erinnerte sich auch an seinen damaligen großen Wunsch, Mitglied des Jungvolkes zu werden, was ihm aber von den Eltern verwehrt wurde. An den Vater gewandt sagte Werner: „Papa, ich bin dir heute so dankbar, dass ich nicht in das Jungvolk eintreten durfte. Heute zeigt es sich, wie die Entwicklung zum Verbrechersystem gekommen ist. Man schämt sich, Deutscher zu sein." Dann sah er Klaus lange in die Augen, ergriff seine Hand und sagte: „Ich bin froh, dass du unser Verwandter bist und bei uns sein kannst."

Am Abend auf dem Nachhauseweg hielten sich Willi und Inge an der Hand. „Was wird wohl noch aus unserem Land werden? Werner ist jetzt achtzehn, und wenn es irgendwann zum Krieg kommt, dann wird er vielleicht auch eingezogen. Willi, ich mach mir Sorgen um uns alle." Mit einem langen und zärtlichen Kuss verschloss er ihre Lippen. Er wollte ihr zeigen, dass er immer an ihrer Seite sei.

Der Sommer brachte sehr wechselhaftes und oftmals auch empfindlich kaltes Wetter. Werner hatte in der Schreinerei viel zu tun. Mit seinem Meister verstand er sich gut, aber der hatte sich sehr verändert. Er war viel stiller, als Werner ihn in Erinnerung hatte. Über die Zeit in den beiden Konzentrationslagern sprach er nicht, auch nicht, wie es in der Zukunft weitergehen könnte. Nur ein Mal hatte Kurt Esche Emotionen gezeigt, als er über die Gesetze zum Personenstandswesen sprach. Er hatte sich furchtbar aufgeregt, als er von der praktischen Umsetzung der Rassengesetze hörte. Ein Schreinermeister aus der Nähe von Leipzig, den Kurt Escher als soliden und ehrlichen Handwerker kennen gelernt hatte, musste seine Geschäftstätigkeit einstellen. Ihm waren sämtliche Rechte abgesprochen und die Weiterführung der Werkstatt verboten worden. Werner fragte sich immer öfter, wohin die Entwicklung noch gehen würde.

Der erste September war ein Schock für viele Menschen in Deutschland, natürlich auch in Großtrona. Ohne vorherige Kriegserklärung waren Verbände der deutschen Wehrmacht in Westpolen einmarschiert. Die deutsche Propaganda sprach von einem aufgezwungenen Krieg. Am 6. Oktober kapitulierten die letzten polnischen Feldtruppen. Werner war sich mit Gerhard einig, dieser Überfall war ein Verbrechen gegen das Nachbarland. Noch im November des Jahres erhielten beide den Musterungsbefehl von der Kreispolizeibehörde. Sie hatten sich am 6. Dezember, allerdings zu unterschiedlichen Zeiten, im Musterungsbüro einzufinden.

An diesem Mittwochmorgen fuhren die jungen Männer in die Stadt. Dann hieß es zunächst, zu warten. In einem Zimmer wurden die Personaldaten aufgenommen, nach Name, Adresse und Ausbildung gefragt. Dann ging es zur medizinischen Untersuchung. Ein kurzer Seh- und Hörtest, die Betrachtung der Motorik, des Körperbaus und der Haltung, von Gewicht und Größe, die Überprüfung von Puls und Blutdruck, und eine Urinprobe für einen Eiweißstatus, schlossen die nicht sehr gründlichen Untersuchungen ab. Das Unangenehmste war für Werner, als er sich für die Kontrolle nach Hämorrhoiden nach vorn beugen musste und mit beiden Händen die Gesäßbacken auseinanderziehen musste. Wie ein Blitz schoss durch ihn die Frage, ob der untersuchende Arzt dadurch seine gleichgeschlechtlichen Betätigungen erkennen würde. Kurz darauf war aber alles vorbei und Werner

bekam seinen Beleg, der ihm volle Wehrtaug-
lichkeit bescheinigte. Fast zwei Stunden musste er noch auf Gerhard warten, bis auch er die
Prozedur überstanden hatte. Dann endlich
waren sie wieder auf dem Weg nach Großtrona. Natürlich sprachen sie über die Einzelheiten der Musterung. Werner berichtete von seinem Unbehagen bei der Überprüfung des
Afters. Auch Gerhard hatte ähnliche Gefühle,
aber das war ja nun alles überstanden. Zurück
im Heimatort, verbrachte Werner noch einige
Zeit bei Gerhard. Nach der überstandenen
Musterung gaben sich beide ihren Lüsten hin
und befriedigten sich gegenseitig.

Die kurze Zeit bis zu den Weihnachtstagen
verging schnell und angefüllt mit vielfältigen
Verpflichtungen. Werner half bei den Weih-
nachtsvorbereitungen, zudem traf er sich regelmäßig mit Hilde. Gerhard kam mindestens
einmal in der Woche, um heimlich Rundfunk
zu hören. Werners Eltern ließen dann die beiden jungen Männer allein und so kam es immer auch zu gemeinsamen sexuellen Befriedigungen. Beide wussten, wie brutal gegen
homosexuelle Männer vorgegangen wurde,
deshalb beschworen sie sich jedes Mal, das sei
ganz bestimmt das letzte Mal gewesen. Die

Gier und Lust aufeinander waren aber größer, als alle Bedenken und Ängste. Werner fragte sich oft, ob seine Eltern etwas von dem geheimen Tun mit Gerhard ahnten. Kurz vor Weihnachten hatte er sich ein Herz gefasst und den Pfarrer um ein Gespräch gebeten. Als er dann dem älteren Mann gegenüber saß, traute er sich nicht, die Wahrheit zu sagen. So bekannte er nur, sich selbst oft zu befriedigen. Die Reaktion war anders, als er vermutet hatte, denn der Pfarrer schien von seinen Ausführungen kaum Notiz zu nehmen. Er betonte viel Mehr dass es wichtig sei, sein Gewissen rein zu halten und nicht das verbrecherische System zu unterstützen. Er benannte Beispiele, wie anderen Menschen zu helfen sei und ermutigte, auch gesetzliche Verbote zu umgehen. Erst am Ende des Gespräches, kurz vor der Verabschiedung, sagte der Pfarrer über die Selbstbefriedigung: „Werner, es ist normal, wenn Heranwachsende ihren Körper entdecken und ausprobieren. Auch wenn diese Zeit bei dir schon länger anhält, wird sich in einer späteren Partnerschaft manches klären. Mach dir keine Gedanken über Schuld oder etwas Verwerfliches. Genug davon. Geh nach Hause und grüße deine Eltern von mir."

Das Jahr 1940 sollte für Werner eine Lebenswende bedeuten, aber am 2. Januar, zu seines Vaters neununddreißigsten Geburtstag, deutet noch nichts darauf hin. „Papa", hatte er an diesem Dienstag zu seinem Vater gesagt, „ich wünsche Dir Gesundheit und für dein neues Lebensjahr weiterhin so viel Weisheit, wie du sie in den letzten Jahren gezeigt hast. Ich wünschte, Onkel Aaron könnte dich in der Fabrik sehen. Er wäre stolz auf dich, seinen Freund. Du tust anderen so viel Gutes. Nun sollst du einen kleinen Dank dafür von mir bekommen." Damit überreichte er seinem Vater eine kleine Schachtel. Als der sie öffnete, fand er darin eine goldene Krawattennadel mit einem klaren kleinen Diamanten besetzt. Willi umarmte seinen Sohn und dankte ihm für das großzügige Geschenk. Er war glücklich über seine Familie mit den beiden erwachsenen Kindern, aber inzwischen auch sehr in Sorge um seinen Sohn.

Die Geburtstagsfeier am folgenden Sonntag vereinte wieder die ganze Familie. Diesmal gab es ernste Gespräche, wie es mit Klaus weiter gehen sollte. Er hatte saubere deutsche Papiere, aber irgendwann würde es auch Außenstehenden auffallen, dass er mit auf dem Hof lebt. Fast alle jungen Männer in

Großtrona hatten inzwischen ihre Musterung hinter sich. Was würde geschehen, wenn eine Ladung auch für Klaus käme? Spätestens zur Untersuchung, wenn sein beschnittenes Glied sichtbar würde, wäre die ganze Tarnung aufgeflogen. Kein untersuchender Arzt würde schweigend darüber hinweggehen. Willi überlegte, ob er nicht eine Dienstreise nach Österreich machen sollte, um dort Verträge mit Wolllieferanten zu schließen. Aber so einfach war das nicht, da er zwar noch immer der Prokurist in der Firma war, aber ansonsten einem Direktor unterstand, der alles tat, um die staatlichen Auflagen zu erfüllen. Der Direktor, Parteimitglied und Träger der Dienstauszeichnung der NSDAP in Bronze, reagiert immer ohne Widerspruch auf Anordnungen und Forderungen des Staates oder der Partei.

Wenige Tage später saß Großmutter Anna mit einer Jacke von Klaus am Küchentisch und dem Nähkasten vor sich. Sie hatte ein paar Fotos und klein gefaltete Dokumente in Stoff eingenäht und platzierte nun alles im Futter der Jacke. Mit kleinen Stichen wurde alles rutschsicher befestigt, bevor das Futter wieder am angestammten Platz angenäht wurde. Willi wollte am nächsten Tag mit dem

Firmenlastwagen nach Oberitalien fahren, um dort, in der Nähe von Mailand, Uniformstoffe einzukaufen. Er hatte seinen Direktor überzeugt, dass mit hochwertigen Stoffen viel besser die kriegswichtigen Uniformen für Offiziere gefertigt werden könnten. Ausgestattet mit den nötigen Papieren sollte die Fahrt nach Süddeutschland und von dort durch Tirol bis nach Oberitalien führen. Die Strecke führte auch an der Grenze zur Schweiz entlang. Willi hoffte, dort eine Gelegenheit zu finden, um Klaus in die neutrale Schweiz zu bringen. Dann sollte er, ausgestattet mit einem größeren Geldbetrag und einigen im Mantelfutter eingenähten Adressen, für sich allein sorgen. Willi war sich sicher, dass Aaron, sobald er davon erfuhr, dem jungen Klaus Brenner, der ja eigentlich Simon Kaufmann hieß, weiterhelfen würde.

Der Abschied am anderen Morgen war tränenreich und für alle sehr schmerzlich. Sie waren sich sicher, dass sie ihren Klaus nie wieder sehen würden. Dann stieg er in das Fahrerhaus des Lastwagens, in die Mitte zwischen den Fahrer und Willi. Er konnte nicht einmal zum Abschied winken. Sie fuhren aus Großtrona, um schließlich auf die lange Reise in den Süden zu gehen. Der Fahrer, ein Vertrauter und alter Freund von Willi, wusste um die wertvolle Fracht, die sie mitnahmen. Er pfiff ein Lied vor sich hin, sah hin und wieder neben sich in das Gesicht des jungen Mannes und sagte schließlich zu ihm: „Du musst dir keine Sorgen machen. Wir kommen gut dort an, wo für dich die Freiheit beginnt.

Ein ganzer Tag war vergangen, und inzwischen fuhr der Lastkraftwagen mit den drei Männern durch Tirol. Sie würden sich jetzt erst einmal eine Schlafgelegenheit suchen, denn allen steckte die lange Fahrt in den Gliedern. Die Lichter eines einsam gelegenen Bauernhofes zogen sie nahezu an. Wenig später stand der Lastwagen in einem großen Hof, der von allen vier Seiten von Gebäuden begrenzt war. Das große Tor im Torhaus stand offen, und deshalb fuhren sie einfach unaufgefordert hinein. Ein kräftiger Mann, etwa in Willis Alter, kam aus einer Tür des Quergebäudes. Er begrüßte die Ankömmlinge und fragte nach ihrem Woher und Wohin. Dann lud er sie ein, mit in das Haus zu kommen. Die Frau des Hauses begrüßte alle drei herzlich und forderte sie auf, am Küchentisch Platz zu nehmen. Sie begann, den Tisch mit einem Krug Milch, Brot, Wurst und Käse zu decken. Dabei sah sie immer wieder in das jugendliche Gesicht von

Klaus. Er wurde immer unruhiger und wollte sich möglichst in die hinterste dunkle Ecke setzen. Aber da nahm sie einfach seine Hand und schob ihn auf den Platz an der Stirnseite des Tisches. „Komm und iss erst einmal. Mach dir keine Sorgen. Ich kann mir denken, was dich bewegt. Hier ist alles gut und keine Gefahr." Willi sah der Bauersfrau in die Augen, und nach einem Zögern fragte er: „Wieso haben sie ..." Er stockte, aber die Frau lächelte nur und sagte: „Die gefärbten Haare beginnen langsam wieder herauszuwachsen. Wir haben oft solche Gäste. Mein Mann kennt den Weg, und drüben warten dann schon unsere Freunde. Jetzt esst erst, bevor wir reden."

Nach dem Essen, Klaus war einfach auf der Ofenbank eingeschlafen, berieten die Tiroler Bauersleute, Willi und sein Fahrer, wie es für den jungen Mann weitergehen sollte. Willi konnte es nicht fassen, dass sie ausgerechnet hier ihre Rast machten. Niemand hatte sie an diesen Ort verwiesen. Als er mit einer Decke auf einem großen Sofa lag, um wenigstens ein paar Stunden zu schlafen, musste er immer wieder darüber grübeln, wie manche Wege sich zuordnen und unbegreifliche Dinge geschehen. Sollte Gott ihren Plan, Klaus in die Schweiz zu bringen, so deutlich unterstützt haben? War der junge Mann nicht auch ein Teil der göttlichen Geschichte? Aber warum mussten schon so viele deutsche Juden leiden und sterben, sie wurden verachtet, gequält, verfolgt, eingesperrt und ermordet? Würde es nun für diesen Einen eine unverhoffte Rettung geben? Willi schlief über seinem Grübeln ein. Er wurde wach, weil er Schritte und leise Stimmen in der Stube hörte. Als er sich aufrichtete waren der Bauer, ein fremder junger Mann und Klaus gerade dabei, das Zimmer zu verlassen. „Klaus..." der drehte sich um, kam auf Willi zu und umarmte ihn. Dann sagte er nur: „es geht los. Danke euch allen und grüß zu Hause." Die Tür schloss sich hinter ihm und Willi war mit seinen Gedanken allein. Wenig später kam der Fahrer, der im Lastwagen auf der Fahrerbank mit einer Decke und einem Kissen geschlafen hatte, mit der Bauersfrau in das Zimmer. Schweigend aßen sie Brot und tranken starken Kaffe. Beim Verabschieden umarmte sie die Bauersfrau und sagte: „Jetzt sind sie schon drüben. Es ist alles gut. Euch eine gute Fahrt."

Am Sonnabend waren Willi und der Fahrer mit einer großen Ladung Stoffballen wieder zurück in Großtrona. Auch wenn die ganze

Familie viel mehr daran interessiert war, etwas Neues von Klaus zu hören, konnte Willi wenig berichten. Er hatte nichts gehört, ob die Flucht aus Deutschland geglückt war. Für die Rückfahrt hatte der Fahrer aus Sicherheitsgründen eine andere Fahrtstrecke gewählt, und so konnten sie auch keine Informationen der Tiroler Bauern erhalten. In den Folgetagen waren alle besonders angespannt. War alles gut gegangen, oder stand irgendwann die Gestapo im Haus?

Willis Fabrikdirektor war mit dem Wareneinkauf in Italien sehr zufrieden. Die Näherinnen fertigten aus dem feineren italienischen Stoff Wehrmachtsuniformen für Offiziere.

Anfang März sprach der Pfarrer nach einem Gottesdienst Anna an, ob denn der junge Verwandte gut zu Hause angekommen sei. Da sie es nicht wusste, machte ihr der Pfarrer Mut. Es sei ein gutes Zeichen für das Gelingen, sonst wäre der Machtapparat mit Sicherheit angelaufen.

Seinen Geburtstag am 17. März würde Werner nie vergessen. Zum einen war dieser Tag ein Sonntag. Außerdem hatte der Postbote am Vortag einen Brief mit dem Einberufungsbefehl gebracht. Aber es gab auch etwas besonders Schönes. Am Freitag vor dem Geburtstag war ein Mann in der Schreinerei erschienen, hatte nach Werner gefragt und ihm nach einer kurzen Begrüßung einen Briefumschlag übergeben. Dann verabschiedete er sich eilig und verließ die Werkstatt. Werner öffnete den Umschlag und entnahm ein Foto ohne Begleitschreiben. Das Bild zeigte Aaron mit seiner Frau Sarah, und zwischen ihnen einen jungen Mann mit schwarzem Haar. Es war Klaus. Werner hätte vor Freude in die Luft springen können. Klaus hatte es also nicht nur in die neutrale Schweiz geschafft, sondern war sofort nach Amerika weitergereist. Als das Foto am Abend während des Essens von einem zum anderen gereicht wurde, war bei allen die Freude riesig groß.

Am 10. Mai, so stand es im Einberufungsbefehl, hatte sich Werner in der Wehrmachtskaserne in der Großstadt einzufinden. In den Tagen zuvor traf er sich oft mit Hilde. Die beiden besprachen und planten für die Zeit nach dem Wehrdienst, von dem alle vermuteten, dass er längstens zwei Jahre dauern würde. Dann sollte die Hochzeit stattfinden. Am letzten gemeinsamen Sonntag wurde noch die Verlobung gefeiert. Werner und Hilde trugen nun einen schlichten Silberring, weil Goldringe kaum zu haben waren. Sie versprachen sich Treue und Liebe auch in den Zeiten der Trennung.

Willi fuhr am 10. Mai seinen Sohn in die Stadt. Vor dem Kasernentor verabschiedeten sie sich. Werner umarmte noch seine Hilde, die ihn ebenfalls begleitet hatte, und küsste sie lange und intensiv auf den Mund. Dann wandte er sich ab und durchschritt das Eingangstor, nicht ahnend, dass es ein Abschied für eine lange Zeit war.

Für Werner begannen nach der militärischen Einkleidung anstrengende und lange Tage der Ausbildung. Er musste den Marschschritt üben, wurde am Mehrladekarabiner Modell Mauser K98k ausgebildet und absolvierte Schießübungen. Nach dem ersten Umgang mit scharfer Munition wurde es Werner erschreckend bewusst, dass er mit der Waffe auf Menschen schießen sollte. Er konnte mit diesen Gedanken kaum fertig werden, und so schlief er einige Nächte sehr schlecht. Aber es gab ja gar keine Möglichkeit, allem zu entgehen. Nur wenige Tage nach dem Dienstantritt mussten alle neuen Soldaten einen Hörtest ablegen. Werner schnitt überdurchschnittlich gut ab, und so wurde er noch am gleichen Tag in eine andere Einheit befohlen, in der Funker und Nachrichtenleute ausgebildet wurden. Es dauerte nur wenige Tage, bis er das Morsealphabet beherrschte und erste Übungen als Funker bestehen musste. Das angestrengte Sitzen mit Kopfhörern und Heraushören der Funksignale aus dem Rauschen der Radio- und Funkwellen waren ungewohnt, aber auch eine besondere Herausforderung. Werner erkannte, dass er damit die einzigartige Möglichkeit hatte, dem Wehrdienst mit der Waffe teilweise zu entgehen. Schießübungen blieben weiterhin Bestandteile der militärischen Ausbildung, aber immer intensiver wurde die Vorbereitung auf den Einsatz als Nachrichtensoldat und Funker. Jeden Abend schrieb er einen Brief, abwechselnd an Hilde und an seine Familie. Er versuchte von sich zu berichten, immer von den Einschränkungen und Verboten wegen der Dienstgeheimnisse beeinflusst. Die Sorge seiner Eltern blieb, auch wenn die Einsatzverwendung als Nachrichtensoldat weniger gefährlich klang, als andere Waffengattungen und Bereiche der Wehrmacht.

Im April überfiel die deutsche Wehrmacht das neutrale Norwegen. Die Einnahme der Hauptstadt stockte schon sehr bald, denn von der Festung Oscarsborg aus hatten die Norweger die „Blücher", einen schweren Kreuzer, genau an der engsten Stelle des Oslofjord beschossen, torpediert und versenkt. Die Verzögerungen bei der Besetzung Oslos nutzte die Königsfamilie, um mit dem Goldschatz des Landes nach Tromso zu fliehen. Am 7. Juli suchten sie Schutz in Großbritannien und wenige Tage später kapitulierte die norwegische Armee.

Anfang August wurde Werner nach Norwegen befohlen. Mit einem Bahntransport ging es zunächst weit nach Norden. Dann brachte ein Frachtschiff die Soldaten mit der gesamten Ausrüstung nach Oslo. Die Ausschiffung im Hafen dauerte einige Tage, weil zunächst keine Schauermänner zur Verfügung standen, die den großen Schiffsbauch leeren konnten. Erst unter massiver Gewaltandrohung begannen norwegische Arbeiter mit ihrer Arbeit. Da es immer wieder zu kleinen Sabotageakten kam, standen an jeder Ecke bewaffnete deutsche Soldaten. Trotzdem fehlten einmal Schrauben und Muttern an Fahrzeugen und Gegenständen, dann musste ein Schwelbrand gelöscht werden. Mehrere Funkgeräte waren auf unbekannte Weise zu Bruch gegangen. Ein Netz mit Ausrüstungsgegenständen wurde gerade von dem Kran über die Bordwand gehoben, als mehrere Seile rissen und die Ladung mit lautem Getöse auf die Hafenmole krachte. Werner fiel bei seinen Kontrollgängen zwischen den Kisten der Nachrichtentruppe auf, dass die Mehrzahl der Schauerleute eine Büroklammer am Hemd auf der linken Brustseite trug. Zunächst war ihm dieses kleine Metallteil nicht aufgefallen, aber nun achtete er besonders auf das Zeichen. Wenige Tage später wurde per Befehl der Besatzer das Tragen einer Büroklammen unter Strafe gestellt, und Werner erfuhr, dass es das geheime Zeichen des norwegischen Widerstandes war.

Ende August befand sich die gesamte Truppeneinheit, zu der auch die Nachrichtenkompanie gehörte, in Trondheim, der Stadt am Trondheimsfjord. Dort verstärkten sie die Truppen, die schon seit Anfang April im Rahmen der „Operation Weserübung", dem Überfall auf Norwegen, in der Stadt waren. Nur kurz hatten die Soldaten Gelegenheit, die Stadt an der Mündung des Flusses Nidelv zu erkunden, denn bald kam der Befehl, in den östlich gelegenen Bergen eine Nachrichtenstation aufzubauen. Nun war Werner in den Bergen, umgeben von einer, vom Herbst bunt gefärbten, faszinierend-schönen Landschaft. Neben seinen Dienstzeiten an den Funkgeräten war er täglich in den Streifen- und Wachdienst einbezogen. Dann gingen insgesamt zwölf Soldaten mit entsicherten Gewehren in Zweiergruppen um das ausgedehnte Gelände des Lagers, um Überfällen und Sabotageakten vorzubeugen. Viele Tage lang blieb es ruhig. An einem nebeligen Septembertag war Werner wieder auf Streife. Er hatte seinen zweiten Mann um wenige Schritte hinter sich gelassen und ging, das Gewehr lässig in einer Hand haltend, auf eine kleine Anhöhe zu. Plötzlich stockte ihm der Atem, denn er blickte genau in das Gesicht eines jungen Mannes, der sich tief in eine Kuhle geduckt hatte und ihm mit weit aufgerissenen Augen entgegensah. Werner hielt das Gewehr noch immer in der rechten Hand, unfähig es hochzunehmen und schussbereit zu machen. Die wenigen Sekunden, die sich die beiden jungen Männer in die Augen sahen, waren spannungsgeladen und mit ungewissem Ausgang. Werner drehte seinen Kopf leicht in Richtung des hinter ihm befindlichen zweiten Postens und rief: „He, bei mir ist alles in Ordnung. Warte doch bitte dort einen Augenblick, ich muss nur schnell Wasser lassen." Dann wandte er sich etwas von dem am Boden liegenden blonden jungen Mann ab, öffnete seine Hose und begann wenig später, sich mit einem kräftigen Strahl zu erleichtern. Als er einige Augenblicke später seinen Blick zurück auf die Bodenvertiefung richtete, war der Platz leer. Werner rief, nachdem er seine Kleidung wieder gerichtet hatte, dem anderen zu: „Lass uns zurückgehen. Hier ist alles ruhig!" Lange ging ihm dieser kurze Kontakt mit dem Norweger nicht aus dem Sinn. Er konnte immer weniger verstehen, wieso es Krieg geben musste. Überall waren Menschen, die das Leben liebten und ihre Zukunft gestalten wollten. Und wie viele Mütter und Väter, Freundinnen, Ehefrauen und ihre Kinder warteten auf den Mann, der an ihre Seite gehörte. Wieso konnte es nicht sein, dass man andere Länder freundschaftlich und offenherzig bereiste, anstatt sie auf Befehl zu überfallen und zu unterdrücken. Werner hatte so viele Fragen, dicht verwoben mit der Sehnsucht nach seinem Zuhause und den Menschen, die er liebte. Aber es gab niemanden, mit dem er es gewagt hätte, offen über alles zu sprechen. Kurz vor Weihnachten, die vergangenen Wochen waren ohne Probleme, Angriffe oder anderer Kriegshandlungen vergangen, bekam er mit einigen anderen Soldaten Ausgang in die nahe Stadt Trondheim. Während sich einige sofort in eines der ersten Wirtshäuser setzten, um sich mit Alkohol zu betäuben, gingen andere in ein, unter deutschen Soldaten bekanntes, Bordell. Werner fand in einem Kameraden einen Begleiter, mit dem er durch die Straßen der Stadt ging, um die vielen Eindrücke in sich aufzunehmen. Am Abend schrieb er einen besonders langen Brief, in dem er die Stadt und viele Eindrücke von Norwegen wiedergab.

Das Weihnachtsfest blieb ruhig in den Bergen um Trondheim. Werner hatte ein Päckchen von seiner Familie bekommen. Am meisten freute er sich über ein Medaillon an einer Halskette, das im aufgeklappten Inneren auf der rechten Seite ein Bild von Hilde und links eine Haarsträhne enthielt. Lange hielt Werner das Kleinod in seinen Händen, in Gedanken viele hunderte Kilometer weit weg von dem Ort, wo seine Liebsten auf ihn warteten. Er hatte Tränen in den Augen, aber das war ihm in diesen Minuten gleichgültig. Nach einiger Zeit sah sich Werner im Blockhaus, das als gemeinsame Unterkunft diente, um. Alle der anwesenden Soldaten saßen stumm, irgendetwas aus der Heimat in der Hand und mit Tränen in den Augen an den beiden Tischen. Der Kleinste, ein schmächtiger Rotschopf mit kreisrunder Brille, schluckte seine Tränen hinunter und meinte nur: „Was machen wir nur hier, wir sollten zu Hause sein. Scheiße, dieser ganze Mist." Niemand widersprach, aber danach war es so still, dass man das leise Weinen einiger hörte.

Der Jahreswechsel endete sorgenvoll bei allen, die um einen Angehörigen bangten, der irgendwo in Europa als Soldat eingesetzt war. Die allermeisten Wehrmachtsangehörigen hatten ihre Hoffnungen begraben, dass sie schnell wieder zu Hause sein könnten. Es gab aber auch eine große Anzahl von Kriegsfreiwilligen, die im Besatzungszustand Europas ihre Erfüllung sahen. Sie schwärmten vom Großdeutschen Reich und erhofften sich Vergünstigungen, Anerkennung und Ehre. Dabei hatte sie völlig aus dem Blick verloren, dass man Ehre nicht erkämpfen kann. Sie spürten nicht einmal mehr, dass da, wo man andere Menschen klein macht, ihnen keine Achtung entgegenbringt, die eigene Ehre zerbricht.

Am Jahresanfang 1941 gab es in der Nähe der Funkstation in den Bergen eine kurze Schieße-rei. Verletzt wurde wohl niemand, und die Angreifer aus dem Umfeld der Widerstands-bewegung, konnten nicht gefasst werden.

Werner zog sich an manchen Tagen zurück, um sich selbst zu befriedigen. Schuldgefühle waren ihm inzwischen fremd. Er hatte schnell erfahren und erlebt, wie ungeniert andere mit ihrer Sexualität umgingen. So waren abends im großen Schlafraum immer wieder die ein-deutigen Geräusche zu hören. Ab und zu lach-te jemand auf und kommentierte mit spitzen Bemerkungen das Geschehen. So weit ging Werner aber nicht. Wenn er sich befriedigte, dann immer so, dass er allein war. An Gerhard und das gemeinsame Spiel mit der Lust muss-te er zwar oft denken, aber mit einem anderen Mann konnte er es sich nicht vorstellen, intim zu werden.

Während des nächtlichen Funkdienstes war Werner oft allein im Funkraum. Er musste mit einem Gerät immer auf Empfang sein, um eventuelle Nachrichten der norwegischen Ar-mee aus deren Hauptquartier in London mit den Widerstandsgruppen mitzuschreiben und zum Entkodieren vorzubereiten. Ein Bote wurde dann beauftragt, die Mitschrift in die Dekodierungsstelle zu bringen. In der Regel gab es nachts gegen zwei Uhr einen längeren Funkspruch und tagsüber mehrere kurze zu unterschiedlichsten Zeiten. Ansonsten blieb es zumindest nachts in der Regel ruhig. Um die lange Wartezeit zu überbrücken, hatte Werner mit einem zweiten Funkgerät nach Rundfunksendern gesucht, eigentlich um Musik zu hören. Aber dann entdeckte er die Sendefrequenz eines englischen Senders, der in deutscher Sprache die neuesten Informationen über das Kriegsgeschehen und die Lage in den besetzten Gebieten beschrieb und kommentierte. Mit der Zeit wurde Werner immer mutiger beim Hören des sogenannten Feindsenders, obwohl er um die Gefährlichkeit seines Handelns wusste. Während der „Großdeutsche Rundfunk" die Wahrheiten verschwieg und das eigene Volk im Reich täuschte, brachte der englische Sender Namen, Fakten, Zahlen und ungeschönte Berichte. In manchen Nächten war Werner entsetzt über die Ungeheuerlichkeiten, die über den Sender verbreitet wurden. Die deutsche Führung hatte sich immer menschenverachtender gezeigt und war an Brutalität nicht zu überbieten. In der Nacht zum 28. Juni wurde bekannt gemacht,

dass das deutsche Polizeibataillon 309 die große Synagoge in Bialystok niedergebrannt hatte, nachdem sie dort über 2.000 Juden eingesperrt hatten. Werner konnte diese ungeheuer-
liche Nachricht kaum glauben. Auch der
Einmarsch deutscher Truppen in Jugoslawien
und Griechenland wurde zeitnah berichtet
und kommentiert. Europa schien wie in einer
Starre zu liegen und zu keiner Gegenwehr in
der Lage zu sein. Als am 22. Juni das Unternehmen Barbarossa startete, das war der
Codename für den Angriff auf Russland, war
Werner nicht mehr in der Lage, alle Meldungen und furchtbaren Berichte sachlich einzu-
ordnen. Er gewann immer mehr die Überzeu-
gung, dass Hitler und sein verbrecherisches
System nicht mehr lange existieren würden.
Insgeheim war er auch sehr froh darüber, dass
er so frühzeitig seinen Einberufungsbefehl zur
Wehrmacht erhalten hatte, und dadurch in
Norwegen eingesetzt wurde. Hier fühlte er
sich relativ sicher. Vor allem aber war er sehr
erleichtert, dass er als Nachrichtensoldat von
all den Kämpfen verschont blieb.

Die nächtlichen Meldungen von der russischen Front wurden immer besorgniserregen-
der. In gewaltsamen Großaktionen hatten die
deutschen SS-Truppen, aber auch Polizeiba-

taillone, viele tausend Juden umgebracht. Werner verstand seine Welt nicht mehr. Wie konnte Deutschland, das großartige Menschen hervorgebracht hatte, in diesen grausamen Zeiten so viele Massaker verüben? Werners Glaubensgrundlagen waren erschüttert, und mit seinen Kameraden gab es oftmals Gespräche über den vermeintlich lieben Gott. Wo war er denn in diesen Zeiten? Wieso griff er nicht in das brutale Geschehen ein, und vor allem, wieso schützte er nicht die Juden, die doch sein Volk waren? Werner fand keine Antworten auf seine Fragen. In seinen Briefen ließ er Optimismus sichtbar werden. Wer war aber für ihn in seiner ganzen quälenden Not da? Ein junger Kamerad aus der Wachkompanie, er hatte gerade sein Theologiestudium abgeschlossen, als er zum Wehrdienst einberufen wurde, war kein kompetenter Gesprächspartner. Werner hatte schnell feststellen müssen, dass Lothar, so hieß der junge Theologe aus Thüringen, glühender Verfechter der Deutschen Christen war und in Adolf Hitler den Retter, fast schon Messias, sah. Werner blieb also mit seinen Fragen und Zweifeln allein, sorgsam darauf bedacht, nur nicht aufzufallen oder gar als Kritiker wahrgenommen zu werden.

Das Jahr 1941 ging zu Ende. Die Nachrichtentruppe, zu der Werner gehörte, war erleichtert, dass sie in Norwegen ein einigermaßen ruhiges Jahr hatten. Der Dezember brachte im Norden eine große Menge Schnee. Mehrmals am Tag musste der Neuschnee weggeschaufelt werden, aber es gab inzwischen kaum noch einen freien Platz, um all die Massen aufzunehmen. Die Nachrichtensoldaten hatten gerade Kaffe gebrüht, um gemeinsam den ersten Advent zu feiern, als der Kompaniechef die Blockhütte betrat. Nach dem üblichen Strammstehen und der militärischen Begrüßung des Vorgesetzten ließ er alle wieder Platz nehmen. Dann sah er lange in die Runde und blickte jeden einzelnen in die Augen, bevor er sein Anliegen vortrug. „Soldaten, heute kam aus Berlin ein Befehl an uns alle. Wir müssen in den nächsten zwei Tagen alles Relevante Abbauen, um am Mittwoch abmarschbereit zu sein. Die Transportkompanie bringt uns dann nach Oslo. Wir werden mit einem Schiff zurück nach Deutschland fahren, und von Kiel aus die Weiterfahrt nach Russland antreten. Wir haben den Befehl, uns an der Frontlinie von Rostow beim Oberkommandierenden der Heeresgruppe Süd, dem Generalfeldmarschall Reichenau zu melden. Unser Einsatz soll direkt an der Frontlinie erfolgen, um die deutschen Truppen besser zu koordinieren. Sein Vorgänger, Generalfeldmarschall von Rundstedt wurde abberufen und nun soll noch bis zum Jahresende eine neue Angriffswelle der Wehrmacht in Rostow beginnen. Bereiten sie sich also auf den Abzug vor, schreiben sie noch einen Brief in die Heimat und Gott mit uns." Der Major hatte, kurz nach seiner Mitteilung, das Blockhaus verlassen. Alle Soldaten schwiegen, so sehr hatte sie die Mitteilung geschockt. Russland – für Werner der Inbegriff des Grauens. War nun alles für ihn und seine Kameraden zu Ende? Würden sie ihr Leben in den russischen Weiten lassen müssen? Die Marschvorbereitungen und das Verpacken der Ausrüstung verliefen wie unter einer bedrückenden dunklen Glocke. Niemand wagte es, optimistische Töne anzuschlagen, denn jeder wusste um die Lebensgefahr, in die sie alle hineingeschickt wurden.

Es war Donnerstag, der 11. Dezember. Die Funkeinheit war gerade im Osloer Hafen eingetroffen. Nun sollte die gesamte Technik auf das deutsche Schiff verladen werden. Werner stand auf dem Kai und sah den Schauerleuten zu, die Kisten und Säcke schulterten und in das Schiffsinnere trugen. Plötzlich blieb einer der Arbeiter vor ihm stehen, zog seine Mütze vom Kopf und sah Werner in die Augen. Er erkannte sein Gegenüber sofort wieder. Es war der junge Norweger, dem er auf einem Streifengang unvermittelt gegenüber gestanden hatte. Der streckte seine Hand aus und wartete, ob Werner sie ergriff. Nun standen sich die beiden gegenüber und hielten gegenseitig die Hände. Der Norweger nickte kurz, sagte nur: „Ich bin Ole. Bleib gesund und Gott mit dir." Dann wandte er sich ab und reihte sich wieder in die Schlange der Arbeiter ein, um bepackt mit Ausrüstungsgegenständen, die Treppe zum Schiff hinaufzusteigen. Diese Begegnung, da war sich Werner sicher, würde er nie vergessen, solange er auch leben würde.

Die Überfahrt nach Kiel verlief problemlos. Auch die Ausschiffung und der sich anschließende Bahntransport in den Osten Deutschlands gaben keinen Grund zur Besorgnis. Nur die langen Wartezeiten auf Bahnhöfen, zweimal auch auf freier Strecke, waren langweilig und ermüdend. Wer keine Wache hatte, vertrieb sich die Zeit beim Kartenspielen oder schlafend in irgendeiner Ecke. Das Bild von intakten Landschaften und orten änderte sich deutlich, als der Zug in das ehemals polnische und später russische Gebiet einfuhr. Auch die geschlossene Schneedecke konnte die Narben der Landschaft nicht verdecken. Viele Orte waren zerstört und menschenleer. Leblose Ruinen, zurückgelassenes Kriegsgut, zerstörte Fahrzeuge, vereinzelt auch leblose menschliche Körper in bizarren Stellungen, kündeten von schweren Kämpfen, die hier stattgefunden hatten. Werner hatte mit jedem Kilometer, den der Zug in das geschundene Land hineinfuhr, seine Hoffnungen auf einen guten Ausgang und sichere Heimkehr nach Trona verloren. Gab es aus diesem Elend eine Rückkehr? Erwartete sie alle nicht ein grausamer und von Menschen herbeigeführter Tod? Konnte seine Aufgabe als Nachrichtensoldat wirklich das aktive Kampfgeschehen von ihm fern halten? Viele Gedanken gingen ihm durch den Kopf. Besonders schockiert war er, als ihm ein Kamerad leise zuflüsterte, der neue Oberbefehlshaber in Russland sei auch verantwortlich für das Massaker von Babyn Jar bei Kiew, bei dem 35.000 Kiewer Juden ermordet wurden. Alle Hoffnungen und Wünsche waren endgültig zerstört. Werner wusste, dass es nun in die Hölle ging.

Nach vier Tagen Bahnreise trafen die Truppen in Taganrog ein. Diese Hafenstadt, an der

Mündungsbucht des Don und direkt am Asowschen Meer gelegen, war der Stützpunkt der Heeresgruppe Süd. Nach der Einnahme von Rostow durch die deutsche Wehrmacht, hatte die Rote Armee in einer Großoffensive die Stadt zurückerobert. Die deutschen Verbände zogen sich zurück, um neue Kräfte für einen Gegenangriff zu bündeln. Werner erfuhr, dass in den Kämpfen weit über 25.000 deutsche Soldaten ihr Leben lassen mussten. Über die Verluste auf russischer Seite gab es nur die Angaben, die auch der Großdeutsche Rundfunk in Deutschland verkündete. Aber ob diese wirklich stimmten, bezweifelte er.

Zwei Tage später waren Werner und die Soldaten der Nachrichteneinheit auf dem Weg in das Frontgebiet der 6. Armee. Entlang dem Fluss Mius waren die Stellungen ausgebaut. Werner traf in dem kleinen Ort Marinovkas ein und in einer Hausruine mit noch intaktem Seitentrakt wurde die Funkstation aufgebaut. Täglich waren Schüsse und Granateneinschläge in der Umgebung zu hören. Die Sicherheitsvorkehrungen erlaubten nicht mehr, irgendwelche Rundfunksender anzupeilen. Der Funkdienst von acht Stunden wurde abgelöst von einer vierstündigen Pause. Daran anschließend war Wachdienst, mit schussbereitem Gewehr und Stahlhelm auf dem Kopf. Nach einer weiteren Pause von vier bis acht Stunden, je nach Frontlage, ging es im gleichen Ablauf wieder von vorn los. Nach nur wenigen Tagen litten alle unter einer permanenten Müdigkeit, die aber immer wieder von Anspannung und Hektik überlagert wurde. Die Nerven schienen bis zum Bersten angespannt. Werner fand kaum Zeit und Ruhe, um an seine Familie zu schreiben. An dieser Frontlinie an dem kleinen Fluss Mius wurde er auch erstmalig mit dem Tod konfrontiert. Eine Granate war in einer Infanteriestellung eingeschlagen und hatte für drei Soldaten den Tod gebracht. Was Werner zu sehen bekam, ließ ihn erschauern, und wenig später musste er sich vor Abscheu, Ekel und Angst übergeben. Ein Soldat hatte lebensgefährliche Bauchverletzungen. Er starb wenig später, ohne dass ihm geholfen werden konnte. Der Sanitäter schien so viel Leid schon oft gesehen zu haben, denn seine Handgriffe waren routiniert und ruhig. Er verband einem anderen den Kopf, wischte das Blut notdürftig aus den Augen und wandte sich einem anderen zu, den er am offenen Beinbruch versorgte. Aus dem Sanitätsbataillon waren inzwischen Sanitäter und ein Sanitätskraftwagen gekommen, die sich nun um alles kümmerten. Wenig später erhielten Infanteriesoldaten den Befehl, die Stellung wieder auf- und auszubauen. Werner erschien alles unwirklich. Er musste sich wieder schmerzlich eingestehen, dass in diesem furchtbaren Krieg keine Menschen zählten, sondern nur Verluste und Siege, Kampferfolge und Hitlerbefehle.

Werners Erfahrungen und Erlebnisse an der russischen Front in der Nähe von Rostow waren zum Teil so furchtbar, dass er nie darüber reden konnte. Unzählige Male blickte er dem Tod in die Augen. Manche Bewahrung blieb ihm ein Rätsel. Warum kam er mit dem Leben davon, wenn unmittelbar neben ihm gestorben wurde?

Nie darf vergessen werden, wozu Menschen fähig sind, und was Krieg für den Einzelnen an Leid, Elend, Verlust bedeutet. Werners Kriegseinsatz in den folgenden Monaten kann in seiner ganzen schrecklichen Dimension nicht verstanden werden, wenn man nicht ähnliche Erfahrungen machen musste. Ein Schlüsselerlebnis aus Kriegstagen soll stellvertretend für unendlich viel Elend und Not, Lebensgefahr und Angst, Hunger und Einsamkeit stehen.

Es war am 30. Juli 1943. Der Funktrupp mit Werner als Verantwortlichem wurde direkt an die hart umkämpfte Frontlinie befohlen. Deutsche Truppen hatten bei einem Angriff Stepanowka eingenommen. Dort sollte der Nachrichtenstützpunkt aufgebaut und die Verbindung zur Armeeleitung hergestellt werden. Mit großer Sorge mussten Werner und die Nachrichtenleute die enormen Verluste weitermelden. Im gesamten Kampfgebiet gab es unzählige Minenfelder, zudem flog die russische Luftwaffe permanent Angriffe auf deutsche Stellungen. Auch Stepanowka befand sich in der Schusslinie. Von allen Seiten krachte und explodierte es, vermischt mit den Schmerzensrufen der Verwundeten. Die kämpfenden Infanteristen wurden zum Rückzug befohlen und zogen sich aus dem Ort zurück in das Hinterland. Währenddessen rückten Panzer vor, wurden aber noch vor dem Ort aufgehalten und heftig beschossen. Für die Funker stand der Befehl, in der Stellung auszuharren und über Feindbewegungen zu berichten. Als die Wucht der Gegenangriffe immer größer wurde, suchten sich Werner und die wenigen noch nicht verletzten Soldaten einen Unterschlupf. Die Ruine eines größeren Wohnhauses bot die einzige Möglichkeit, den Schüssen und Granaten zu entkommen. Werner rannte um sein Leben, und schließlich erreichte er den einzigen Ort für seine Rettung. Im Inneren des Schuttberges und der noch stehenden Außenwände entdeckte er eine Treppe, die offensichtlich in einen Keller führte. So schnell es ihm die Trümmer und Steine erlaubten, stieg er die Stufen hinab. Im Kellerbereich angekommen bot sich ihm ein Bild des Grauens. Im dunklen Kellerraum lagen tote und verwundete Wehrmachtssoldaten. Die Verletzungen, die sie hatten und die dürftig angebrachten Verbände zeigten, dass sie nach Kampfhandlungen dorthin gebracht wurden, aber bei dem Rückzug einfach sich selbst überlassen wurden. Es stank so bestialisch nach Urin und Kot, Blut und Verwesung, dass Werner sich übergeben musste. In einer hinteren Ecke hörte er eine schwache Stimme, es war ein junger Soldat mit einer offenen Bauchverletzung. Er starb kurz darauf, während ein anderer neben ihm immer wieder vor Schmerzen schrie, bis seine Stimme versagte. Werner fühlte eine Hand an seinem Stiefel, sah nach unten und bemerkte einen Verletzten, der sich in den letzten Minuten zu ihm hinbewegt hatte. Seine Hand war fast schwarz, und schließlich konnte er nur noch unkontrollierte Bewegungen machen. So viel Elend zwischen all den Trümmern und dem Dreck hatte Werner noch nie gesehen. In ihm gab es nur noch einen Gedanken, schnell diesen schrecklichen Ort zu verlassen. Doch dazu kam es nicht mehr, weil ein ohrenbetäubender Lärm und die Detonation von Granaten einsetzten.

Dann plötzlich wurde es finster, denn der Ausgang war nun von Schutt versperrt. Der Angriff der Roten Armee entwickelte eine Dimension, die alles bisher Erlebte weit überstieg. Granate folgte auf Granate, und das Hauptkampfgeschehen schien sich über Werners Kopf oben in der Ruine zu konzentrieren. Er wollte sich noch irgendwie befreien, musste aber einsehen, dass alle Versuche sinnlos waren. Er war eingeschlossen und in diesem stinkenden Keller mit vielen Toten von der Außenwelt abgeschlossen. Es würde nicht ewig dauern, bis auch sein Leben zu Ende war. Entweder traf eine Granate so in das zerstörte Gebäude, dass auch er zerrissen würde, oder die Decke stürzte ein und begrub ihn vollständig unter sich. Sollte er die nächsten Minuten überleben, und vielleicht auch den Angriff überstehen, gab es sicher keine

Rettungsmöglichkeiten. Wer hätte wohl denken können, dass ein Überlebender auf Hilfe hoffte? Als sich Werner bewusst war, dass er unmittelbar dem Tod gegenüber stand, schrie er in seiner Verzweiflung laut auf: „Gott, wenn es dich gibt, dann hilf mir und lass mich leben. Ich bin ein Sünder und habe so viel versagt. Wenn du mich rettest, dann schwöre ich, ich werde mein Leben dir weihen und deine Gebote achten!" Dann brach er zusammen, überwältigt von der körperlichen Anstrengung, dem fehlenden Sauerstoff und dem seelischen Druck.

Werner wachte auf, ohne zu wissen, wo er sich befand. Er sah sich in einem Bett liegend, um sich herum Verwundete und mehrere Männer in weißen Kitteln. Wer davon Arzt oder Sanitäter war, konnte er auf die Schnelle nicht entdecken. Einer der Weißgekleideten sah, dass er bei Bewusstsein war und trat an sein Bett. „Na da sind sie ja endlich wach" sprach er Werner an, „Wir haben sie aus einem verschütteten Keller nach dem Russenangriff ausgegraben. Alle anderen waren tot, und sie sahen so aus, als würden sie es auch nicht mehr lange machen. Ihre Beine sind beide kompliziert gebrochen. Wir haben sie fixiert und ruhig gestellt, aber um eine Operation kommen sie nicht herum. Das wird aber dann in einem Lazarett in Deutschland sein. Sie werden morgen mit einigen anderen ausgeflogen, und dann sollte eigentlich alles irgendwann gut werden. Alles Gute für sie, und grüßen sie die Heimat. Ach ja, ich bin Major Kunze und der verantwortliche Arzt hier im Lazarett in Taganrog."

Der nächste Morgen brach an und Werner wusste, dass ihn nur noch einige Stunden Flug von der Heimat trennten. Er war unendlich dankbar, dass er der Todesgefahr entkommen war und nun auf Heilung hoffen konnte. Sein Grübeln ging über in einen unruhigen Schlaf. Dann endlich war es so weit. Ein Sanitätswagen brachte ihn, noch zwei andere Soldaten und einen Offizier zum Flugplatz. Alle sollten in Deutschland operiert und wiederhergestellt werden. Ob es danach wieder in den Kriegseinsatz ging? Werner konnte sich nicht vorstellen, was die Zukunft für ihn bringen würde. Aber jetzt war erst einmal wichtig, dass er nach Hause kam. Der Flug verlief ohne Komplikationen. Das gleichmäßige Geräusch der Flugzeugmotoren machte ihn schläfrig, und so verschlief er den größten Teil der Rückreise.

Erst bei dem Landeanflug auf dem Flugplatz Nürnberg wurde er wieder wach. Kurze Zeit später brachte ihn ein Krankenwagen in das Krankenhaus der Stadt. Zwei Tage später erfolgte die erste Operation, der in den nächsten Tagen noch drei folgten. Die größte Überraschung war, als Hilde ihn besuchte und plötzlich in seinem Krankenzimmer stand. Die Begrüßung war zärtlich und begleitet von vielen Tränen. Sie hatten sich so unendlich lange nicht gesehen, und deshalb war auch ein wenig Scheu und Unsicherheit auf beiden Seiten. Werner berichtete von seinen Verletzungen und den bisherigen Operationen. Wenn alles gut verheilen würde und der Gesamtzustand stabil bliebe, so wäre auch eine Entlassung und Betreuung im eigenen Umfeld zu Hause möglich. Das war die neueste Nachricht, die er am Morgen während der Chefvisite erfahren hatte. Hilde saß die ganze Zeit auf dem Bettrand und hielt Werners Hand fest. Sie wollte ihren Liebsten nie wieder los lassen. Wie oft hatte sie in den vielen Monaten, seitdem er in Russland war, um ihren Werner gebangt. Aber nun, so hoffte sie, würde doch noch alles gut werden.

Hilde blieb für ein paar Tage in der Stadt. Sie kam am Morgen der geplanten Operation um ihrem Werner ganz nahe zu sein. Als er aus der Narkose aufwachte, saß sie am Bett und hielt seine Hand. Als der Stationsarzt nach ihm sah, hatte sie ein langes Gespräch mit ihm. Er versicherte, dass alles gut werden würde, und Werner sehr gute Aussichten auf vollkommene Heilung hätte. Er unterstützte Hildes Vorschlag, ihn nach Hause zu holen und dort für ihn zu sorgen. Allerdings, so meinte der Arzt, sei eine Bahnreise nicht möglich. Am Abend, Hilde war wieder in der Pension, in der sie während des Besuches in Nürnberg wohnte, telefonierte sie mit Werners Vater Willi. Sie berichtete die Einzelheiten der Operationen, und wie es Werner derzeit erging. Willi sagte ihr telefonisch zu, noch am Abend mit dem Auto loszufahren, um am Morgen bei ihr und seinem Sohn zu sein. Dann konnten auch alle Fragen mit dem Arzt geklärt werden, und wenn dem nichts im Wege stand, sollte die gemeinsame Rückreise nach Großtrona angetreten werden.

Für Werner, seine Hilde, aber auch Vater Willi gingen Wünsche und Hoffnungen in Erfüllung, als sie gemeinsam auf dem Weg nach Sachsen waren. Die Freude der ganzen Familie war riesengroß. Werner war zu Hause. Aber er hatte sich sehr verändert. Er war sehr schmal geworden und seine Gesichtszüge waren hart und zerfurcht. Über sein Erleben in Russland sprach er nicht. In den ersten Tagen zu Hause wollte er nicht wissen, was im Ort geschehen war. Er lag im Bett, das ihm die Eltern im Wohnzimmer aufgestellt hatten. Hilde war täglich bei ihm und versorgte ihren gehunfähigen Werner. Anfangs war er noch verunsichert, wenn sie ihm beim Waschen half. Auch als sie ihm die Urinflasche gab und die Bettpfanne unterschob, war er zunächst peinlich berührt. Aber Werner hatte inzwischen zu vieles gesehen, um sich über diese Nichtigkeiten zu viele Gedanken zu machen.

Die Genesung machte Fortschritte, aber zunächst konnte Werner die Beine noch nicht belasten. Dann folgten erste Gehversuche und irgendwann schaffte er es, mit zwei Krücken im Zimmer herum zu humpeln. Ein Arzt kam regelmäßig zur Kontrolle und gab Hinweise, welche Belastungen zu vermeiden seien und wie die Muskulatur wieder gestärkt werden könnte. Hilde war kurz nach Werners Heimkehr eingezogen und kümmerte sich um ihn, sehr zur Entlastung der Eltern. Abends saßen sie lange zusammen auf dem Bett im Wohnzimmer, die Eltern oftmals mit im Raum, um über alles zu sprechen, was sich in der Zeit seit

Werners Einberufung, damals am 10. Mai 1940, in Großtrona zugetragen hatte. Der furchtbare Krieg hatte schon viele Opfer unter den jungen Leuten des Ortes gefordert. Gerhard, so berichteten seine Eltern, wurde zur Luftwaffe eingezogen und im technischen Bereich eingesetzt. Im Dezember 1940 wurde das X. Fliegerkorps nach Sizilien verlegt. Im darauffolgenden Februar landeten die ersten deutschen Truppen in Tripolis, der Hauptstadt Libyens. Wenig später kam der Befehl für die Einheit, in der Gerhard war, im Libyschen Bengasi einen Luftstützpunkt zu errichten. Ein Schiff war für die Überfahrt bereit, aber kurz nach dem Auslaufen lief es auf eine Mine und wurde schwer zerstört. Es sank so schnell, dass es zwar eine große Anzahl Geretteter gab, aber auch 44 Tote zu beklagen waren. Zudem gab es 18 Vermisste – und einer davon war Gerhard. Er galt noch immer als vermisst, aber die Hoffnung, dass er am Leben sein könnte, wurde mit jedem ungewissen Tag damals kleiner. Und seit dem August 1943 gab es keine Hoffnungen mehr, Gerhard jemals wieder lebend zu sehen. Im Oktober des Jahres wurde der Vermisste für tot erklärt.

Das Kriegsjahr 1944 brachte auch für die Menschen in Großtrona keine Hoffnung auf ein Ende des Völkerbrandes. Werner konnte seine Beine noch nicht in vollem Umfang belasten. Eine Untersuchung von Militärärzten ergab, für ihn zur großen Erleichterung, den Status „nicht dienstfähig". Nun war es klar, dass er in nächster Zeit nicht wieder an die Front kommandiert werden konnte. Aber absolute Sicherheit hatte er nicht, denn inzwischen war ihm klar geworden, wie absurd und teuflisch Hitler herrschte und den Krieg führte.

Eine deutliche Veränderung hatte Werner in seinem eigenen Lebensstil vollzogen. Er entwickelte eine strenge und keinen Widerspruch duldende Frömmigkeit. Seinen Eid aus dem russischen Kellerloch, Gott bedingungslos zu dienen, wollte er mit allen Mitteln erfüllen. Hilde hatte mehrfach mit ihm über dieses Thema gesprochen. Sie war bereit, ihn in seinem religiösen Bestreben zu unterstützen, lehnte aber für sich selbst zu starre Regeln ab.

Werner saß jeden Abend an seinem Radiogerät und hörte die Nachrichten aus London. Nach der Schlacht von Stalingrad und der Gefangennahme von rund 90.000 deutschen Soldaten war für Werner klar, dass es in diesem Krieg keine Wende mehr für Deutschland geben würde. Die große Frühjahrsoffensive der Roten Armee drängte die deutschen Truppenverbände immer mehr zurück, und bald war der Krieg für Deutschland nicht mehr vor der Haustür, sondern im eigenen Haus. Täglich wurden deutsche Städte bombardiert. Im Frühsommer landeten westliche Alliierte in der Normandie und nur ein viertel Jahr später überschritten erste amerikanische Einheiten die Grenze in der Nähe von Aachen. Werner und Hilde hatten beschlossen, im Spätherbst des Kriegsjahres 1944 zu heiraten. Die Feier war bescheiden und fand nur im kleinen Familienkreis statt. Das Brautpaar hatte es geschafft, ein weißes Hochzeitskleid zu beschaffen. Für das Essen sorgte Fritz, und Großmutter Anna fühlte sich für die Kuchen zuständig. Auch echter Bohnenkaffee stand auf dem festlich geschmückten Tisch.

Der Pfarrer, er kam aus dem acht Kilometer entfernten Linda, hatte den Trauungsgottesdienst übernommen. Seine Predigt machte allen Hochzeitsgästen Mut und wurde so zu einem wirklich gelungenen Höhepunkt des Tages.

Das Jahr 1945 begann mit Schreckensmeldungen, die andererseits wieder Hoffnungen zu ließen. Die deutsche Wehrmacht wurde immer mehr zurückgedrängt und unterlag den alliierten Streitkräften im Westen und der Roten Armee im Osten. Im Februar brannte Dresden nach einem mehrtägigen Luftangriff. Die Zerstörung vieler deutscher Städte hielt den Diktator Hitler nicht ab, weiterhin sinnlose und verbrecherische Befehle zu geben.

Werner berichtete seiner Familie täglich den aktuellen Stand der Fronten. Niemand glaubte noch den Meldungen des Großdeutschen Rundfunks, der täglich um die Mittagszeit sendete: „Das Oberkommando der Wehrmacht gibt bekannt". Die Sehnsucht nach einem Kriegsende wurde immer größer und die Widerstände gegen das Naziregime nahmen zu. Im Gegenzug gab es Hinrichtungen, KZ-Lagerhaft oder Verurteilungen zu Kriegseinsätzen an vorderster Frontlinie.

Wie ein Lauffeuer verbreitete sich in Großtrona die Nachricht, dass der Pfarrer aus Linda erkrankt sei und mit hohem Fieber im Bett liege. Andere wussten es besser und berichteten hinter vorgehaltener Hand, er sei vergiftet worden. Als er nur zwei Tage später starb, war das Entsetzen groß und die Gerüchte, Kurt Degen hätte etwas damit zu tun, keimten auf und waren nun nicht mehr zu beseitigen. Die Trauerfeier fand in der Kirche des Dorfes statt. Der reich mit Blumen geschmückte Sarg stand mit offenem Deckel im Altarraum, so dass jeder die Möglichkeit hatte, sich persönlich zu verabschieden. Der Superintendent hielt die Trauerrede. Er benannte die Aufrichtigkeit und Geradlinigkeit des Verstorbenen. Nach der Beisetzung bat er die Gemeindekirchenräte von Linda und Großtrona um eine kurze Unterredung. Er musste mitteilen, dass zurzeit kein Pfarrer frei wäre, den Dienst in den Gemeinden zu übernehmen. Jede Kirchgemeinde müsse sich mit Lektorendiensten selbst helfen. Nur Amtshandlungen würden vom Pfarrer eines anderen Nachbarortes übernommen. Werner, er war seit kurzem Mitglied des Kirchenrates in Großtrona, erklärte sich bereit, als Lektor in der Gottesdienstgestaltung zu helfen. Der Superintendent versprach, dringend benötigte Literatur und die Lesepredigten schnell aus der Stadt zu schicken, um damit die Sonntagsgottesdienst abzusichern. Werner fühlte sich auf dem richtigen Weg, um seinen Eid einzulösen.

Er war überzeugt, dass Gottes Wohlgefallen auf ihm ruhte.

In Berlin wurde die Lage immer dramatischer. Hitler hatte sich schon am 16. Januar in den Führerbunker unter der Reichskanzlei zurückgezogen, wo er sich selbst am 30. April tötete. Der Kampf in der zerstörten Hauptstadt war heftig und verlustreich.

Ende April standen die amerikanischen Truppen am Stadtrand von Großtrona. Dann setzte sich langsam der Tross in Bewegung, um die Ortsgrenze zu überschreiten. Der Bürgermeister war geflohen, und der Pfarrer gestorben, so dass ein Bauer mit einem weißen Bettlaken den Amerikanern entgegenging. Es sollte keinen Schusswechsel mehr geben. In der Fabrik standen die Maschinen still, und aus der angrenzenden Villa waren Schüsse zu hören Kurt Degen hatte seine Frau und sich selbst erschossen. Sein Sohn Günther, der sich freiwillig zum Kriegsdienst gemeldet hatte, war schon länger tot. Er starb im Panzerkrieg, gleich zu Beginn der Frühjahrsoffensive, in Russland.

Endlich war der furchtbare Krieg zu Ende. Werner und Hilde standen am Abend des 8. Mai Hand in Hand an der Haustür und sahen in den Himmel. Sie waren bewahrt geblieben in einer Zeit, in der es keine Menschlichkeit zu geben schien. Auch wenn sie nicht wussten, wie es für sie weiter gehen würde, waren die beiden tief in ihren Herzen glücklich und dankbar. Hilde ging mit vielen Hoffnungen und Wünschen in die neue Zeit. Sie wusste sich bei Werner geborgen und von ihm geliebt. Das waren die besten Voraussetzungen, um nun auch über ein eigenes Kind nachzudenken. Hilde ergriff Werners Hand und lehnte sich an seine Schulter. Dann sagte sie leise: „Danke". Was auch die Zukunft bringen würde, gemeinsam würden sie es schaffen.

Ausblick

Die kleine überschaubare Welt der Familie Starke gab es längst nicht mehr. Das Dorf Trona hatte sich verändert und zur Kleinstadt Großtrona entwickelt.

Wilhelm und Inge unternahmen in den zurückliegenden Jahren alles, um das Eigentum der Freunde Schreiter zu bewahren. Es war nicht so gelungen, wie sie es sich gewünscht hatten. Die Jahre der Gewaltherrschaft hatten Deutschland verändert und auch im Ort ihre tiefen Spuren hinterlassen. Nun galt es den Neuanfang nach dem verheerenden Krieg zu wagen.

Werner war wieder zu Hause und lebte nun mit seiner Hilde, beide auf ein Kind hoffend, im Elternhaus. Die Gegensätze des jungen Ehepaares waren sehr groß. Wird es eine gemeinsame Lebenslinie geben?

Im Band 3 von „Jahrhundert – Vier Generationen in Deutschland" mit dem Titel „Wolfram", erfahren wir mehr über die Entwicklungen, Erfahrungen und Beziehungen der Familie Starke.

Zeitfracht Medien GmbH
Ferdinand-Jühlke-Straße 7
99095 Erfurt, Deutschland
produktsicherheit@kolibri360.de